ROWOHLT
BERLIN

Susanne Riedel

KAINS TÖCHTER

Roman

Rowohlt · Berlin

1. Auflage März 2000

Lektorat Katharina Raabe
Umschlaggestaltung Walter Hellmann
(unter Verwendung eines Fotos
von Jakov Kaplun)
Satz aus der Garamond
PostScript PageOne
Gesamtherstellung Clausen & Bosse, Leck
Printed in Germany
ISBN 3 87134 385 4

Susanne Riedel. Kains Töchter

In den letzten Januartagen, als die Menschen des Nachts wie lackierte Eiswürfel in ihren Betten lagen und nur manchmal mit einem leisen Klirren gegeneinanderstießen, kam in den Bergen mein Onkel Zack zur Welt. Er hatte ein Mal von der Form eines Nagels an der Hüfte, und seine Augen rollten im Schlaf hin und her. Über dem Haus lag ein Schleier, etwas wie ein weißes Tuch, der Schnee, und dann war da die Stille auf den langen, bläulichen Schatten der Espen. Die Füchse in der Mitte der Erde bewegten sich, und früh am Morgen hatte meine Großmutter einen wirren Traum. Darin begegnete sie einer Feuersbrunst und einem Adler und erwachte vom Klappern ihrer eigenen Zähne. Beim Trinken liefen Zacks Augen über, zwei feuchte, taumelnde Glühwürmchen, die sich in ihren Haaren verfingen, bei Tagesanbruch milchig wurden und verloschen. Sie nannten ihn Zachariah, nach seinem Großvater, und schlossen Wetten darauf ab, daß er nicht alt werden würde.

Dies ist die Geschichte von Timpie Leghorn und Zack. Es sollte eine unzerbrechliche Geschichte sein, aus den Dingen, die man am Rande der Lügen entdecken kann: Moos und Holunderbeeren, Kirchenlieder, ein bläßlicher, geheimnisvoller Himmel, gefleckt wie ein Schwalbenei, die frühen Abende, an denen das Licht langsam wird und breit und golden. Das habe ich meinem Mann gesagt, und Elijah hat mich gefragt, warum ich den Plunder, Kitsch und Tand, warum ich das Schöne und Gute erfinden will für mein Leben. Ich habe nicht geantwortet, weil ich weiß, die Menschen sollten solche Geschichten erleben, sie haben ein Recht darauf. Nur war diese eine für die Menschen nicht geeignet. Sie hat sich selbst erzählt, sie flüstert mir in den Ohren. Da, wo ich bin, ist das am Ende gleich. Geblieben ist ein Himmel, darüber nichts, darunter nur noch meine dünnen Knochen. Ich bin die, denke ich, die gesehen hat. Holunderbeeren, Moos, ich lache über die Schalheit in Elijahs Gesicht. An meinem Fenster ist die Leere manchmal so dicht, daß sie eine Gestalt bekommen hat. Aber ich rede keinem davon, damit keiner mir davon redet. Still soll es bleiben und weiß. Mein Zimmer erinnert mich an die Geräuschlosigkeit der Jahre. Es erinnert mich an die Sommer und den Schnee zu Hause, an die Erzählung von Zacks Geburt, die ich so oft gehört habe, daß sie mir wirklicher vorkommt als meine eigenen Gedanken. Es ist Morgen, es ist Abend, nichts ändert sich, nur das Licht, und darum habe ich angefangen zu beten. Für Timpie Leghorn, meine Schwester, die es am nötigsten hat, für Zack, Ruthie und die anderen. Dabei weiß ich, daß ich es nicht richtig mache. Der Zack, den ich kannte, würde über mich lachen. Beten? würde er sagen, Joa, bist du *verrückt* geworden? Ich höre seine Stimme, aber ich weiß nicht, ob es ihn noch gibt, ihn, den Otsch oder unser Haus über dem Tal. Ich bezweifle, daß irgend etwas existiert, jenseits des Fensters. Es gibt mich und das Leere und darin die Vergangenheit, vorsichtig atmend, damit niemand sie spürt. Manchmal, wenn keiner hinsieht, beißt sie auch zu. Als würde man eine Tür aufreißen und ein Herz betreten, von dem niemand ahnt, daß es schlägt. Ich habe ein Heft gefunden, das voll ist von Timpie Leghorns Mädchenschrift. Sie schrieb immer die seltsamsten Sachen: *Die Welt ist eine Veranstaltung im Bauch eines Tigers. Da ist es angebracht, sich anständig zu benehmen. Es sei denn, man wäre groß genug zu fliegen.* Nie habe ich ihr, die voller Gedichte steckte, gesagt, sie würde nach Schönheit gieren oder Tand und Plunder lieben. Ich habe nichts gesagt, weil es nichts zu sagen gab. Nur einmal habe ich zuviel gesagt. Seitdem tue ich, was man tut, wenn Menschen fortgegangen sind. Ich erzähle ihnen ihre Geschichte, damit sie mich nicht vergessen.

Zack kam miauend auf die Welt, er war der Bruder meines Vaters, gelbe Augen wie eine Eidechse, stärres Haar, ein zwergenhafter Junge voll der merkwürdigsten Geräusche. Die braunen Bekassinenvögel, die er Himmelsziegen nannte, antworteten seinen meckernden Schreien im Flug, er zeterte und atmete zischend, ein Giemen und Schnarren aus seiner Nase, wenn er schlief. Weil Großmutter einen Narren an ihm gefressen hatte, goß sie abends die Legende seiner Kindheit über uns aus, und in einem gewaltigen Schwung schlugen Worte über uns zusammen: «Mit stumpfen, blutenden Knien stieß er sich immer durchs Schilfgras und scheuchte Rotschenkel und Uferschnepfen im Sumpf auf, sein Kopf ein harter, runder Gegenstand, den er gegen Zäune stieß!» Ihr Märchen war ermüdend, ein Gedicht und eine Anklage, aber ich kannte Zack nur, wie er war: erwachsen und aufgeschossen, zäh wie die Binsen am Ufer des Flusses Otsch, der sich in einem Bogen aus den Bergen wand und träge und schwer die Ebene durchschnitt, die Oberfläche wie polierter Stein. «Ein langweiliger Fluß», sagte meine Mutter, aber Zack brachte mir bei, wie trügerisch er war, wie schwer zu nehmen. Einmal hielt er mich an einem Bein aus dem Kanu, in dem wir durch die Sonne flitzten. Als er mich in die Strömung tauchte, kopfüber, nannte er das *die Ochsentour*, ich war erst vier oder fünf, und ich dachte, ich müßte sterben, meine Knöchel schmerzten, die Handflächen schnitten das pelzige Wasser auf. In Windeseile konnte ich schwimmen, das hatte ich Rose Marie, meiner Mutter, voraus. Mit losen Armen paddelte ich in den Sommern von einem Ufer ans andere, während sie mich beobachtete, als wäre ich ein Monstrum. In ihrem Badeanzug mit den roten, tropischen Blüten hockte sie an Land und schüttelte sich wie ein Hund, wenn ich mich neben ihr aufs Handtuch warf. Sie litt an einer beinah krankhaften Abscheu vor Wasser.

Unser Haus aus grobem, hellem Stein, den mein Urgroßvater gehauen hatte, klebte am Hang zwischen Sauerdorn und Bergkiefern. Großmutter waren die vier Hügel wegen ihrer auffälligen Form nicht geheuer. «Drachenschnauzen im Genick», sagte sie, «o nein, das hat nichts Gutes zu bedeuten!», und meine Mutter antwortete mit einem patzigen, schnellen Blick. «Wir leben eben», sagte sie, «im Nasenloch der Ungeheuer.» Dabei wohnten wir auf einem großartigen, windigen Ausguck.

Kilometerweit konnte man über den Fluß bis ins Dorf hinuntersehen, ein schöner Platz, um alles Nötige über Entfernungen zu lernen. Wie man sie einschätzt, wie man sie haßt und wie man sie später überwindet. Weil ich so oft ins Tal blickte, hatte ich das Gefühl, daß ich eigentlich dort unten lebte, da, wo es seltener regnete. Als Mädchen wartete ich mit dem Schirm und Großvaters Feldstecher vor dem Haus, daß der Regen aufhörte. Das Tal wurde dunkel und wieder klar. Wie eine unmäßige, gelbe Blume erschien die Sonne, nur ein paar dünne Wolken trieben vorm Horizont. Über mir summten die Telefonleitungen an ihren hölzernen Pfählen im Wind, der den Geruch von Seetang, Muschelstaub und kleinen, toten Krebsen in die Hügel wehte. Tiefer unten lag das Dorf, entlang der einzigen Straße hatten die Häuser Aufstellung genommen, die Dächer im fahlen Licht ineinandergeflossen, der Rücken eines behäbigen Tiers. Wenn ich wegschaute, bewegten sie sich hinter mir und erstarrten, sobald ich den Feldstecher auf sie richtete. Ich wartete, daß der Regen wieder anfing, ich wartete auf meinen Vater.

An seiner Stelle kam immer nur Zack. Wenn die Sonne schien, fuhr er lauthals singend im Pritschenwagen den Weg hoch und stieg am Gatter aus, die langen Schenkel zuerst. Mit vollem Schwung schlug die Tür gegen den Kotflügel. Es war ein alter Wagen, aber Zack hüllte die Welt in etwas Neues, eine Blase aus schillernder Bewegung, Benzin, Schweiß und Wachsamkeit. Im Laufen stolperte ich über Findlinge und Bruchsteine und seufzte, während er grinsend die Arme öffnete. Am Haus wartete Großmutter zwischen den anderen großen Steinen, verkniffene Lippen, die Daumen in die Schürzentaschen gehängt. Stets schlug sie die Türen zu, mitten hinein in Zacks Sorglosigkeit. *Es gibt Dinge,* sagte sie, *im Leben, über die selbst du nicht mehr lachst,* aber sie sagte nie, welche Dinge das waren. Wenn Zack sie unterm Kinn kitzelte, hielt sie sich in seiner Umarmung sehr gerade, ein Haufen harter Knöchelchen, umwunden mit Eisendraht. Nur zögernd nahm sie Hitze an, aber am Ende schmolz sie immer. Zack hatte die Macht, und Rose Marie bestand darauf, daß er meinem Vater ähnelte, auch wenn Großmutter den Kopf darüber schüttelte. «Caleb, dein Vater», sagte sie, «hat ein Mundwerk wie eine Nähmaschine, du kommst nach ihm, Joa, merk dir das! Obwohl ich's lieber hätte, du wärest wie Zack mit seinem großen, feinen Herzen.» Kurz vorm Einschlafen, im Dämmer, uferte Zacks großes Herz aus, und manchmal dachte ich, daß ich in ihm geborgen schwämme, auf und ab geschaukelt von seinen Pulsschlägen. Das Gesicht meines Vaters dagegen hatte ich beinah vergessen, bis Caleb doch noch einmal auftauchte, im Jahr, bevor Timpie Leghorn zu uns kam.

Die Vogelbeeren neben dem Schuppen leuchteten, und die ersten, feinen Messerchen des Frosts schnitten mir morgens in die Haut. Für ein paar Wochen wurde Caleb der schöne, weiße Gott dieses Herbstes. Störrisch, dreist und fremd wie ein Besucher marschierte er zur Türe herein, aber Großmutter sagte nur: «Oh!», als wäre er Minuten fort gewesen, nicht Jahre. Mit dem Rührlöffel schlug sie auf den blubbernden, schwarzen Brei ein, ihr Pflaumenmus, das leicht anbrannte. Vom Herd aus verfolgte sie meinen Vater mit durstigen Blicken. «Nun, wer bist du denn?» sagte er und verbeugte sich vor mir. «Meine Verehrung, Prinzessin! Die schöne Joa, zwölf Jahre, und kriegt schon Brüste!» Besitzergreifend bewegte er sich durch das Haus, lärmend wie eine Posaune, die alles, was ich hatte, in Schutt und Asche blies. Natürlich glich er Zack. Seine Haut an meiner war frisch wie die Schale der kalten, grünen Äpfel im Garten, als er mich umarmte, und ich wagte es nicht, mich zu rühren.

Das Novembereis kam, und während am Ufer die Binsen unter Zacks Stiefeln knirschten, beanspruchten meine Eltern nach dem Abendessen die Küche. Wie eine Welle drückte mich ihr Getöse hinaus, und ich flüchtete zu Großvater in die Kammer. Hinter der Tür lachte Mutter schrill, bis mir die Ohren klirrten, eine Schraube, die man überdreht; ein neues Parfum aus dem Katalog von Marx & Berner blühte in den Falten ihrer Kleider. Rose Marie machte ein glückliches Gesicht, als sie den Flakon öffnete. «Und wenn es nun nach Pferdemist geduftet hätte?» sagte Caleb spöttisch. «Es ist schön!» sagte Rose Marie. «Es ist *teuer*», kommentierte Großmutter, die heimlich mit ihrer Lesebrille das Etikett studierte, als wir in Mutters Zimmer Staub wischten. Es war jedoch billig gewesen, Jasmin, Geranien und cremig wie Kuchen, aber vielleicht war das Süße auch nur der Duft von Mutters Haut. Wenn sie mit Caleb in der Stadt war, probierte ich ihre Petticoats und Samtmieder an und stellte mir vor, sie würde mich umarmen. Dabei mißbilligte sie jede Form von Zärtlichkeit. Einmal antwortete Großvater mir auf die Frage, ob Caleb und Rose Marie sich wohl auch küßten, entsetzt: «Ach was!», nur um sich eilig zu verbessern: «Doch, sicher, Joa! Und was für Küsse!»

Keiner wußte, warum Zack neuerdings bis in die Nacht fischen ging; die Füße fest auf das knakkende Eis gestemmt, suchte er die Löcher in Ufernähe nach Plötzen ab, die zu Hunderten in ihren Winterlagern standen. Seltsam verbissen kratzte er zu Hause mit dem Messer die kugeligen, roten Augäpfel der Fische in einen Eimer, ein geleeartiges, feuerfarbenes Augenmeer, unsere Schwelle übersät von hübschen, silbrigen Schuppen. Sie klebten überall, auch an Großvater, der in der

Kammer stundenlang heiser vor sich hin redete. Er schien sich aufzulösen, in sonderbaren, fahlen Gerüchen, und so berührte ich ihn nie, sondern spürte ihn nur dicht an meiner Wange atmen. Ein unangenehmes, feuchtes Gefühl, begleitet von seinem Gemurmel, die Worte tröpfelten, endlose Märchen, voller Kinder, die ohne Köpfe in Betten lagen, bemitleidenswert wie Großvater. Er hatte den bösen Husten, und ein langer Spuckefaden lief ihm im Schlaf aus dem Mund, bis sein Ohr ganz naß davon war. Eine garstige Seuche, behauptete Großmutter, die von der Arbeit im Freien kam, Rose Marie nickte, aber hinter ihrem Rücken lästerte sie darüber. Solche Geschichten, *solche* Geschichten, einfältig, töricht, ein Hohn! Obwohl ihr auch mein Respekt vor Caleb lachhaft vorkam, war sie bissig und funkelte, solange er bei uns war. Sie hatte viele Arten zu lachen, aber die eine war mir besonders zuwider, die sie sich angewöhnte, als mein Vater zu Neujahr wieder fortging. Ich kam herunter, ein Schweigen bis unter die Balken, Wind blähte die Vorhänge und schnellte wie eine Zunge über Waldbingelkraut und Vogelknöterich auf den Fensterbänken. Die Küche war kleiner als sonst, und sosehr ich die Augen zukniff, öffnete, zukniff, sie blieb leer. Zack gab das Fischen wieder auf, Weiches wurde hart, Zerrissenes stopfte sich, und sie vergaßen Caleb gründlich wie eine scheußliche Krankheit. Nur Großmutter sagte einmal: «Jetzt sind bloß noch zwei Männer im Haus!»

«Wobei dein Großvater», sagte Rose Marie,

«kein Mann ist, sondern ein Zustand.» Weil ihr das gut gefiel, lachte ich mit, als sie häßlich kicherte, aber meine Mutter sah an mir vorbei zu Zack hinüber und wiederholte bedeutungsvoll: «Ein Zustand!» Mit unbewegter Miene blickte er sie an. Dann lächelte er plötzlich so langsam, daß ich eine Gänsehaut bekam. Meine Mutter lächelte zurück, sie hatte ein Gesicht wie Zucker.

Nur einmal sprach Rose Marie danach mit ihrer Freundin Thaddea über meinen Vater. Im Garten, am Zaun, wo sie standen und rauchten, hatten ihre Füße schwärzliche Abdrücke auf dem Rauhreif hinterlassen. «Die Abwesenheit ist immer sein verläßlichster Charakterzug gewesen», sagte sie. «Diesmal hat er euch aber richtig verlassen», sagte Thaddea. *Er hat uns nicht verlassen*, sagte Mutter. Caleb kam und ging, immer wieder, berechenbar. Ja. Ein halbes Leben, mein halbes Leben war er in der Stadt gewesen, ehrgeizig, zielsicher, als hätte ihn ein Hammer in eine Wand getrieben, ein einziger Mann und hundert Berufe, Obstverkäufer, Barmann, Bierfahrer. «Nichts ist ihm genug», sagte Großmutter, «schon als Kind, Joa, die Nase ganz vorn! In der Schule eine Klasse überspringen, denk dir bloß! Kein Wunder, daß er jetzt Lehrer ist, das ist sich so einer doch schuldig!» Unruhig bewegte er sich in meinem Kopf, eine nebelhafte Gestalt, milde, groß und golden. Als ich sehr klein war, mästete ich mein Sparschwein mit Groschen für seine Busfahrkarte. «Arm wie eine Kirchenmaus», sagte

Großmutter, «kein Geld, an den Wochenenden zu kommen!» Die Latten an unserem schönen, weißen Holzzaun verwitterten, sprangen, während ich Freitag für Freitag auf ihn wartete, eine Soldatenbraut, die Augen brennend von der großen, kalkigen Sonne. *Er kommt nicht*, sagte Mutter die ersten Male, *er will uns den Abschied nicht jedesmal zumuten.* Irgendwann sagte sie gar nichts mehr, sondern bewarf mich nur noch mit Blicken. Du arme Idiotin, hieß das, aber ich wußte, daß mein Vater den Otsch liebte wie ich, sein durchscheinendes, scharfes Wasser, die Steine, Magnetite, Milchquarze und Schwefel, strohgelb und schön wie ein Geheimnis. Vor dem Einschlafen war Caleb bei mir, Sekunden, bis ich in seinem Arm im stumpfen Schimmer einer Lampe versank und in Gedanken die Wohnung in der Stadt durchwanderte. Ein abgerundeter Bosch-Kühlschrank mit silbernem Schnappgriff, ein Rattanbett, Fransenkissen, sein Rasierpinsel auf dem Bord, die Seife in grünem und rotem Papier. Ein Schiff segelte über den Rand. Morgens bildete ich mir ein, die Laken röchen nach ihm, ein erfundener Duft, denn ich wußte nicht mal seine Adresse. Einmal, als ich an eine beschlagene Fensterscheibe *Papa* geschrieben hatte, ließ Mutter mich Silber putzen, bis die Schubladen leer waren. Wie einen verkrüppelten Verwandten schwieg sie Caleb jedesmal tot, wenn er ging, aber in diesem Frühling teilte sie ihm auf einer Karte mit, daß sie noch einmal schwanger war, dreizehn Jahre nach meiner Geburt. Er schrieb zurück, er arbeite wie ein Galeerensklave, leider, schrieb er, meine Lieben, kann ich diesmal beim besten Willen nicht kommen.

Die Sommernachmittage waren lang wie Jahre, sie verstrichen, ich sah ihnen dabei zu. Wenn Zack im Wald mit den Leiharbeitern Holz machte, kam Mutters Freundin Thaddea Nathorp in ihrem alten Ford vorgefahren, ihr Kleid so dünn, daß der flaue Wind den Saum bewegte. Während Großmutter im Haus bellend vor Ärger die Böden wachste, tranken sie Eistee auf der hinteren Treppe vor den drei Kiefern. Ich war mit Thaddeas Tochter Rebekka in meinem Zimmer, wir schnitten in der Hitze Anziehpuppen aus und hörten ihre Stimmen durch den Schatten rieseln wie das entfernte Geräusch von Wasser. «Du siehst gut aus, Rose Marie», log Thaddea Nathorp, dann war sie fort, und die Frische verzog sich aus Mutters Gesicht, mit dem Handrücken wischte sie sich den Schweiß von der Stirn. Sie hatte erschöpfte Augen. *Du siehst gut aus, Rose Marie,* sie sah entsetzlich aus, wie ein Pudding; an den Abenden sogar wie ein Pudding, der schlecht geworden war. Das Unabwendbare in ihr hatte mit Blut zu tun und mit Schmerzen, soviel wenigstens wußte ich über Geburt und Tod. Kurz zuvor kam meine erste Periode, in klebriger, warmer Nässe war ich aufgewacht, hatte im Dunkeln nach meinen Schenkeln getastet und an den Fingern geleckt. Ein modriger Geschmack, weich wie Erde, das Licht auf dem Nachttisch dagegen so kristallin, daß man sich daran stieß. Daß ich blutete, war falsch, ein Umstand, an dem ich schuld hatte, eine Strafe, abgewandt lauschte ich am Morgen den lauten Vorhaltungen meiner Mutter. *Du achtest darauf, daß du dich richtig wäschst, Joa, geh jede Stunde aufs Klo und sieh nach, ob etwas durchgekommen ist.* Ihre Stimme schlug mir ins Gesicht, Sätze, unzerstörbar und peinlich wie der riesige, pflaumenfarbene Bauch, den Rose Marie entwikkelte.

Samstags badete sie in der Wanne mit den Klauenfüßen, und ich mußte ihr beim Aussteigen helfen. Die Seifenlauge glänzte auf ihr, als hätte sie einer angespuckt, ich wollte sie nicht nackt sehen, nicht auf diese Weise, aber ich schaffte es nie, mich schnell genug wegzudrehen, und reichte ihr betreten das Handtuch. Dann und wann, wenn sie mich unabsichtlich berührte, lächelte sie stolz, ich aber zuckte vor ihrer Nacktheit zurück, als hätte sie mich gebissen.

In den letzten Wochen vor der Geburt hörte meine Mutter auf zu existieren und wurde durch etwas ersetzt, was furchterregend und unberechenbar war. Mit einem melodielosen Singsang, der mich verrückt machte, ging sie ganze Tage lang an den Schränken und Regalen auf und ab. Ich hörte sie aus dem Keller singen, wo sie die Dosen und Einmachgläser mit den Fingern berührte, ein Zwang, sie tippte alles mit Daumen und Zeigefinger der linken Hand an. Ganz leicht, einmal, klackklack, und noch mal, klackklack. Mutters Hand sah dabei aus wie eine Pistole. *Ein Tick*, sagte Großmutter, *den ihr das Kind eingegeben hat.*

Am Schluß duftete das ganze Haus ständig nach warmer Milch. Anfangs suchte ich noch den Topf, der überkochte, bis ich begriff, daß der Geruch aus der Mitte meiner Mutter kam. Wenn ich mit Zack in der Küche saß, wurde ich rot, weil ich wußte, daß auch er sie riechen mußte. Singend umrundete Rose Marie den Tisch, ungezielte Bewegungen, das Märchen vom süßen Brei. Sie war der Grieß, der sich über den Herd und den Küchenboden in die Zimmer ergoß und von da aus in die ganze Welt. In mir wand sich der Gedanke daran, was mit ihrem Bauch passieren würde. Meine Mutter war eine der seltsamen Kapseln, die im Oktober im hinteren Garten wuchsen und immer fetter wurden, obszön in ihrer prallen, violetten Schönheit. Als ich das erste Mal eine anfaßte, platzte sie und schleuderte mir ihren Samen ins Gesicht, das Springkraut, die Pflanze Rühr-mich-nicht-an.

Der Tag, an dem Timpie Leghorn geboren wurde, war heiß wie eine Herdplatte, seit dem späten Mittag glitzerte die Luft, und am Abend schmolzen die Häuser im Tal. Irgendwann wurde das Licht so schnell und flach, daß die Brombeeren keine Schatten mehr warfen. Als ich mit meiner Schultasche ins Haus rannte, ballten sich Wolken hinterm Haus, unter ihren Säumen schwankten die Kiefern wie betrunken, und der Himmel zog sich zusammen, dann setzte ein harter Regen ein. *An solchen*

Tagen, sagte Großmutter, *kommen die Unglückskinder zur Welt.*

Sie schloß oben die Fensterläden, und ich wartete schiffbrüchig im Bauch eines großen Fisches auf Abkühlung, als meine Mutter gegen neun ihren spitzen, schweren Leib über die Treppe ins Bett wuchtete. «Da geht sie hin», sagte Großmutter, als wäre Rose Marie zu einem Fest unterwegs. Zacks Fuß hackte einen komplizierten Rhythmus in den Boden, die Fenster beschlugen, die Uhr tickte, das winzige Küchenradio hatte Großmutter ausgeschaltet, weil sie dachte, seine Wellen würden den Blitz anlocken wie Wasser. Sie haßte die Technik und sah auch ungern fern, sie hatte eine Abneigung gegen Geräusche, die nicht von ihr kamen. Mit ihrem krummen Messer zog sie Fädchen aus den Bohnen, die Zack und ich am Nachmittag körbeweise aus dem Garten geschleppt hatten. Bevor er sich über die Zeitung beugte, seufzte er und warf mir einen seiner gelben Blicke zu wie eine Kugel, mit der ich spielen sollte, seine Hände bewegten sich unruhig wie zwei Fliegen umeinander. «Der Pastor wird langsam alt», sagte Großmutter, «Sonntag hat er über Abel geredet, eine halbe Stunde nur *Abel.* Sein und Vergehen. Und so weiter», sagte sie feindselig, «und so fort.» Der Pfirsichkern, den ich seit Stunden lutschte, lag warm wie ein trockener Kiesel unter meiner Zunge, als Zack endlich aufstand und zum Fenster schlenderte. Groß und schwarz und heftig starrte er hinaus, Tropfen schlugen gegen die Scheiben, Erbsen, die man in einem Sieb schüttelt, ein kühler Film auf dem Glas. Dann fiel das Thermometer an der Wand, der rote Streifen verkürzte sich. «Was das wird, da oben», sagte Großmutter und blickte zur Zimmerdecke, beleidigt, daß jemand die Atmosphäre aus dem Raum gesogen und uns in diesem Kokon aus Nichts zurückgelassen hatte. Bis auf die Uhr, bis auf den Regen war es sehr still.

«Ich wette», murmelte Großmutter gerade, «daß es ein Junge ist, ich verwette diese Bohnen drauf!», da knallte es plötzlich über uns, als hätte jemand ein Gewehr abgefeuert. Sie warf die Bohnen von sich, sagte «Amen!», und ihr Mund verzog sich zu einem Doppelstrich, als Zack die Treppe hochlief, das Messer glitt ihr langsam die Schürze entlang in den Schuh. Während in der Dachkammer Rose Maries Schreie losbrachen, dachte ich verschwommen, daß sie sich da oben an uns allen rächte, ich erinnerte mich an das *Klickklack* der Sommermonate, die Pistolenhand an den Gläsern. «Es ist ein Mädchen», sagte Großmutter auf einmal sachlich. «Starr mich nicht so an, Joa Leghorn, ich habe mich geirrt, kein Junge, ein Mädchen, wir müssen Caleb *anrufen.*» Der Ton verhieß Beschwernis, sorgfältige Planung, darum hielt ich den Mund, beunruhigt darüber, daß Mutter oben allein mit Zack ein Kind bekam. Natürlich wollte ich wissen, was über unseren Köpfen geklungen hatte wie ein Schuß, aber Großmutter hielt genausowenig von Fragen wie von Kindern. Als die Hebamme kam, rauschte Wasser, inmitten des Rauschens

Rose Marie, die schrie, und ich dachte, daß sie es tat, damit niemand sie für tot hielt.

«Ein Mädchen», sagte Zack auf der Treppe, sein Gesicht etwas Zerschnittenes, «ein Mädchen, groß!»

Großmutter seufzte. «Und sie?»

«Ach», sagte Zack, «du kennst doch Rose Marie, sie wartet, bis alle aus dem Zimmer sind, und dann weint sie.»

Schließlich greinte über uns das Baby, Laute wie die Schreie meiner Mutter, Tierlaute, gequält. Zum erstenmal war ich wirklich erschrocken. Großmutter schob Zack, der sie umarmte, ärgerlich weg, in ihrem Schatten gebratenes Essen, die tröstliche Abgestandenheit des Alters und dahinter Zacks Bewegungen, Elektrizität, die Stille, schwer wie ein Tuch. Um mich zu beruhigen, kaute ich an einem Zopfende, es schmeckte vertraut nach nassem Haar und Seife. Timpie Leghorn aber heulte und heulte, und ich stellte mir vor, wie sie aus dem Bauch meiner Mutter gesprungen und mit einem lauten Poltern über die Holzbohlen gerollt war. Keiner hielt mich auf, als ich nach oben ging.

Vor Mutters Tür stolperte ich über ein riesiges, gespenstisches Ding, das mir den Weg versperrte. Als jemand das Flurlicht anknipste, blinzelte ich und erkannte zu meinen Füßen den fast mannshohen Schinken aus dem Räucherschrank, seine düstere, rote Farbe. Dann stand Zack plötzlich hinter mir, schleuderte mit einem Fuß den Schinken zur Seite, packte mich im Nacken, und ich flog hinter der Schweinehälfte her die Stufen hinunter. Einen Augenblick war mir, als hätte ich ein großes, totes Tier gesehen, das meine Mutter geboren hatte, dabei war an dem Schinken nichts Geheimnisvolles gewesen, er mußte in dem Moment vom Haken gefallen sein, in dem sie Timpie Leghorn aus Rose Marie herauszogen. Im Fallen hatte er geknallt wie eine Pistole.

Großmutter ging nicht zu Rose Marie und dem neuen Baby, sondern zu Großvater in die Kammer. Ihre blaue Schürze bauschte sich in der Tür, und Zeit verstrich, bis sie mit einer rostigen Stimme nach mir rief. Danach ist alles weiß, weil die Wände weiß sind, an denen entlang ich ihrer Stimme nachgehe. Ich spüre die Oberfläche der Türfüllung, und ich rieche den hohlen Geruch, in den der Tod sich manchmal hüllt. Die Kammer ist niedrig, Großmutters Augen, die Augen einer Eule, gelb. Mit diesen Augen hält sie meinen Blick fest, als ob sie ihn brechen wollte. «Da», sagt Großmutter anklagend, «da, Joa, *siiieh …*» Ich aber senke den Kopf, sehe weg und weiß, daß ich sie verrate. «Joa, Joa, Joa», sagt Großmutter, ihre Lippen bersten. Der Finger, mit dem sie auf Großvater deutet, schneidet die Dunkelheit in Stücke, Stücke, die man essen kann, als wäre die Nacht eine Torte. Ich habe Angst. Und dann sehe ich doch hin, wie sie es will. Der Haufen Mensch in diesem Bett hat zuerst keine Kontur, aber im nächsten Augenblick schon ist er schön und neu, weil er anders ist als sonst. Ich sehe meinen schönen, neuen, toten Großvater, und dann atmet Großmutter wieder, als ob ich sie geheilt hätte. Der blaue Schatten um ihren Mund wird hell. Ihre Hand fällt aus der Luft, und sie geht hinaus. Der Raum ist leer bis auf die Leiche meines Großvaters; es riecht nach alter Wäsche.

Ein düsteres wildes Rot, ein blauer Schatten, Farben, sie winden sich in meiner Erinnerung. Etwas kreischt, etwas fällt, alles war, wie es war, sagten sie später, aber das ist der Denkfehler, ein Irrtum. Elijah hat es nicht verstanden, er kommt jetzt jeden Tag, und immer wieder erzähle ich ihm meine Geschichte. Farben explodieren mir in der Hand, Geräusche wuchern. *Der Tag, an dem Timpie Leghorn geboren wurde, war der Tag, an dem mein Großvater starb.* Elijah kann es nicht mehr hören. «Nun, gut», sagt er, «nur zu!»

«Ich dachte», sage ich, «Timpie wäre schuld.»

«Magisches Denken», sagt Elijah trocken, in der Tonlage, die Sturzbäche von Tränen aufsaugen könnte. Mein Mann ist Psychologe. Er hat seine klinische Stimme aufgelegt.

«Ja», sage ich, «ja.» Dann aber rede ich wieder von meiner Schuld. Elijah reibt sich den Kopf und stöhnt. Er sieht aus, als würde er sich die Haare ausreißen, wenn er abends nach Hause geht, in unser Zuhause, dahin, wo Ruth gelebt hat, meine Tochter.

«Ich glaube, daß ich Ruthie ein gutes Zuhause gemacht habe», sage ich, «das glaube ich, glaubst du das auch, Elijah?»

«Hör bitte auf, Joa», sagt er gereizt. Jetzt reißt er tatsächlich an seinem Haar. Er dreht sich zum Fenster. Ich spähe über seine Schulter hinaus. «Ruh dich aus, Joa», sagt er.

«Nein», sage ich, «nein.» Es ist ein gutes Wort, als Strafe gedacht, für uns beide. «Glaubst du nicht, daß ich Ruthie ein gutes Zuhause gemacht habe?»

«Laß das», sagt er, «laß das doch, Joa!»

«Joa, Joa, Joa», kreische ich und sehe das Otschtal, Timpie, die unser Zuhause am Fluß Kinderauschwitz genannt hat. Halt den Mund, sagte ich zu ihr. Ich war mir sicher, daß es ihre Erfindung war. Halt den Mund, das habe ich gesagt, aber sie hat es wiederholt, laut und leiser, wieder und wieder, mit ihrer aufgepeitschten, kalten Stimme. *Kinderauschwitz, Kinderauschwitz, Joa.* «Ich dachte, es wäre Timpies Schuld, Elijah», wiederhole ich.

«Sie war ein Baby, als dein Großvater gestorben ist», sagt er böse, «gerade geboren.»

Ich bin ihm plötzlich dankbar. «Das war ja der Fehler», sage ich eifrig, «mit einem lächerlichen Gedanken hat es angefangen! Sie kam auf die Welt, er starb, genau.»

«Jaja», sagt Elijah gelangweilt, «das hast du ihr nie verziehen.»

Ich falte die Hände. Es wird zur Manie. Meine Hände sind die Hände einer Fremden. Es erleichtert mich, es bestürzt mich, nicht ich bin es, die betet. Es hat einen Namen, sagt Elijah, man nennt es Depersonalisation. Trotzdem falte ich meine fremden Hände. Es ist durch Timpie Leghorn gekommen, denke ich. Ich bin geworden, wie ich geworden bin. Das denke ich. So bin ich. Ich bin zwei fremde Hände, die sich falten.

Als die Hebamme ging, gab ihr rotes Gesicht Hitze ab wie ein Heizstrahler. In der Küche verglommen die letzten Kohlen, und ich wartete auf meiner Fußbank, daß einer an meine Stirn klopfte und mir sagte, es sei Zeit, zu Bett zu gehen. Aber Großmutter zerrte nur unter Ächzen und Stöhnen den Schinken in den Schrank zurück und holte Tücher, um Großvater zu waschen. Ich glaube, sie war nicht sicher, was sie zuerst tun sollte. In der Kammer tauchte sie die Lappen in das lauwarme, graue Wasser. Die Tränen, die hineintropften, waren genauso grau, aber sie sah nicht aus, als ob sie weinte. Auf Wangen und Kinn entstanden einfach nasse Linien, es tropfte auf Großvaters nackten Oberarm, seine haarlose, wächserne Brust. Noch tiefer, unter dem Bauchnabel war er weiß wie Porzellan. Ich schämte mich, ihn nackt zu sehen, er hätte sich geschämt.

Oben starrte Zack immer noch Mutters Gesicht über dem Baumwollnachthemd mit den zartblauen Blümchen an, die ich früher gezählt hatte, wie Zack jetzt die Atemzüge zählte, die die Ewigkeit brauchte, um aus Rose Maries Gesicht zu verschwinden. Es sah alt aus, aufgedunsen, pralle Haut, die Wangen ausgestopft wie mit Lavendelsäckchen, und ihr leises Schnarchen durchstieß die Luft. Unten hielt ich Großvaters Hände, jemand mußte darauf warten, daß sie kalt würden, aber sie blieben fest und warm, und nach einer Weile riß ich an meiner eigenen Haut. Sie fühlte sich an wie tot. Da dachte ich, daß vielleicht in Wirklichkeit ich gestorben oder etwas kaputtgegangen wäre in meinem Gehirn und einer mir sagen mußte, wie man es repariert. Etwas begann mich inwendig zu schütteln, meine Mutter zuckte in mir, bis mir einfiel, daß ich dreizehn Jahre alt war und wahrscheinlich nie sterben würde. Das neue Baby sollte Timpie heißen, Thymia Sophie, ein Name wie ein Schlag vor die Brust, sagte Großmutter. In meinem Zimmer hatte Zack eine Wiege aufgestellt, dickbackige Engelsköpfe als Pfeiler, leer, ich schloß die Tür, aber ich hörte immer noch, wie Großmutter Großvater *Jesus meine Zuversicht* vorsang. Als das frühe Licht gegen die Scheiben stieß, schlich ich mich zu meiner Schwester. Dünne Schneeflocken die Augenlider und ein fleckiges Gesicht, wie etwas, was man sehr klein gefaltet und wieder geöffnet, etwas, was man nie zuvor gesehen hat. Ein Gesicht wie ein Wirsingkohl, ein Gesicht wie ein Unglück, dachte ich.

Der Sommer stürmte durchs Land, ungestüm und blendend, Pritschenwagen, die manchmal am Morgen durchs Tal zur Mühle fuhren. Der Staub wehte hinter ihnen wie eine Fahne. Nachts schrieb ich Gedichte und zerfloß tagsüber vor den Kesseln, die stundenlang auf dem Herd köchelten. Dicker Kirschsaft, Erdbeersaft, Himbeersaft, ein glasiges

Brodeln. Der Rhythmus der Schläge, mit denen Zack in der Scheune Holz hackte, schoß durch die wabernde, simmernde Stille mittags über der Senke. In diesem Sommer, als jedes Haus, jeder Baum mit Quecksilber überzogen war, brach Mutters Wut aus wie eine Krankheit. Die Tage waren Lava, die Nächte kühl und glatt. Im Dunkeln saß ich in meinem Zimmer, wehrte Mücken ab, las Dutzende von Büchern und füllte Spiralblöcke mit schönen, verdrehten Sätzen. Draußen in der Luft ein weicher, traubenfarbener Schimmer, kostbar; Samt aus einem chinesischen Kästchen, der Himmel. In seinem glatten Spiegel brach jeden Morgen neu der Sommer ein, unüberhörbar, wenn Mutter sich aufmachte, Timpie Leghorn zu erziehen.

Rose Marie war bei der Geburt auseinandergebrochen und danach neu zusammengesetzt worden; sie stand auf, begrub Großvater, wusch Windeln, reparierte Zäune. Vor allem aber leckte sie Blut. Timpie Leghorn war kein Jahr alt, als Mutter sie zum erstenmal schlug, und begann sich wenig später schon wegzuschlängeln, sobald nur ein Mensch in ihre Nähe kam, überallhin verfolgt von den bösen Blicken meiner Mutter. Sie verbissen sich wie die Hunde, ich sah es, Zack sah es, Großmutter, aber keiner sonst hatte eine Ahnung davon. Obwohl Rose Marie im Dorf süß und schön war und Timpie Leghorn meistens schwieg, schrie zu Hause eine von ihnen immer. Sie waren laut und gleich, und eines Morgens verlangte ich nur noch nach Stille. Ich wünschte mir, daß sie verschwunden wären, wenn ich zum Frühstück käme, an ihrem eigenen Geschrei erstickt, das Haus ein tiefer Atemzug, leer gewischt, ein abgeräumter Tisch. Tatsächlich saß ich manchmal eine Weile alleine, vor dem Fenster hüpfte eine Kohlmeise im Forsythienbusch, der Kessel summte auf dem Herd, alles war sehr friedlich. Dann kam Timpie Leghorn die Treppe herunter. Am Herd stieß sie gegen den Milchtopf, und der Milchtopf knallte auf die Fliesen. Winzig und dürr stand sie mit ihren bloßen, rosafarbenen Füßen in der weißen Lache, die Haare wie an Drähten hochgezwirbelt. «Oh», sagte sie trübsinnig und starrte die verschüttete Milch an. «Oh», sagte ich gehässig, «oh! Natürlich! Oh, oh, oh!»

Dann nahm ich mein Buch und hielt es vors Gesicht, damit ich meine Schwester nicht sehen mußte. Ich hörte, wie sie zum Tisch kam, spürte den Ruck, als sie dagegen stolperte, ein komisches, dumpfes Geräusch. Als ich mit einer Hand nach dem Brötchen auf meinem Frühstücksbrett tastete, griff ich in einen nassen, durchweichten Klumpen. Ich ließ das Buch sinken und sah erst Timpies bange Augen, dann gar nichts mehr, und als auch das Dunkle aufplatzte, war in der Leere dahinter Platz für etwas Neues. Mein Herz schlug schnell, ich atmete, brannte, neu und schneidend, die Wut meiner Mutter vollkommen, ein Lebewesen, schwarz und schmerzend und groß in mir. «Du hast deinen Becher umgeworfen», sagte ich drohend.

«Was hast du?» brüllte Mutter, die hinter Timpie

auftauchte wie ein Geist. Timpie schrumpfte in ihrer Haut zu etwas Häßlichem zusammen. «Was, was, was!» brüllte Rose Marie. Ich hob mein Buch wieder vors Gesicht. Eine Gedichtzeile fiel mir ein, ich dachte, ich müßte sie aufschreiben. Es kam *Ferne* darin vor und *gerne*, es war schlecht. Ich tastete nach einem Bleistift in meiner Tasche. «Ich bin es so leid», schrie Mutter. Mit kleinen, knallenden Geräuschen stapfte sie durch die Pfützen auf dem Boden. Ich nahm meinen Stift und notierte, was mir eingefallen war. Ferne, gerne. Weit weg schluchzte Timpie, etwas klatschte, jemand fiel. Ich fragte mich, wo Zack schon wieder war. Großmutter sagte scharf Mutters Namen. Nach einer Weile legte ich den Bleistift hin und hörte auf die Stille. Vielleicht hatte ich geschlafen. Ich versuchte mich zu erinnern, wo ich gewesen war. Eine Fliege krabbelte auf meiner Hand, es war, als hätte ich Zeit verloren. Timpie Leghorn saß mir manierlich gegenüber und aß ein Butterbrot, von dem der Honig tropfte. Über ihrem rechten Auge zog sich eine bläuliche Schramme bis zur Braue hoch. Sie machte ihr schlimmes Clownsgesicht, und dabei fiel ihr das Brot mit der Honigseite nach unten aus der Hand auf die Tischplatte. Ich seufzte und holte ein Spültuch.

Timpie Leghorn hatte grelle, grüne Augen, ein ausgewaschenes Gesicht, dünne Haut, und ihre Haare verknoteten sich jede Nacht. Tagsüber lachte sie splitternd, nur manchmal war ihre Miene ein glattes Stück Blech. Dann wurden die Augen metallisch, und Rose Maries Ärger prallte an den Pupillen ab, taumelte, fiel auf das anthrazitfarbene Linoleum wie die dicken Käfer und Mücken, die nachts, vom Küchenlicht angezogen, gegen das Fliegengitter schossen. Mutters Kiefer knackten und rasselten sonderbar, wenn sie meine Schwester endlich schlug. Das war eine Erleichterung, man wußte, daß es bald vorbei war.

Einmal konnte Timpie ihren Arm eine Woche lang nicht bewegen. Mutter, die stundenlang mit traurigen Blicken im Haus umhergegangen war, schloß sich zwei ganze Tage auf ihrem Zimmer ein, um zu weinen. Schlimmer als das war die Langeweile. Mit Timpie war nichts anzufangen, darum langweilte ich mich bis in die Abende, besonders, wenn Großmutter, Zack und ich am Küchentisch Brettspiele spielen mußten. Der Tisch war abgenutzt, beinah so weiß wie der Mond draußen, die Platte durchzogen von Schnitten. Der Tisch war alt. Die Brettspiele waren neu. «Sieh dir das an, Joa Leghorn», sagte Großmutter, «diese drei Tüppchen sind da, wo sie hingehören. Zu Hause. Und wem gehören diese drei Tüppchen?» Ich ertrug ihre Siegesgewißheit nicht, ich ertrug nicht, wie sie *Tüppchen* sagte. Als hätte sie das Wort als Geschenk gekauft, wahrscheinlich für sich selbst. Zack grinste, der Würfel knallte auf dem Spielbrett, immer wieder. Fünf, zwei, eins. Oben flackerte Mutters Stimme, Timpie schrie.

«Laß sie», sagte Großmutter, wenn Zack Anstalten machte hinaufzugehen, und hielt ihn am Unterarm gepackt wie einen Schuljungen. Fasziniert beobachtete ich seine Augen, starrte hingerissen ihrem wirren Flug an der Decke hinterher. «Joa», sagte Zack und zog mich am Haar, «niemand zu Hause?» Meine Mutter heulte oben auf, über der Treppe, die im Halbdunkel lag. Wir spürten sie stets in unserem Rücken. Großmutter würfelte, zog. «Sechs», schrie sie begeistert, «sechs, und dein Tüppchen fliegt raus!» In ihrem Gesicht tauchte das Kind auf, das sie gewesen war, Rattenschwänzchen, Spinnenfinger, drahtig wie Timpie. Ich dagegen, eine von der dicklichen, schlappen Sorte, die man beim Brennball nicht wählt, erfand, was andere spielten. Monopoly, Dame, Schach. Die bunten Holzfigürchen sahen armselig aus. Großmutter hielt die Schultern immer durchgedrückt, wenn Timpie Leghorn weinte. Vom Wegsehen bekam ich irgendwann Nervenschmerzen, meine Haut prikkelte, wund von dem Streit, die empfindliche Stelle überm Atlaswirbel pulsierte, und ich war zu starr, als daß ich hätte einschlafen können. Im Zorn waren ihre Stimmen so hoch, daß sie meine Ohren zerschnitten. «Sie ähneln sich», sagte Großmutter, «wie ein Ei dem anderen.» Das fand ich nicht. Im Bett sagte ich mir zum Trost Zacks Namen vor; solange er blieb, würde ich bleiben.

Timpies Haare waren ein Wunder, feucht schimmernd, unnachgiebig und so blond, daß sie selbst im Dunkeln blaß leuchteten. Ich war neidisch, wenn ich mein Haar kämmte, das die Farbe von Käfern hatte, von Mistkäfern, aber der Neid verging mir, sobald Timpies zauberhaftes Haar geflochten wurde. Mutter zog sie herrisch unterm Bett hervor, wo Timpie Leghorn hockte, weil sie zu dumm war, nur ein einziges Mal ein anderes Versteck zu suchen. Darum benötigte man auch nicht viel, um ihr Verstand einzuprügeln. Rose Marie brauchte nur ihre Hände und Füße, manchmal samt Sohlen und Absätzen, und ab und zu benutzte sie auch Kochlöffel oder Kleiderbügel.

Nach ihren Anfällen saß ich vor meinem Essen wie ein Stein, der sich mit Krusten aus Lehm und Kälte überzieht. Ich wurde ein *blauer Fels, schweigend,* wie ich in mein Tagebuch schrieb, ich vereiste, sobald ich meine Mutter und Timpie hörte. Dankbar, daß er sich morgens zu mir setzte, betrachtete ich Zack, wenn er das Messer ins Pflaumenmus stieß und mir gut gelaunt von seinem Programm für den Tag erzählte. Mutters Schuh klatschte nebenan gegen Timpies Schulterblatt, und Zack atmete kurz und scharf ein. «Natürlich mache ich mir auch Gedanken», sagte er beiläufig. *Niemand,* schrieb ich in mein Tagebuch, *beobachtet einen Krieg einfach so.* Das hatte ich irgendwo gelesen. Mit abwartendem Blick stieß Zack die Luft durch die Nase aus, erhob sich und klopfte mit dem Fingernagel ans Barometer. Der Haferbrei, den Großmutter mit Butter, Zucker und Salz sehr dünn anrührte, brodelte auf dem Herd, mein Magen drehte sich, Timpie hustete und kam irgendwann heruntergestolpert. Auf dem Weg warf sie ein paar Sachen um, verschwitzt und mit geschwollenen Augen, das Kissen von der Nacht zwischen Ellbogen und Hüfte geklemmt. Timpie war anders als jeder, klein und vorsätzlich, und ich haßte sie. Bewegungslos, angenagelt beobachtete ich, wie sie immer dünner wurde. Sie war von Anfang an ein Monster.

Manchmal träumte ich auch von ihr, von einer Puppe, die ich in einem Keller verlor, oder von einem kleinen Tier, das ich in einem mühsam gebastelten Käfig verhungern ließ. Es hatte ihr Gesicht, und ich erwachte mit einem Gefühl von schierem Glück. Nie jedoch berührte ich meine Schwester. Das, was ich wollte, war ihr Haar. Nicht, um es für mich zu nehmen, ich wollte es nur schneien sehen, in dicken, gelben Flocken. Die glatten Strähnen wollte ich über eines von Großmutters Kochmessern ziehen, so scharf, so unübersehbar verlockend lagen sie in der mittleren Schublade, grau glimmend und gewetzt. Während Timpie Leghorn die Quittenmarmelade aus den Mundwinkeln tropfte, säbelte ich ihr in Gedanken jedes einzelne Haar ab, in genauen, geraden Schnitten. Mein Kopf war innen gepolstert, voll von ihrem Haar, genug, um Mutter einen Teppich daraus zu weben, ein Kopfkissen.

Zack gähnte, die Geräusche des Tages schläferten mich ein, Teller schepperten, wenn Rose Marie sie zerschlug, und immer war ich müde. Großmutter putzte den Herd, daß die Klappen quietschten.

Timpie Leghorns Füße rieben sich an den Beinen des Tischs, sobald Rose Marie hereinkam, die Hände noch naß vom Waschen, die Wangen dunkel und rot, wie eine, die sich auf eine Liebesnacht vorbereitet hat. Ohne Zögern langte sie nach Timpies Haar. «Timpie!» rief sie, und Timpie rannte weg, es fielen Worte wie *Waisenhaus* oder *Erziehungsprinzipien*. Ich sah nicht hin, wenn Mutter die eiskalte Dusche aufdrehte und Timpie zu atmen aufhörte und blau anlief. Manchmal fing ich auch laut zu singen an, kratzte mich so lange, bis es weh tat, dann las ich wieder stundenlang Bücher über Afrika.

Einmal stieß Rose Marie Timpie Leghorn zum Herd, packte ihre Hände und drückte sie in die Pfanne, in der die heiße Margarine für Frikadellen Blasen warf. Sie hielt sie kurz am Boden fest. Es zischte, und ich kniff mir auf dem Weg nach draußen die Nase zu, bis Timpie mit aufgerissenem Mund zu mir in den Holzschuppen gerannt kam, die Augen so weit, daß das Weiße wie ein Schwimmring war. Sie ächzte, die Hände mit gespreizten Fingern erhoben, die Innenhaut schneeweiß und runzlig, vereinzelt klebten Zwiebelstückchen daran. «Geh rein», schrie ich sie an, «geh wieder rein, sei doch froh, daß sie dir nicht die Suppe über den Kopf gegossen hat!»

Spät am Abend saß Timpie mit verbundenen Handflächen am Tisch und stopfte Frikadellen in sich hinein, die Großmutter ihr eine nach der anderen in den Mund schob. Timpie war hart im Nehmen. Mutter sahen wir an solchen Tagen nicht mehr; vor ihrer Schminkkommode mit dem geschliffenen Spiegel sitzend, versorgte sie ihre verweinten Lider. Am nächsten Morgen kam sie früh herunter und küßte uns, ihre Bewegungen langsam und benommen, gemurmelte Entschuldigungen flossen über uns hinweg. Timpie, die auf ihrem Schoß in sich zusammensackte, schloß selig die Augen, und Dankbarkeit, gärend wie Hefeteig, füllte die Küche.

Erleichtert wartete ich mit meinen Büchern auf den Schulbus, die Schule war sauber, ruhig; endlos redete ich mit meiner Freundin Rebekka über die Jungs, die mittags an der Haltestelle rauchten. Rebekka hatte feuerrote Haare und zeigte mir neue Frisuren, oder wir führten Gespräche über Nagellack, die mir so aufregend wie läppisch vorkamen. Nur einmal versuchte ich ihr zu erklären, wie meine Mutter wirklich war. Aber ich wußte nicht, wie man das macht, und sie wußte nicht, was sie damit anfangen sollte. Sie saß aber geduldig neben mir und hörte mich stottern, sie bot mir ein Kaugummi an, und ich kniffelte das dünne, silberne Einwickelpapier. Rebekka war braun und gesund, *perfekt*, die roten Strähnen verdeckten ihre Augen.

Wenn ich mich über Schallplatten unterhielt, vergaß ich zu erwähnen, daß ich keine kaufen durfte, manchmal kam ich mir wie eine Betrügerin vor. Um nichts in der Welt hätte ich gewollt, daß Rebekka Timpies verpflasterte, wunde Hände zu Gesicht bekäme, die schwärzlichen Flecken auf ihren Oberarmen, die pfenniggroßen Abdrücke von Mutters Stilettos, da, wo sie links und rechts der Lendenwirbelsäule auf Timpie eingehackt hatte. Ich liebe euch, ich hab euch doch so lieb, sagte Mutter, bevor sie an manchen Abenden mit Zack das Haus verließ. Sie preßte uns so fest an ihren Brustkorb, daß ich ihre Rippen spürte, und ihr kirschroter Lippenstift klebte Timpie nachher wie ein Stempel auf den Wangen. All das konnte ich voraussagen. Während Rose Marie schrie und uns dann mit ihren weichen Küssen überschwemmte, zerbiß ich mir die Nagelhaut und dachte an das helle, besondere Licht in Afrika, von dem ich gelesen hatte. Ich fand, daß meine Mutter recht hatte, Timpies Haare waren eine Katastrophe, und stillhalten mußte man lernen.

Ich komme aus einem roten Fluß. Ich habe Elijah davon berichtet, aber er ist nicht bereit, mir zuzuhören, es sei denn, ich redete über den Lachs, den es zu essen gibt. Mein Mann bezahlt eine Menge dafür, daß es mir gutgeht, während ich den Teller anstarre und dahinter die Fremde mit den gefalteten Händen sehe, die immer noch betäubt im Otschtal sitzt. Vielleicht bin ich nie von dort weggegangen. Nichts hat sich geändert, nach wie vor warte ich in Großmutters Haus, bewegungslos, feige seit Jahren, und höre Timpie und Mutter zu, wie sie immer wieder dieselben Dinge sagen.

«Mein Gott», sagt Elijah, «du warst siebzehn!» Das reicht ihm als Entschuldigung. Aber ich sehe mich, braunes Haar, ein leidliches Gesicht, das Gefühl meiner Zeigefinger in den Ohren, geronnene Bewegungen, aufgerissen, entzwei. Mich sehe ich, wie ich lerne, daß man nichts teilen kann, sosehr man auch danach trachtet. Als ich es Elijah erkläre, schüttelt er wieder den Kopf und macht eine ausholende Bewegung. Sieh dich an, soll es heißen, so weit bist du mit deiner Quälerei gekommen.

«Du verkommst zur Gebetsmühle, Joa», sagt er streng. Ich nicke gehorsam, mag sein, er hat recht, daß Menschen wie ich Grenzen brauchen. Sie haben sich angestarrt, sage ich, gefesselt, ein Fleisch in jeder Konsequenz. «In welcher Konsequenz?» sagt Elijah, um mich auf die Erde zu holen. «Das weißt du doch», sage ich müde. Mit dem Fingernagel kratze ich ein Stückchen Rost aus der Fensterecke, in der ich hocke. Ich lecke daran, ich versuche, Timpie Leghorn zu sein. Elijah ist mir fern, ganz nah die Stimmen meiner Mutter und meiner Schwester, in ihnen tanzt immer noch der Ärger und darunter etwas Schnelleres, Höheres als Verzweiflung, eine Bombe, lautlos im Flug, nicht zurückholbar.

«Ich war siebzehn», sage ich, «und ich habe mich aufgeführt wie ein Kind, das unter einem Stuhl sitzt.»

«Du hast dir gedacht», sagt Elijah, «daß die Welt so ist. Und weißt du was, Joa? Du hast recht gehabt.»

Ich komme aus einem roten Fluß. Ich weiß, wie man schwimmen lernt. Darum stehe ich auch auf und gehe zu ihm hin. Ich sehe seinen großen Kopf, aber ich kann ihn nicht anfassen. Wer weiß, ob sein großer Kopf ihm nicht platzt, wenn ich ihn berühre. So waren die Dinge damals, Elijah, rein in ihrer Vorhersehbarkeit, weiß und unschuldig, verläßlich wie der Wechsel der Jahreszeit. Darum bemerkte sie auch niemand. Das war der einzige Unterschied zum Krieg.

An manchen Tagen hatte Timpie Leghorn plötzlich Erde oder Murmeln im Mund und versuchte sie zu verspeisen, obwohl ihre Backenzähne sich schon vor Fäulnis schwärzten. Nur die spitzen Vorderzähne waren makellos, ein glitzernd weißes Babygebiß, mit dem sie Feuerstein zerbeißen konnte und Leder. Konzentriert kratzte sie den Putz aus den Mauerfugen, versessen auf Ungenießbares, ein Hunger, der wie ein Fieber kam, in Schüben. Nur selten nahm Mutter ihr im Vorbeigehen gleichgültig Ascheklumpen oder ein Steinchen aus dem Mund.

Großmutter allerdings betete in der Kirche für Timpie. Sonntags zog sie die weißen, halben Handschuhe aus ihrer privaten Schublade, in der sich ein paar Taschentücher mit Hohlsaum befanden, sorgfältig gebügelt und mit Kölnisch Wasser besprengt, und Fotos, auf denen sie Arm in Arm mit gestorbenen Freundinnen zu sehen war, ein Kamm im weißen Plastiketui, Schlüssel zu Schlössern, die nicht mehr existierten, Zacks und Calebs erste Zähne in einem Fingerhut. Ganz vorne das Gesangbuch, auf dessen Vorsatzblatt stand: *Betet an den Herrn in heiligem Schmuck*, ein Befehl, den Großmutter noch gründlicher beherzigte, seit Timpie unser Haus aufzufressen begann.

Zack rief sie spöttisch *die Braut Christi*, wenn Großmutter die Schnürschuhe mit den Lackkappen gegeneinanderklopfte und ihre schwarzbestrumpften Füße hineinsteckte. Gegürtet und geschnallt wie für eine Hochzeit, verließ sie Punkt halb zehn das Haus und überquerte den Rubikon, wie Zack sagte. In zügigem Tempo ging es über die Brücke, manchmal sang sie Psalmen. Wenn Rose Marie neben ihr lief, den Rock vom Wind an die Waden gedrückt, nicht ganz sicher auf ihren Hakkenschuhen, kam es mir vor, als hätten die beiden mir etwas voraus. Ich fand die endlosen Predigten so überflüssig wie Annie Marners Gerede über die Mendelschen Gesetze. Wenn ich sie begleitete, mußte ich ständig niesen, weil ich den Mottenpulvergeruch, der aus Großmutters gutem Kostüm drang, nicht vertrug, wahrscheinlich litt ich an einer Allergie. Manchmal überfiel mich auch Platzangst, dann kamen mir die schlimmsten Gedanken: Nackt würde ich über Bänke springen und meine Brüste ins Taufwasser tauchen oder mich in Großmutters Nacken übergeben und sündhafte Ausdrücke benutzen wie *Zum Teufel noch mal* oder *verflixt und zugenäht*.

Mutter benahm sich lächerlich, wie sie aufgeregt das Gesangbuch zerblätterte oder nach Geld für den Klingelbeutel kramte, sie schien zu glauben, daß Großmutters fester Glaube wie Schmetterlingsflügel funktionierte. Wenn man sie berührte, mußten sie abfärben. Darum kreuzte Rose Marie ihre Beine auch exakt wie Großmutter, hatte die Schultern genauso zurückgenommen und das Kinn im selben Winkel zur Decke gestreckt. Ihr Bemühen, im gleichen verhuschten Tremolo zu singen, empfand ich als würdelos, weil ich bezweifelte, daß es ihr etwas nützte. Ich bezweifelte, daß es Gott interessierte, was Rose Marie Leghorn mit ihren Sonntagen anfing.

Timpie jedenfalls halfen die Ausflüge nicht, sie fraß sich durch unsere Wände. Keiner schien je von einer Krankheit wie dieser gehört zu haben, darum ging ich einmal in die Leihbücherei der Kirche. Die Bibliothekarin, Großmutters jugendliche Freundin Elsie Marner, war die Schwester von Annie Marner, meiner Lehrerin. Sie hatten beide schräge Gesichter, ein Fehler in der Statik, als würde ihnen ständig der Wind durch Augen, Nase und Mund sausen. Elsie war die Häßlichere, ein verhungertes Abziehbild, verkümmert, Jahre nicht gegossen.

Angeekelt beobachtete sie, wie ich den Bestellzettel für das Gesundheitslexikon «Die Frau als Hausärztin» ausfüllte, eines der Bücher, die Elsie unter Verschluß hatte. Ihre kalten Blicke klatschten mir wie nasse Waschlappen in den Nacken, als ich mit dem Lexikon zu den Pulten ging. *Schweinerei*, sagte ihre Miene, während ich lustlos blätterte und ab und zu die Nase sehnsüchtig in die verstaubte Luft hielt, die nach Büchern roch. Nach einer Weile schlenderte ich zum Leihpult zurück, mein Rücken gerade wie eine Nähnadel. Als ich das Buch auf den Tisch knallte, flogen Staubflocken auf, und Elsie mußte husten. Das war das einzige Ergebnis des Tages. Auf dem Heimweg malte ich mir den Wortlaut ihres Berichts an Großmutter aus. Wenn wir zusammen in die Bibliothek gekommen waren, hatte Elsie uns immer Kaffee aus einem türkischen Kännchen angeboten, Großmutter zierte sich, und dann blieben wir doch, *ein fröhliches halbes Stündchen*. In Wirklichkeit waren es zwei depressive Stunden, in denen Sätze aus Mündern tropften und im Parkett versickerten. Nierenkoliken kamen vor oder die Spinnenmilben in Elsies Dieffenbachien. Manchmal mußten wir auch samstags nach dem Einkaufen in ihrer Küche sitzen. Blumentapete, gesprungene Emailletassen und vier erwartungsvolle Stühle. Sie wohnte allein, das hing in ihren Wänden.

Kurz hinter der Bibliothek begann ich zu ahnen, daß Timpie unter einer Abart von Anorexie litt, dem Wahnsinn. Das Wort, das in meinem Geist zuckte und wuchs, war aber noch zu klein für das, was später passierte, am Abend, als es Zähne regnete. Der erste fiel Timpie beim Essen aus dem Mund, eine winzige, helle Perle auf dem Tisch zwischen Brotkrumen und Petersilie. Mutter drehte sich am Büffet um, als hätte sie das Geräusch gehört, das er im Fallen machte, und wurde erst bleich, dann rot. Meine Schwester sagte «Ah», nachdem sie ihrem Zahn zugelächelt hatte, und beobachtete, wie Mutter zum Ausguß sprintete und ein Tuch holte, obwohl gar kein Blut floß. Trotzdem drückte sie Timpie, die wie eine Gefangene auf ihrem Stuhl hockte, die Kiefer auseinander und wies uns an, einen Blick in diesen Mund zu tun. Nacheinander bezeugten wir das Elend, indem wir die kleine, giftige Höhlung begutachteten, die den Zahn beherbergt und dann ausgestoßen hatte. «Seht euch das bloß an», sagte Großmutter ratlos. Zack blickte schnell wieder weg, und ausgerechnet als ich an der Reihe war, klappte Timpie den Mund zu und kniff die Lippen zusammen. Sie legte den Kopf schief und sah mir gemein in die Augen. Ich stöhnte laut vor Verachtung. Mutter zerrte an Timpie und mir herum, bis endlich der Blick frei war: rosiges Zahnfleisch und dazwischen perlfarbene Blässe, der Kieferknochen, peinlich und bloß. Mir wurde schlecht.

«Ach was», sagte Rose Marie immer wieder, die schrägen Augen ängstlich verengt, aber Timpie klappte nur die Kiefer auf und zu wie eine Kaulquappe. Mit den Fingernägeln kniff sich Mutter in die Oberarme, und plötzlich begriff ich: Sie meinte, sie hätte Timpie den Zahn ausgeschlagen. Ihre Stirn war dunkelrot. Zack pfiff leise und sah sie an, auf eine Art, die mir unheimlich war, während Großmutter Saft für Timpie brachte. Mutter und Zack hörten nicht auf damit, die Blicke gewetzt wie Sensen, aber als Rose Marie schließlich nach dem Zahn griff, schnalzte Zack mit der Zunge und schnippte ihn zu Timpie hin, die einen hohen Vogelschrei ausstieß und die Faust um ihr Eigentum ballte. Mutters Blicke waren so eisig, daß sie beim Aufprall in Zacks Gesicht klirren und zerspringen mußten. «Er gehört ihr, Rose Marie», sagte er endlich, behutsam, als täte es ihm leid. Wie ein Bonbon steckte Timpie ihren Zahn in den Mund zurück und begann ihn aufzuessen, das Krachen und Mahlen war kaum zu ertragen. Da dachte ich, daß sie wirklich verrückt war, genauso wie Rose Marie, die sich plötzlich über den Tisch warf, Timpie an einem Büschel Haar zu sich hinzog und sie an sich drückte. *Mein Baby, mein Baby.* Halb auf dem Tisch liegend, streichelte Mutter Timpie Leghorn mit dem Daumen über das Kinn, immer wieder, ganz zart, einen Ausdruck der Verwirrung im Gesicht.

Mit einem Hustenstoß rollte der zweite Zahn über den Tisch, und Rose Marie begann verzweifelt zu weinen, geräuschlos, unheimlich wie ein Fernseher, den man ohne Ton laufen läßt. Sie heulte stumm, bis Zack den Zahn in die Hosentasche steckte. Ich hoffte, daß sie unter dem litt, was bei anderen Leuten ein schlechtes Gewissen war, und sich Vorwürfe machte, aus den Millionen von Gründen, aus denen Mütter sich immer Vorwürfe machen. Aber in Wirklichkeit, das wußte ich, schluchzte Rose Marie nur aus Selbstmitleid. Großmutter, deren Augen leise quietschten, wenn sie morgens geöffnet oder abends geschlossen wurden, war zwar nicht zum Weinen geschaffen, aber immerhin kräuselte sie die Stirn und lamentierte, bis Timpie im Bett war. Danach hörte ich sie zu Rose Marie sagen: «Morgen packst du sie dir, und dann ab durch die Mitte. Da gibt es kein Pardon, was sein muß, muß sein.» Timpie beim Zahnarzt, dachte ich schadenfroh, das würde ein Ereignis werden. Sie, die niemals mit Fremden sprach, sollte den Mund aufsperren. Toben würde sie, es sei denn, man bestach sie mit Eßbarem. Für meine Schwester waren Fremde Gegenstände, Dinge, die sie nicht kannte, wie Grenzsteine, Sicherheitsnadeln oder Bleigewichte, man mußte damit rechnen, daß sie versuchen würde, den Zahnarzt zu essen. Nervös zählte ich in meiner Ecke das Muster für ein gesticktes Schultertuch aus, gespannt darauf, ob sie Timpie endlich für immer aus dem Haus schaffen würden. Großmutter schluckte ein paarmal übertrieben laut, sie trank ihr abendliches Glas Malzbier, der einzige Luxus, den sie sich erlaubte. Zwischendurch hörte ich sie zischend schimpfen, eine Stimme wie verbranntes Gummi, als sie Mutters Namen sagte. Mutter zischte zurück.

Zacks Tür war geschlossen, als ich zu Bett ging, und ich bemühte mich, im Vorübergehen leise zu sein. Ich verabscheute mitzuhören, was er in seinem Zimmer tat, ohne ihn sehen zu können. Seine langen Schritte hinter der dünnen Wand, er lief im Kreis herum, immer und immer wieder. Auf meinem unnachgiebigen Bett zog ich das Wollplaid um mich fest. Als Zack hinter der Wand leise stöhnte, stellte ich mir vor, wie er sich zerstreut bewegte, darüber schlief ich ein, bis ich gegen zwei Uhr von Stimmen nebenan erwachte.

Eine Frau sagte: «Aufgeblasen! Aufgeblasen bist du und anmaßend und snobistisch wie deine ganze Familie!» Dann stockte die Stimme meiner Lehrerin Annie Marner. Ich setzte mich auf und legte das Ohr an die Wand, aber ich hörte nichts mehr, nur einen Seufzer. Im Geist sah ich Annies Augen, zwei schwappende Spiegeleier, und ihre kleinen, spitzen Brüste, die unter den ewigen Sweatern locker wippten. Jemand keuchte verhalten, ich hielt mir den Mund zu, es konnte nicht sein, daß Zack mit meiner Lehrerin in seinem Zimmer war. Aufgeblasen, snobistisch, aber genau das wollte sie offenbar noch mal haben, noch einige Male. Ihn hörte ich nicht, Annie jedoch atmete laut und wiederholte immer schneller «Snobistisch!» Fröstelnd fragte ich mich, wie Zack so geschmacklos sein konnte.

Sehr früh am Morgen wurde ich davon wach, daß Mutter und Timpie sich stritten. Das dumpfe Gefühl in meinem Bauch erinnerte mich an den unerfreulichen Traum, in dem Zack ein Huhn geschlachtet hatte, das ohne Kopf auf gelben, gerollten Füßen davonlief, bis die Federn von ihm abfielen. Wie einen grotesken Hochzeitsschleier zog es seine Haut hinter sich her. Unten zankten sie schon wieder, *nimm das, wirst du dich endlich bewegen!* Dann gedämpfte, hohle Schläge. In aller Ruhe machten sich meine Mutter und Timpie Leghorn zum Gehen bereit.

Die Luft legte sich mir auf die Lunge wie ein feuchtes Tuch. Mit gewaltiger Geschwindigkeit schob der Wind die Wolkenformation von Osten vor sich her. Getaucht in Smaragdfarben, kauerte unser Haus in der Wiese. Das Gras stand schon hoch und leckte am niedrigen, dunstigen Himmel, der Sonnentau zwischen den Steinen schimmernd, Rosetten voller kleiner, geflügelter Leichen, Insekten, die den klebrigen Drüsenhaaren nicht widerstanden hatten. In der Küche blätterte Großmutter in Katalogen und bearbeitete nebenbei ihre Nagelhaut. Weil sie mir einen Teil der Hausarbeit übertragen hatte, konnte sie sich wie eine Königin aufführen, und obwohl ihre Ruhelosigkeit mich immer geärgert hatte, ärgerte es mich noch mehr, wie sie nun einfach dasaß, ein hutzeliger Schattenriß hinterm Fenster.

Gegen Mittag klatschten die ersten Tropfen auf die niedrige Mauer, die Großvater aus Bruchsteinen gebaut hatte. «Kein bißchen Mörtel», sagte Großmutter feierlich und lehnte sich über den Blumenkasten, «nur seine Augen, alles paßgenau.» Ja, dachte ich säuerlich, und die Zeit ist vorbei, als Männer noch solche Mauern bauen konnten, vielleicht ist das der Grund dafür, daß inzwischen alles bergab geht. Sie hatte es so oft gesagt, daß ich es auswendig wußte. Die Feuchtigkeit färbte die heißen Steine fast schwarz, schon früh war es so warm gewesen, daß nicht viel fehlte, bis die Platten Blasen warfen. Ich merkte mir das für meine Gedichte, in denen ich gern tote Dinge beschrieb, Platten, Blasen, Konservendosen. In meiner Schürzentasche befand sich mein neues Werk, einige Zeilen über meinen Onkel. «Ein paar einfache Zeilen über dich», wollte ich sagen und es Zack reichen, die eine Seite, die ich immer wieder betastete, als könnte sie an der Luft zerfallen.

Im Schuppen hackte Zack Holz. Die übereinandergeschichteten Scheite, aus denen eine der Wände bestand, lagen so locker, daß ich durch einen Spalt seine Haare sah. Stumpf und schwarz wie Eierkohle fielen sie ihm bis über den Kragen; obwohl er sie nie scheitelte, wußte jeder, daß Zack Leghorn eitel war. Manchmal kreischte die Säge und arbeitete sich durch drei Fuhren Holz, die Zack in der Morgendämmerung aus dem Waldstück südlich des Flusses geholt hatte, Leghorn-Land seit Generationen. Auf dem Pritschenwagen transportierte er die Stämme unter öligen Planen nach Hause. Wenn wir Kinder ihm später halfen, das Holz zu schichten, nahm er uns dafür mit in die Stadt zur Genossenschaft. Der Handel brachte nicht viel, aber für Zack genug, um sich nirgendwo verkaufen zu müssen, und Rose Marie befreite das Geld vom Ärger über Calebs unregelmäßige Überweisungen.

«Ich geb mich doch nicht auf, Joa», sagte Zack, «um an einer Tankstelle anderen Leuten ins Auto zu pinkeln.» Einmal, als er tatsächlich auf der Tankstelle im Dorf gearbeitet hatte, war Zack krank geworden, ausgeblutet, sagte Großmutter, halb tot. Wie berauscht drosch er seitdem auf das

Holz ein, als hätte er andere Gründe als die blanke Notwendigkeit. Mit seinen Schultermuskeln glich er Robinson in der illustrierten Ausgabe, die er mir vor Jahren geschenkt hatte. Als Rose Marie ihn deshalb einmal schnippisch *das Tier* nannte, zertrampelte ihr Großmutter absichtlich die Birkenpilzkultur im hinteren Garten. Für sie war Zack das schiere Gehirn, der Schlauste und Faulste der Leghorns. «Schlau genug, seinen Schulabschluß zu machen, zu dumm, seine Schlauheit auch zu nutzen», sagte Mutter, halblaut, weil sie aus den Birkenpilzen gelernt hatte. Dabei war Zack nicht faul, nur besessen von seinen Träumen. *Hör mir zu, Joa, wir machen ein Café auf, Sonnenmarkisen, weißblau, wir backen das Brot selbst, Joa, sie werden uns die Türen einrennen.* Mir gefiel die Idee, aber leider rannte uns niemand die Türen ein, solange es keine Türen gab. Ein anderes Mal beabsichtigte Zack allen Ernstes, mit einer Gulaschkanone durch Indien zu ziehen. *Was,* sagte Großmutter, *was, bist du verrückt geworden, Zachariah Leghorn?*, und es schüttelte ihren ganzen, hageren Körper. Sie sagte nicht: Ich werde dich vermissen, Zack. Sie sagte nicht: Was? Gulasch? In Indien verehren sie doch die Kuh. Bei den Leghorns, sagte Zack, ist es eben nicht üblich, die Wahrheit zu sagen.

Die Schuppentür ruckte im Wind, über den gejäteten Weg zum Haus flogen ein paar Blätter bis zum Rosenstock an der Hauswand, der sonst gelb blühte und dieses Jahr versagte. Auf meiner Haut prickelten die ersten Tropfen, außer den gleichmäßigen Schlägen der Axt und dem stärker werdenden Regen war es ungewohnt still in den Hügeln, denn Mutter hatte Timpie Leghorn tatsächlich an den Haaren ins Dorf geschleppt. So wie Timpie sich aufführte, schien sie inzwischen begriffen zu haben, was ein Zahnarzt war.

Zack hatte die Ärmel aufgerollt, als ich in den Schuppen kam, die Adern an seinen Unterarmen traten hervor, wenn er ausholte. Unter dem Hemd mit den verblichenen Karos arbeiteten die Muskeln. Er ächzte, wischte sich die Augen, richtete sich auf und betrachtete dann gelassen, wie ich mit den Händen an Besen, Sensen und Beilen entlangstrich. Ich benahm mich wie meine Mutter mit ihren Pistolenfingern, dachte ich, ich benahm mich, als wäre ich schwanger. «Na», sagte er, «Joa.» Dann hob er die Axt, als würde er grüßen, legte die Stirn in übertriebene Falten und fing an zu singen. *Joa-Joa, Boa-Boa.*

«Laß das», sagte ich, «du bist doch albern, Zack», weil es mich verlegen machte, wie er meinen Namen im Takt der Schläge hervorstieß. *Eine Stimme wie reine Butter*, sagte Großmutter, Butter, dachte ich glücklich, ja, und wanderte umher, während Zack sein Lied schmetterte und mich vergaß. An einen Rechen gelehnt, wünschte ich mir, er würde endlich richtig hinsehen, meine neue Westernbluse, die Jeans, die an den richtigen Stellen verblichen waren, darunter ich, erwartungsvoll und schüchtern. Feierlich räusperte ich mich, ach, ich war ahnungslos und unruhig, denn in Zacks Gesicht sah ich das, was Annie Marner nachts küssen wollte, und das andere, was sie nicht ertrug. Holz splitterte nach allen Seiten, es brach auf, feucht und lebendig. Die frischen Scheite warf Zack beiseite und knallte Nachschub auf den Klotz, er wußte, was er tat, und er tat es, während er mir amüsiert dabei zusah, wie ich mir die Sachen vorstellte, die er nachts mit Annie Marner machte.

«Joa-Boa», sagte Zack freundlich, «was ist jetzt wieder los mit dir?»

«Nichts», sagte ich, und das war die Wahrheit, obwohl meine Stimme knirschte. «Nichts», wiederholte er, stockte, als dächte er nach, und lachte wieder. Immer mehr Scheite flogen, der Holzschuppen roch nach seinem Tabak, Rauch, der sich mit dem pilzigen Geruch des Holzes vermischte; vielleicht löste Zack sich auf, wenn er allein war, und flog mit dem Rauch in den Himmel. Er sah mich von oben bis unten an – ratlos? Zögernd?

«Nichts», sagte er noch mal, «aha, nichts ist mit dir los – das wird dir auch noch vergehen, Joa.» Dann schwang er plötzlich ein Stück Holz wie einen Propeller über seinen Kopf in meine Richtung. «Na, geh schon, Joa-Boa, verkrümle dich und mach woanders die Granaten scharf.» Das Holz flog, und als ich mich duckte, lachte er wieder, er zielte genau und rechnete damit, daß ich auswich. Darum knallte ich die Schuppentür besonders laut zu.

Ein Hund bellte unten im Dorf, klagend, verzerrt, und ich fühlte mich sehnsüchtig und zornig. Über den niedrigen Holzzaun sah ich den Weg hinunter, wo sich vor der Brücke zwei schwarze Punkte bewegten, Timpie und Mutter, die von ihrem Ausflug heimkehrten. Kurz vorm Otsch hielten sie an und standen eine Weile da, es gefiel mir, sie zu beobachten, geschrumpft, wie sie waren, kleiner als die Figuren aus dem Indianerfort, das Zack Timpie zu Weihnachten geschenkt hatte. Sie hätten mit Plastikgesichtern zurückkehren müssen, die Kleider Fetzchen von billiger Baumwolle. Timpie hüpfte hin und her, ein Kreis von Sprüngen um Rose Marie, die träge wie ein Flußkiesel anrollte, auf die Brücke zu, weiter, in ihrem festen, stapfenden Gang. Wenn man das Ohr an die Brückenbohlen hielt, die in Jahrzehnten eine spröde, gelbbraune Färbung angenommen hatten, konnte man das Leghorn-Holz wispern und vibrieren hören.

Es war ein fast vollkommener Moment. Oben am Himmel Kondensstreifen; dort, wo in die weißen, zerstobenen Wolken das tiefe Blau einbrach, drehte ein winziges Flugzeug Kurven. Von sehr weit weg hörte man den Motor summen wie ein Insekt. Ich legte den Kopf in den Nacken, die Wirbel knackten, Zack klopfte hinter mir mit dem stumpfen Ende der Axt gegen einen der Balken. Unten trat Timpie mit einem streichholzgroßen Bein heftig vor das Brückengeländer, Mutters Gesicht ein ovales Medaillon, der verwaschene Fleck, darunter das gepunktete, seidene Kostüm, das sie sich letzten Herbst von Elsie Marners Cousine für eine Hochzeit hatte schneidern lassen. Singend und ein bißchen betrunken waren sie und Zack damals zurückgekommen, ein Kanon, zweistimmig, der vor dem Haus verstummte. Bis zum Bett konnte ich die Schärfe des Weins in ihrem Atem riechen, als sie meine Tür einen Spalt öffnete, eine geschliffene Silhouette, umgeben von kalter Luft, ich war glücklich gewesen.

Das Flugzeug drehte ab, vielleicht hatte der Pilot genug von der stillen, grüngelben Fläche des Otschtals, wahrscheinlich jemand aus der Stadt, der eine Fliegerbrille trug, mit tiefgezogenen, blauen Gläsern und einer Goldfassung. Im Augenwinkel nahm ich an der Brücke eine heftige Bewegung wahr, aber ich achtete nicht darauf, ich sah der Maschine hinterher. An den Hängen weideten Rinder und schüttelten sich, als das Flugzeug über sie hinwegflog. Ihr Fell würde beim Motorengeräusch wie unter kleinen elektrischen Stößen zittern und sich zusammenziehen, als ob sie Insekten mit dem Schwanz verscheuchten. Möglicherweise hielten sie die Maschine für eine besonders große Bremse. Ich fragte mich, wann mir eine goldene Sonnenbrille gehören würde, und einen Augenblick lang dachte ich ans nächste Jahr. Die Schule würde aus sein, und ich würde in der Stadt studieren.

Die Sonne stand senkrecht, es wurde heiß, das Geräusch der Axtschläge höher, tiefer, ein Gesang. Die Blätter sahen aus wie flüssig, als das Licht hart auf den toten Rosenstrauch fiel. Ein Kiebitz landete auf halbem Weg zwischen Zaun und Fluß, sein Schwanz wippte, und ich beugte mich vor, sah meinen eigenen Schatten. Alles um mich herum war blendend hell. Meine Nackenmuskeln verknoteten sich, als würden sie etwas erwarten, und für einen Moment hatte ich ein Nachbild vor Augen, das Negativ einer Bewegung, die ich wahrgenommen, aber nicht wirklich gesehen hatte. Noch mal wischte das Flugzeug in einer weiten Kurve über meinen Kopf.

Dann blickte ich wieder zur Brücke, wo meine Mutter und Timpie eben noch gestanden hatten. Sie waren verschwunden. Ich zwinkerte, und die Welt kippte in die Schräge, Dunkelheit, schwarz und weit. Das Klopfen der Axt verschränkte sich mit meinem Puls, wieder schloß ich die Augen, öffnete sie, aber die Brücke blieb leer, die Luft darüber wabernd, als würde sie kochen. Die Schläge aus dem Schuppen brachen ab, und ich spürte, wie Zack herauskam und neben mir stehenblieb. Sein Geruch nach Schweiß, metallisch. Er legte die Hand über die Augen. Alles um uns herum war plötzlich leer, farblos. Zack nahm sein Taschentuch und rieb sich Schläfen und Handgelenke, und ich empfand eine Schwere in jedem Knochen, als hätte ich tagelang unter der Erde gelegen. Dann füllte sich die Umgebung wieder mit Farbe und Geräuschen. Ich schob Zack beiseite und rannte los.

Das Schlimmste, was mir von diesem Nachmittag in Erinnerung geblieben ist, ist das Zetern der Enten im Schilf, als Timpie Leghorn mit ihrem schlammigen Gesicht aus dem Otsch auf die Böschung gekrochen kam. Es quält mich, daß ich damals absolut nichts empfand. Mein Kopf war rein und fraglos. Die Menschen, die heute morgen während der Visite vor meinem Bett standen, haben keine Gesichter, nur weiße Scheiben, die in der Luft schwimmen. Manchmal hat jeder von ihnen Timpie Leghorns Gesicht. Heute, hier, sage ich mir, heute, während Elijah, der vor mir kniet, wartet, daß ich wieder zu sprechen beginne. Ich bin erschrocken, als ich gemerkt habe, daß mir sein Schrecken gefällt. Es gefällt mir, zu spüren, daß ich die Macht habe. Drei Tage habe ich nicht gesprochen, nur vor mich hingesehen. Ich bin ein Berg geworden. Mit der Schere habe ich versucht, in meine Oberschenkel zu stechen, aber ich mußte tief stechen, um etwas zu spüren. Es hat geblutet. Es war lebendig, schön. «Entweder du hörst mir zu», sage ich, «oder ich schneide mir die Zunge ab.» Das ist mein Ernst, ich bin befreit, es gibt nichts, was ich nicht tun kann. Elijah beißt die Zähne zusammen, so daß sein Gesicht plötzlich grausam aussieht. Aber er hat nur Angst. Damit ist er mir gegenüber im Nachteil. «Joa», sagt er vorsichtig, «ich habe dir immer zugehört.»

«Das hast du», sage ich, «das hast du, nur auf die falsche Weise.»

«Es tut mir leid», sagt Elijah. Das glaube ich ihm. «Erinnerst du dich», sage ich, «der Tag, als das Unglück passiert ist?» Einen Moment lang habe ich vergessen, daß er nicht dabei war. «Natürlich», sagt er schnell, «aber klar.» Er lügt, er verrät mich, er befürchtet, daß ich sonst explodiere. «Als sie plötzlich nicht mehr auf der Brücke standen», sage ich, «habe ich es gewußt. Wenn sie nicht mehr waren, würde ich auch nicht mehr sein. Ist das nicht furchtbar?»

«Das ist eine Definitionsfrage», sagt Elijah erleichtert. Dies sind die Straßen, auf denen er gehen kann. «Jedes Individuum definiert sich über die Dinge, an denen es sich stößt.»

«So wie Wale sprechen?» frage ich.

«Wale?» fragt er entsetzt.

«Echolot», sage ich.

«Natürlich», sagt er begeistert, «Echolot!» Es ist absurd, aber an solchen Sachen mißt Elijah geistige Gesundheit. Ich spüre, daß er nach Hause will, daß er mich liebt, ich spüre, daß das nichts mit mir zu tun hat. Ich muß nur einen Zeugen haben. «Ach, Joa», sagt er, «laß dir einfach Zeit.»

«Ich denke nicht daran», sage ich. Es existiert keine Zeit, wenn man seine Schwester und sein Kind umgebracht hat.

Timpie kroch ans Ufer, sie hatte komische Augen, rund und weit, der Mund ein schmaler, eckiger Haken. Die Enten flogen auf, so gut es Enten können, niedrig, sie torkelten plump in der Luft. Timpie sah nicht aus, wie sie aussehen sollte, sie hatte einen Stein in der Hand, an dem sie lutschte. Ich zerrte sie hoch, ich griff in ihre klammen Haare, aber sie fiel mir immer wieder an den Beinen entlang vor die Knie. Sie machte kein Geräusch dabei, sie war glitschig, kalt wie ein Tier aus dem Meer. Meine Füße in den Riemchensandalen sanken ein, der Schlamm gluckste mir unter den Fußsohlen, als ich Timpie gepackt hielt, und dann watete ich mit ihr hinein in den Fluß statt ans Ufer zurück. Es schien mir richtig so. Die Strömung leckte an meinen nackten Beinen, als würde mich einer locken und rufen. Alles in mir war glatt und kühl, wie wenn man Erde über ein Grab häuft und platt schlägt. Ich schulterte Timpie, die vollkommen still lag wie eine Puppe. Hinter mir hörte ich Zack mit Händen und Armen durchs Wasser pflügen, immer wieder schnappte er nach Luft, murmelte, flüsterte, sagte Mutters Namen, *Rose Marie, ach, Rose Marie*.

Timpies Kopf fiel auf meine Schulter. Meine Mutter war nirgendwo zu sehen. Der Boden ging mir unter den Füßen verloren, etwas streifte meinen Oberschenkel, weich und fest wie ein dicker, neugieriger Fisch. Ich legte Timpie auf den Rükken, schwamm im Kreis, ihren Kopf unter meinen Arm geklemmt, die Augen Schneesterne. Meine Mutter konnte nicht schwimmen. Als ich merkte, wie weit ich mich vom Ufer entfernt hatte, drehte ich mich um, da war immer noch Zack, er suchte mit den Augen die Böschung ab und machte nicht die leisesten Anstalten, uns zu helfen. Dann sah er zu uns hin, unvermittelt schienen seine Lider anzuschwellen, Tränen, aber ich dachte, es wäre Wasser, sein ganzes Gesicht naß davon, die Wangen schwarz, Rose Marie, ach, Rose Marie.

Noch mal stieß ich gegen das Ding an meiner

Seite. Timpie legte ihren Vogelkopf zurück und blinzelte, die Haare gelöst, sie klebten ihr wie Würmer im Gesicht. Dicht unter der Oberfläche sah ich etwas Helles schwimmen, ich trat danach, weil es uns immer wieder berührte. Ein Baumstamm, eine Plastiktüte, sie warfen irgendwo ihren Müll in den Fluß. Zacks Gesichtsausdruck war irr, das Wasser plötzlich warm, vielleicht war aber auch nur mein Körper ausgeblüht und kalt geworden. Seit langem mußte dieser schwimmende Baumstamm im Otsch gelegen haben, gummiartig gab er nach, als ich ihn wegtrat.

Zack hustete entsetzlich, und dann sah ich wie in einem Film, daß Timpies blaue Finger sich in ein Stück weißen Stoffs verkrallten, durchsichtig, violette Punkte. Über uns stand eine Pechlibelle in der Luft, und so heftig ich auch schwamm, ich bewegte uns nicht von der Stelle. Rose Maries Gesicht ploppte an die Oberfläche wie ein Gummiball, der Körper unter dem gepunkteten Kleid hob und senkte sich, als würde sie atmen. Aber das tat sie nicht, die Pupillen schwammen im Weiß ihrer Augen, Fischeier, nein, sie hat nicht mal ausgesehen, als ob sie schlief. Ich schrie, als Arme mich berührten. Zack wartete, das Wasser bis zur Brust, er hatte das Rudern aufgegeben, auch er verlegte sich aufs Schreien. Als Timpie ihn hörte, sah sie mich erstaunt an.

Auf den Knien kroch ich mit ihr ans Ufer zurück, meine Schwester war vier Jahre alt, und ich hatte keine Hand frei, um ihr die Augen zuzuhalten. Also sah sie unsere Mutter an, unter ihrem nassen Haar, das um den Kopf züngelte wie ein Nest winziger Ringelnattern. Sie zog an unserer Mutter, sie krallte sich in das Kleid, bis es riß, weil Mutters Körper im Schlick hängengeblieben war. Rose Marie sah kühl aus, als ob der Schmerz erträglich gewesen wäre. Fast würgte ich Timpie, so fest hielt ich sie, die Augen auf Zack gerichtet, der uns zwischen Enten und Bleßhühnern entgegenkam. Am Berg sah ich die kleine, schwarze Gestalt meiner Großmutter. Mit Blicken hielt ich Zack davon ab, uns zu berühren, ich ging an ihm vorbei, Timpie auf dem Rücken. So ließ ich ihn zurück, ich ließ den Otsch zurück, aber der Otsch hatte uns schon vergessen. Timpie Leghorn, meine tote Mutter und mich.

Keiner fragte Timpie, was passiert war, während ich auf die stillen Hänge mit den Kühen gestarrt hatte, niemand belästigte sie mit der Frage, wie sie ins Wasser stürzten, wer den Anfang gemacht hatte und wer das Ende. «Rose Marie ist ertrunken», stellte Doktor Lennart, unser Hausarzt, fest. Seine Pflicht war es, die Leute auf die Welt zu bringen und wieder herunter, mich hatte er geholt, vielleicht auch schon Caleb und Zack. Als der Arzt am Ufer ankam, tröstete Großmutter gerade meinen Onkel am Fluß, während ich Timpie im Haus abfrottierte und ihre kalte, weiße Haut massierte. Sie sträubte sich gegen jede Berührung und hielt die linke Hand zur Faust geballt. Als es mir schließlich gelang, ihre Finger auseinanderzubiegen, kam Mutters zierliche, spitze Stickschere zum Vorschein, eine hübsche Schere, die aussah wie ein Kranich. Er hatte dünne, rötliche Schlieren am Schnabel, Blut, und Timpie warf mir furchtsame Blicke zu, aber ich sagte kein Wort, drehte die Schere entschlossen in ein Stück Toilettenpapier ein und steckte sie mir in die Unterhose.

Hinter der verschlossenen Haustür hörte ich meine Schwester heulen. Dr. Lennart beugte sich an der Böschung über Mutter und hauchte besorgt auf sein Stethoskop, bevor er es ihr an die Brust setzte, obwohl sie kein Zartgefühl mehr nötig hatte. Er lauschte, nahm dann seine Brille ab, die Garantie dafür, daß es nichts mehr zu sehen gab. Später begutachtete er Timpies Arme in ihrem Zimmer, die blauen Flecken, die von dem Streit am Morgen stammten. «Sie haben sich gegenseitig verletzt, als sie sich über Wasser halten wollten, nicht wahr?»

Großmutter nickte und schnüffelte vor sich hin, das Taschentuch eine feuchte, graue Kugel zwischen ihren Handflächen. «Wie oft ich ihr das sage.» *Atemzug.* «Ich sage.» *Atemzug.* «Rose Marie. Lern es doch, lern schwimmen.» *Atemzug.* «Aber Sie kennen sie. Sie lacht.» *Atemzug.* «Immer lacht sie über mich, wenn ich ihr sage, was ich von Sachen halte. Sie hält nichts.» *Atemzug.* «Von Erfahrungen.» Sie redete so, wie Päckchen von einem Fließband fallen, wartete aber einen Moment, um Dr. Lennart Gelegenheit zu geben, charmant zu sein. Aber er wartete auch. «So», murmelte Großmutter, als er sich nicht äußerte, «so.»

Falls jemand Timpie nach dem gefragt hätte, was geschehen war, hätte sie nicht antworten können, so voll war an diesem Nachmittag ihr Mund mit Knöterich und Lacksplittern. Mir wurde übel, als ich zusah, wie sie mit abgebrochenen Fingernägeln grub, aber Dr. Lennart wischte ihr wenigstens den Mund mit dem Taschentuch aus. Timpie drehte durch, sie aß, was man nicht essen sollte. Sie hatte Ärger gemacht, von dem Tag an, an dem sie geboren wurde, und nun zertrümmerte sie endgültig unser Leben. Trotzdem begannen alle, auf mir herumzuhacken. «Joa», sagte Großmutter vor meiner abgeschlossenen Tür, als Dr. Lennart gegangen war, «was hast *du* gesehen? Du mußt etwas gesehen haben? Wo hast du deine Augen gehabt? Wo hast du bloß deine Augen gehabt, als deine Mutter ertrunken ist?»

«Verdammt, verdammt, verdammt!» sagte ich und spürte meine Kiefer versteinern. Zack verfolgte mich bis in die Toilette, wo ich mein langes Haar auswrang wie ein Handtuch. Es hing in meinem Nacken, naß und filzig vom Otschwasser, und er packte mich und zog mich ans Licht, versuchte mich zu lesen, weil er davon ausging, daß mein Schweigen eine Sache des Willens war. Er liebte das, was sich sperrte, mit Widerstand wußte er fertig zu werden. Unter der alten Flurlampe mit den bauchigen Porzellanschirmen und Perlen an Schnüren brach ich schließlich in Tränen aus, Zack riß mich am Hals, an seiner Stirn eine dicke Ader, widerlich, weil er nach Stahl roch.

«Sag schon», befahl er, «Joa, mach auf der Stelle deinen Mund auf und rede.» Mein Kopf klatschte mehrmals gegen seinen Arm, ich spürte seinen Körper, hart und böse, und daran merkte ich, daß er mich für schuldig hielt. Er führte sich auf, als ob ich Rose Marie umgebracht hätte, als würde ein Halbsatz von mir genügen, und sie würde lebendig aus der Plane kriechen, in die man sie gewickelt hatte. «Rede!» brüllte er, und mein Kopf flog gegen die Wand, einmal, zweimal und ein drittes Mal. Ein paarmal prügelte er auf meine Schultern und meinen Nacken ein; warmes Rieseln an meiner Stirn, dann erst die Furcht.

Etwas bricht, und ich denke, daß es die Wand ist, die mein Kopf eingeschlagen hat, aber vielleicht ist es auch umgekehrt gewesen. Schnodder hängt mir aus der Nase, mein Mund läuft über, und unter den dünnen, zarten Knochen am Grund meines Schädels fühle ich immer noch Zacks schwielige Finger. Sie stoßen mich in die Welt hinein und wieder hinaus. Es ist, denke ich, wie etwas, was ich mir sehr gewünscht habe. Es ist schmerzhaft. «Junge», ruft Großmutter, mein Körper wird von der Erde aufgesogen, «du schlägst sie doch tot, hör auf, Junge, das bringt sie dir nicht wieder.» Ihre blaue Schürze um mich herum ist eine Wand zwischen Zack und mir, Großmutter schaukelt mich eine Weile, sie geht nicht Zack nach, der sich den Flur entlang forttastet. *Macht hoch die Tür, die Tor macht weit, es kommt der Herr der Herrlichkeit,* singt sie, ich bin gezwungen, es anzuhören. Als sie bei *Sanftmütigkeit ist sein Gefährt* ankommt, weine ich, Zack aber hat den Ort der Freude längst verlassen.

Großmutter sang alle fünf Strophen, darum beteuerte ich schließlich, daß ich nichts gesehen hatte, weil ich von einem Gedicht in meinem Kopf abgelenkt war. Als wäre das die schlimmste Erklärung von allen, zog sie mich auf die Füße und brachte mich zum Bad. Das Fries von kleinen, rötlichen Pflanzen in den Fliesen tanzte vor meinen Augen, immer wieder schüttelte ich den Kopf, Großmutters Hände schob ich weg. Aber sie tunkte forsch den Waschlappen in lauwarmes Wasser, dann schrubbte sie mich furchtlos, bis das Wasser hellrosa und die Platzwunde an meiner Stirn sauber war. Als ich aus dem Badezimmer humpelte, stand Zack schon wieder davor und hielt mir die Hand entgegen, aber ich sah demonstrativ an seiner Hand vorbei. «Wo hast du denn wohl deine Augen gehabt?» sagte ich, und er starrte mir auf die Stelle zwischen den Brauen, als ich ihm vor die Füße spuckte. Speichelbläschen, die zu dunklen Flecken auf dem Leder seiner Schuhe zerplatzten, seine Schuhe vor einer Vase mit Chrysanthemen. Es war theatralisch wie eine Zeile aus meinem Gedicht, aber das interessierte mich nicht, ich hatte es vorgehabt, während Großmutter mich wusch, denn ich wußte, wo Zack seine Augen gehabt hatte. Ich wußte jetzt alles, was zwischen ihnen gewesen war, eine Stickarbeit mit komplizierten Mustern, über die Jahre ineinander verschlungen, Gedanken wie Elritzenschwärme, die sich im blauen Wasser verloren, aus dem sie kamen. *Ich gehöre dir*, dachte ich, *und du gehörst mir. Rose Marie, ach, Rose Marie.*

«Ich bin so blöd», sagte ich laut, damit Großmutter es hören konnte, «was bin ich dämlich gewesen!» Er hat sie tatsächlich geliebt, dachte ich, der Schweiß brach mir im Nacken aus bei dem Gedanken, daß sich daran nichts mehr ändern ließ.

«Mein Gott, Joa», sagte Zack, «das stimmt nicht, es ist nur so ...» Sein Stottern versandete, ich hielt mir die Ohren zu.

Einmal hatte ich einen Traum gehabt. Ich war zwei Personen gewesen und zielte mir mit einer Pistole auf den Hinterkopf, auf den richtigen Moment wartend, um abzudrücken. Ich fragte mich, wie das wäre, der Augenblick, in dem die Welt strauchelt und untergeht, bis ich begriff, daß ich es nicht begreifen würde. Das war der *wirkliche* Schrecken des Todes, kein Organ mehr zu haben, das ihn erkennt. Darum schoß ich auf mich, und so war es einfach, zu sterben; als drehe jemand alle Farben aus der Welt, die Geräusche, die Kirchenlieder, die Elritzen, die Chrysanthemen.

Die Zeit hat mich einfach gesprengt. «Bin ich verrückt?» frage ich Elijah. «Sag mir das ehrlich, war ich verrückt, als du mich kennengelernt hast?»

«So ein Quatsch», sagt Elijah, ehrlich erstaunt, ich hätte mir die Frage sparen können, ich glaube ihm kein Wort mehr. Ich habe Elijah erzählt, daß ich mir betrogen vorkam. Aus irgendeinem Grund hatte Zack Rose Marie geliebt und mich betrogen, es bedeutete, daß mein Leben bis dahin ein Betrug gewesen war. «So war das», sage ich Elijah, «so war das also.» Immer denke ich an mich, wie ich vor Zack im Holzschuppen stand und mich schön fand. Stundenlang drehe ich meine Runden in diesem Zimmer und sehe mich, wie ich ihn bewundere, während er an meine Mutter denkt. Die Scham ist mir heute noch so unerträglich, daß ich taub werde. Ich denke daran, wie ich versuchte, ihn zu berühren. «Es bedeutete», sage ich zu Elijah, «daß besser Timpie und ich ertrunken wären, die Kinder, die Störenfriede, für Zack sind wir vermutlich immer tot gewesen.» Elijah antwortet lange nicht. Dann dreht er sich zu mir um, eine Tafel Schokolade für mich in der Hand. «Kannst du dir eigentlich vorstellen, Joa», sagt er, «daß ich auch Schmerzen habe?»

«Nein», sage ich.

In den Tagen vor der Beerdigung lief Großmutter händeringend durch unser Haus und erzählte Elsie Marner stundenlang erfundene Rose-Marie-Geschichten. Sie waren kompliziert und ausgeschmückt, läßliche Sünden rankten sich hindurch, Efeu mit herzförmigen Blättern, bis ich mich fragte, ob wir die letzten Jahre etwa an unterschiedlichen Orten verbracht hatten. «Ihre Mutter hatte eine komische Haarfarbe, wie Honig, geflochten war ihr Zopf so stark wie ein Kinderarm!» sagte Großmutter, als hätte Elsie Rose Marie nie gesehen. «Eigentlich hatte sie ja diesen wunderschönen Rufnamen – A-ni-ta!» Den haßte sie, dachte ich, weil ihre Mutter sie immer so rief. Wenn sie Schecks ausstellte, gab es eine winzige Pause, bevor sie ansetzte, und dann schrieb sie es doch: Anita Rose Marie. Die Tinte kleckste wie ein Spuckefleck, denn sie hatte Anita im Süden gelassen, in dem zweistöckigen Giebelhaus mit Fenstern, die herausschnellten vor Sauberkeit und in der Luft verlorengingen.

«Wie hat sie ihre beiden Racker hier geliebt!» sagte Großmutter und reichte Elsie den Hefezopf, dann klapste sie mir auf die Schulter. Der tote Schatten meiner Mutter, die mit Kindern nichts anfangen konnte, nickte aus einer Zimmerecke; Rose Marie konnte ein bißchen malen und hatte in ihrer

Jugend ein paar Schülerpreise gewonnen, von denen sie nie redete, es war *Kram. Ach*, sagte sie, *ach, das.* Es gefiel mir, daß sie hübsch war, ein Mondvogel, der Nachtfalter, dessen Färbung relativ auffällig erscheint, am Ende aber eine gute Tarnung ergibt. Voller Panik dachte ich daran, daß ich viel lieber Rebekkas Mutter als Mutter gehabt hätte. Thaddea Nathorp tat Mutterdinge, backte, kochte, braute und veranstaltete Partys für ihre Kinder. Nächtelang verzehrte ich mich nach so einer Mutter, nach Thaddeas Gurkenschiffchen, ihrer sämigen Möhrensuppe, der Bettwäsche, die sie in der Sonne aushängte wie ein Opfer. Ich stellte mir vor, wie ich in ihren gebräunten Armen ertrank. Rose Marie dagegen hatte ein kompliziertes, gärendes Naturell und ließ sich noch treiben, als Thaddea längst in einem Verein für Frauen Hockey spielte.

Unordentlichkeit erboste Großmutter, Mutters Schürzen, die stets zu spät gewaschen wurden und speckige Ränder hatten. In Großmutters Herz stieg man mit Hilfe von Besen und Dreckschaufel ein, aber Großvater, solange er lebte, hegte eine Neigung für Rose Marie. Ihm gefiel, wie sie sich morgens den Mund schminkte, Lippenstifte in Beerentönen, Kosmetik, die Großmutter heimlich versteckte. Sie machte ein Heidentheater, als Caleb Rose Marie nach Hause holte. «*Solche* Menschen», erzählte sie über Mutters Familie, «*solche* Menschen! Ich meine, reizende Leute!» Wie ein Schwarm Vögel kamen sie ab und zu über uns, Magenfalten zwischen Nase und Mund, drei Brüder und die Großmutter so riesig und laut, mit dünnen Unterschenkeln und einem deutlich sichtbaren Schienbein. Mein zweiter Großvater war Briefträger, schmächtig wie das Mauswiesel, das in Zacks Garage unter dem Pritschenwagen lebte. «Das kommt von der Post», sagte Rose Maries Mutter und deutete vielsagend mit dem Daumen auf ihren kleinen Mann, der schweigend mit Zack und Großvater am Tisch saß, dünn, still und halb voll mit Schnaps. Was er sah, kann nicht viel gewesen sein – seine Ehe, Anitas Zukunft, Anita, die jetzt Rose Marie heißen wollte, die Schrecken der Post, seine Posttasche? Er hatte sich unter der Posttasche die Beine abgelaufen, dachte ich und stellte mir vor, wie er in den Boden sank, vor jedem Briefkasten wieder einen Zentimeter. *Sie sehen alle so lebensfeindlich aus*, sagte Großmutter und knallte das Geschirr doppelt laut. Als Caleb noch bei uns war, besuchten wir sie einmal unten im Süden, wo die Berge mit ihren Vorsprüngen bedrohlich über unseren Köpfen hingen. Der Wagen schlingerte und war überladen mit Koffern voller Kleider, die Mutter sich genäht hatte. Die andere Großmutter übersah Rose Maries Bemühungen, obwohl sie verbissen jeden Tag ein neues anzog. Caleb mokierte sich über die Kühe, die hier viel mehr glotzten, die Euter lägen tiefer als bei uns, sie molken sie nicht richtig ab. Oh, Caleb, sagte Mutter bewundern, ich hätte *nie* darauf geachtet. Die Kirchen, daran erinnerte ich mich genau, hatten komische, noppige Dächer, zum Empfang gab es einen Kuchen mit Zitronenglasur. *Wie geht es euch? Ist Joa nicht groß geworden? Wie schmeckt euch der Kuchen, er war noch höher, aber ich hab den Ofen zu früh aufgemacht, Caleb, laß dich ansehen, Anita, du Glückliche, daß du so einen schönen Mann abgekriegt hast!* Großmutter hätte Caleb am liebsten auf ihre Handfläche gestellt und gekitzelt, bis er tanzte, unter ihren Blicken blühte er auf, eine Hyazinthe, die plötzlich die Erde durchstößt. Ach, sagte Großmutter, oh, oje, kommt, wir *müssen* das Abendessen richten, wir *sollten* uns um den Tisch kümmern. Für die Familie meiner Mutter war das Leben wirklich eine Aufgabe.

«So ein Glück», sagte Großmutter, «daß sie sich überhaupt kennengelernt haben! Und zwar war das, als unser Caleb für den alten Pastor die Kirchenorgel zum Reparieren in den Süden brachte!» Das Loblied auf meinen Vater brandete auf und verebbte in schäumenden Zungen. «Er bedankte sich», frohlockte sie, «der Junge bedankte sich sogar, wenn er helfen konnte. Das stell sich einer vor!» Elsies Wangen fieberten, die Wahrheit, die satte, weiße Wahrheit, ja, Caleb Leghorn war von Gott eigentlich als Engel gedacht. Auf der Rückfahrt hatte er mit seiner Orgel in dem Ort übernachtet, in dem Mutter wohnte. Kakao mit Schuß in einem Café, wo die Jugendlichen einen Plattenspieler auf die Theke gestellt hatten und die Mädchen in ihren kurzen Pullovern zu *Love Me Do* tanzten. Dampf von feuchter Kleidung umgab Rose Marie, die eine Tafel belgische Schokolade mit Nüssen holte. Nie kam meine Mutter über die Schilderung dieses Umstandes hinaus, es war geheimnisvoll, und das Ereignis erstarrte in meinem Kopf in dem Augenblick, als sie das Wechselgeld mit der Handfläche in ihr Portemonnaie schob, wobei eine Münze über den Boden rollte. «Ich hab mich gebückt», sagte sie, dann klappte eine Haut über ihre Augen wie bei einer Taube. «Ja», sagte sie nachdenklich und danach nichts mehr, vielleicht fand sie, daß das Ende nicht für Kinder geeignet war.

Ich aber rätselte, was genau passiert war, wußte, daß sich auf ihrer inneren Leinwand immer wieder das abspielte, was sie vor mir verbarg. Küsse, Flüstereien, der Moment, als Caleb sie fragte, ob sie ihn heiraten wollte. *Erzähl es mir, Mama, erzähl mir das.* Als ich bettelte, behauptete sie, ich wäre frech und wüßte schon Bescheid, dabei war ich nur versessen auf den eindeutigen, den spannenden Teil der Geschichte, neidisch auf die Kinder, die alles über ihre Eltern wußten. Thaddea Nathorps Leben schien mir geheimnislos und leicht und offensichtlich, vielleicht war es tatsächlich einfacher, Hockey zu spielen, als Rose Marie Leghorn zu sein.

Was immer angesichts der Münze am Boden zwischen ihr und Caleb geschehen war, es hatte zu meiner Existenz geführt und zwar ziemlich schnell. Sie ließen sich kaum ein paar Tage Zeit, Mutter warf die Gürtel weg, ihr Umfang wuchs, die Hüften schwollen, bis von Taille nicht mehr die Rede war, nur von mir. In einer Hinsicht setzte sie sich bei Großmutter durch. *Sie soll Joa heißen*, sagte sie, während Großmutter mich Esther nennen wollte, Martha oder Ruth. Nein, sagte Mutter, Joa. «Joa», sagte Großmutter, in ihrer Ehre gekränkt, «Joa, was soll das denn nun wieder heißen?» Sie behauptete, Rose Marie hätte Kuchenteig roh verschlungen, eine Barbarin, zehn Monate lang. Die Schwangerschaft saß sie im Küchengarten ab, gefangen zwischen Petersilie und Basilikum, die Kuchenschüssel auf der Höhe ihres Bauches balancierend. Manchmal trat ich sie von innen, die Schale schwankte, und in meiner Vorstellung zog meine Mutter sich immer wieder in ihr Inneres zurück, neben mir in der Fruchtblase schwimmend, dämmrig rotes Licht, das durch die Bauchdecke dringt, ein friedlicher Ort des Gewährens. Danach schleppte sie sich wieder in Großmutters Gesichtsfeld, neunzehn und schon rastlos, als ich auf die Welt kam. Sie konnte Steno und Maschineschreiben und hatte zu Kindern keine Beziehung; trotzdem wickelte sie mich vorschriftsmäßig in Stoffwindeln und Gummihöschen. Zack erzählte, wie sie mich flott und geschickt alle vier Stunden abfütterte und mir pampiges, süßes, gelbes Pulver statt ihrer Milch zu essen gab. Dann lehnte sie sich im Stuhl zurück, gelbe Sonnenfetzen vor ihren geschlossenen Augen. Ich erinnerte mich an eine grelle, orangefarbene Nestlédose, die ich manchmal, wenn ich so tat, als schliefe ich, aus dem Augenwinkel beobachtet hatte. «Deine Mutter», sagte Großmutter, «war immer so *glücklich*, wenn du Ruhe gegeben hast!»

Manchmal kam Rose Marie auf komische Ideen; im Winter war sie nachts aufgestanden, als die Kälte auf den Fensterbrettern knackte, und hatte für Timpie und mich Brötchen gebacken. Morgens lag die Küche mehlüberstäubt da, als hätte es nach drinnen geschneit, und Mutter stand mit Brötchen und zerlaufender Butter vor meinem Bett, lächelte verwischt, setzte sich und stellte das Tablett auf ihre Knie. Dann rief sie Timpie, und die Butter aus den Löchern in dem weißen, dampfenden Brötchenfleisch lief mir übers Kinn in das Grübchen zwischen den Schlüsselbeinen. Zu Weihnachten hat sie Pfennige im Reispudding versteckt und johlte, wenn wir sie fanden. «Das stimmt doch gar nicht, Joa», sagte Großmutter und nickte Elsie Marner bedeutsam zu. «Das bildest du dir ein!» Ihre Gesichter wogten und verschoben sich, dann redeten sie schnell von etwas anderem.

Meine Mutter hatte das Mögliche getan, ich glaube, daß ihr nur die Erfahrung mit Kindern fehlte. «Erlaube mal», sagt Elijah, «jedem fehlt so gesehen die Erfahrung mit Kindern.»

«Ja», sage ich, «aber sie war sehr jung.»

«Es gibt Jüngere», sagt er kalt, als verwechselte er mich plötzlich mit einer Klientin. Dies ist sein Bereich, in dem er keinen Spaß versteht. «Sie war eine ausgewiesene Narzißtin», sagt er, «hochgradig verstört.» Dabei schaut er mich mitfühlend an. Dahinter aber steckt ein ganz anderer Ausdruck, kühl und analysierend, und der sagt mir, daß ich irrsinnig bin. Die rechtmäßige Nachfolgerin Rose Marie Leghorns.

«Sie war nicht gestörter als andere in ihrer Situation», beharre ich.

«Welche Situation denn», sagt er in der Rolle des Staatsanwaltes. Er hat seit zehn Jahren eine Privatpraxis, er ist daran gewöhnt, daß man ihm nicht widerspricht. Seine Klienten halten ihn für Gott. Das hat abgefärbt, er ist einer geworden.

«Wie hättest du das ausgehalten» – ich schreie fast –, «neunzehn Jahre, bevormundet, mutterseelenallein, ein Baby auf dem Schoß? Was hättest du gemacht, Elijah?»

«Das, was alle tun», sagt er hitzig, «weitermachen.»

«Hat sie auch», sage ich, «genau das hat sie getan.»

«Sie hat sich einen Scheiß um dich gekümmert», unterbricht er mich, «und was sie mit Timpie gemacht hat, das wissen wir ja.»

Oh, denke ich, der Todesstoß, ich sehe Elijah an, ob er schon beginnt, sich zu schämen. Das tut er. Sticheleien passen nicht in sein Berufsethos und in sein privates Weltbild genausowenig, das etwas von Buddha hat. Sehen und vorübergehen.

«Joa», sagt er, «ihr hast du diesen Haufen von Schuldgefühlen zu verdanken, ihre Kinder waren ihr im Fotoalbum am liebsten. Deine Mutter war neurotisch erstarrt, und alles, was in seine Erstarrung einbricht, empfindet der Neurotiker als lebensbedrohlich.» Er zieht eine Grimasse. «Wenn du mich fragst», sagt er, «sei froh, daß sie euch nicht umgebracht hat. Mißbrauch ist schließlich alles, was dem einem nützt und dem anderen schadet. So gesehen hat Rose Marie euch beide mißbraucht. Nein, als Mensch habe ich kein Verständnis für deine Mutter. Höchstens als Arzt.»

Er sieht aus dem Fenster, einfach aus dem Fenster, als wäre ich nicht da. Vor diesem Fenster befindet sich ein schmiedeeisernes Halbgitter, es sieht schön aus, grünlich, mit dickem Moos überwachsen. Ich weiß, daß die Psychologen in vieler Hinsicht menschenfeindlich sind. «Allerhöchstens als Arzt», wiederholt er unfreundlich.

«Jaja», sage ich, ich werde aufhören, mit ihm darüber zu reden. Er haßt meine Mutter, weil er nur meine Seite der Geschichte kennt, die teure, schwarze Seite der Geschichte.

Es gibt das alles, hat Timpie in ihr Schreibheft geschrieben, *und es gibt die Wahrheit.* Die Wahrheit ist, daß Rose Marie uns geliebt hat. So, wie sie es konnte. Sie war wie Timpie, die nicht singen konnte, Rose Marie, die nicht lieben konnte, sie wußte nicht, wie das ging. Was ändert das, würde Elijah sagen. Alles, würde ich sagen, es ändert alles, Elijah. Aber ich sage es nicht. *Wie sie war. Wer weiß das schon.* Im Winter streichelte sie mir die Füße warm. Wenn sie Zeit hatte, sagte Timpie. Aber meine Mutter hat es getan, sie hat mich umarmt, sie hat mich geliebt. Sie hat Kuckuckslichtnelken geliebt. Ich habe sie vor ein paar Wochen auf ihr Grab gesetzt, ich habe mich auf ihr Grab gesetzt, ich habe es heimlich getan. Ich bin die Kuckuckslichtnelke gewesen.

Während Großmutter in den Tagen nach dem Unglück Volksreden hielt, forderte sie von Zack wenig, außer einer gewissen Bereitschaft zu atmen. Er füllte das Haus mit giftigen Dämpfen, selbst wenn er schlief. *Er hat die Pest,* sagte Großmutter, aber es bedeutete nichts, nur daß er Zeit brauchte, um sich zu kurieren. Mit jeder Geste verlangte er nach Kühlung, nach Tröstung, nach *Geborenwerden.* Obwohl uns sein dumpfer, verschlafener Zorn krank machte, umsorgten wir ihn, sprachen mit leisen Stimmen, zogen die Türen langsam zu und kauten mit geschlossenen Mündern. Keiner wußte, ob er nicht plötzlich auf der Treppe auftauchen und Genugtuung verlangen würde. Ich überließ mich dem Gefühl, daß ich an allem schuld war.

Großmutter, Timpie und ich waren die heilige Dreifaltigkeit, die vor den Mahlzeiten für Zacks Gesundung betete. *Amen*, sagte Großmutter kräftig, ich kreuzte unter meiner Serviette die Finger, und Timpie verstand wie immer nichts. Sie aß ihr Sauerkraut mit derselben Begeisterung, die sie auch für Stahlrohre an den Tag legte. Ich nehme an, daß sie andere Sorgen hatte. Auch Zack hatte Rose Marie einmal zu lange angesehen, unter all dem Grützzeug und den Entenlinsen vom Ufer, die ihr in den Haaren klebten. Darum versuchte wenigstens ich, wieder wie ich selbst zu gehen und zu stehen, voller Hoffnung, das könnte wundersamerweise auch ihn zurückbringen, wie er war, unbeugsam, brachial und lebendig. Zack aber verbrachte die fünf Tage vor der Beerdigung liegend wie Mutter. Im Zinksarg in einer Schublade wartete sie auf das Signal eines gesichtslosen Pathologen, sie endlich zu vergraben. Zacks Streik war dagegen ein Hohn, eine erstarrte, gewalttätige Anklage. Wenn ich ihm Essen brachte, rührte er sich nicht einen Millimeter. Er hatte abgenommen, seine Haut glänzte wie Kerzenwachs, und nur manchmal flatterte eine Haarsträhne, wenn ich die Tür öffnete und der Luftzug ihn traf.

Elsie Marner trug einen blausamtenen Hänger mit eckigem Ausschnitt und tiefer Taille und um den rechten Arm eine schwarze Trauerbinde. Am Ehrenplatz auf der Holzbank sah sie nicht ein Jahr jünger aus als Großmutter, obwohl Jahrzehnte zwischen ihnen lagen. Beide thronten sie in Bakkers frisch geschrubbtem Hinterzimmer wie zwei Stöcke, und ihre glänzenden, rissigen Stimmen füllten den Nachmittag, an dem unsere Mutter beerdigt, abgelegt und vergessen wurde. Sie kam seitlich neben dem fetten, dunkelgrünen Ilex zur Ruhe, wo schon unser Großvater und Tante Ada lagen, die vor dreißig Jahren dahingegangen war, wie es Großmutter genießerisch ausdrückte. Der Tod war für sie wie das Mittagessen, aufregend und unvermeidbar.

Rose Maries Andenken hielt sich noch etwa zwanzig Minuten, nachdem wir vom Friedhof gekommen und durchs Dorf geflossen waren, ein langsamer Strom durch Bakkers Gastwirtschaft, vorbei am geschwärzten Tresen. In der Auslage standen dunkle Magenbitterfläschchen neben ein paar trockenen Waffeln, angeleuchtet von einer Neonröhre. Das Bild war trauriger als die Feierlichkeiten am Grab. Im Hinterzimmer war für dreißig Leute gedeckt, aber nur fünfzehn kamen. Ein paar Fliegen badeten in der schmutzigweißen Sahne oder kletterten auf den Streuselkuchen. Wahrscheinlich ekelte ich mich, weil mein Magen so leer war.

Seit dem Augenblick, an dem ich Mutter aus dem Otsch geholt hatte, verzichtete ich auf alle Mahlzeiten, anders als Timpie Leghorn, die am ersten Morgen in den Regen hinausging und später hingegeben und glücklich einige Nacktschnecken lutschte. Zwei, drei Tage lang übergab ich mich, *Typhus*, mutmaßte Großmutter vor meiner Tür. *Ach was*, sagte Elsie Marner, die ihr die größte Stütze war, *sie hat Kummer.* «Kummer?» fragte Großmutter, und aus ihrem Mund klang das groß und häßlich. In Wirklichkeit hatte ich mir nur am Wasser des Otsch den Magen verdorben und war zu müde, um zu schlafen, und zu müde, um zu essen, allein die geordnete Bewegung der Kiefer, die zum Kauen und Schlucken nötig gewesen wäre, überforderte mich.

In der ersten halben Stunde nach der Bestattung saß Großmutter am Tisch, Timpies feuchte Hand mit ihrer verschweißt. Die Stille war heiß und fordernd, aber nach kurzer Zeit hörte das unbehagliche Füßescharren auf, und der Kuchen ging dahin, wohin er gehörte. Ich hatte die Rückenwirbel an die Lehne gepreßt und beide Füße um die Stuhlbeine geschlungen. Die Gäste kannte ich kaum, aber sie waren mir alle unerträglich, als wäre meine Freundlichkeit mit Mutter im Otsch ertrunken. Dabei fühlte ich mich nicht leer oder verwundet, nur randvoll mit diesem kalten, weißlichen Haß.

Die Organistin und Elsie Marner unterhielten sich, Elsie aß bereits das dritte Stück, ihre Backen bliesen sich auf, als wäre sie ein Tubaspieler, und manchmal landete ein Speicheltröpfchen auf Großmutters Hand. Großmutter nickte dauernd, ein großer dünner Vogel in einem schwarzen Kleid, der in Gesellschaft überraschend unterwürfig war. Am Grab hatte ich mich dagegen gewehrt, die erste Schaufel Erde auf Mutter fallen zu lassen. «Du kannst gegen alles kämpfen, Joa», zischte Großmutter, «aber nicht dagegen, Rose Marie Leghorns älteste Tochter zu sein.» Ihr Kampfgeist war aufrecht und stark.

Bakkers Älteste hatte niedliche, kleine Schweißperlen auf der Nase und trug ein billiges Kaufhaus-Parfum: grüner Apfel, Pfirsich oder Kloreiniger. Die drei dicken Männer neben dem Pfarrer stießen sich an, als sie ihnen die Waffeln servierte. Ich verschob den Stuhl und betrachtete Elsie, die jeden Bissen auskaute, bis er flüssig wurde. Dann zog sie den Brei zwischen den Zähnen hindurch. Angeblich hatte eine Schulfreundschaft sie mit Caleb, meinem Vater, verbunden. Wahrscheinlich hatten sie draußen im Wald zusammen Nüsse geknackt und Kastanienmännchen gebastelt, denn Caleb war ein Spätentwickler und sie nicht hübsch genug. Zur Beerdigung war Elsie allein wegen des Skandals gekommen; ihrer Schwester Annie, meiner Lehrerin, warf sie ständig erregte Blicke zu, die Großmutter für Anteilnahme hielt. «Wir Leghorns waren immer eine Familie, die zusammengehalten hat», sagte sie, nach allen Seiten nickend. Damit hatte sie auf einen Schlag die gesammelte Aufmerksamkeit; jedes der geröteten Gesichter schien zu fragen, auf welche Weise wir denn immer zusammengehalten hatten und ob die Ereignisse der vergangenen Tage am Otsch möglicherweise Ausdruck dieses großartigen Teamgeists gewesen waren.

Auf einmal legte Timpie Leghorn mit einem ploppenden Geräusch ihre Hand in den Dessertteller voller Sahne. Als die Gäste sich ihr zuwandten, erstarrte sie und hielt die kleinen Finger unter der Sahne sehr steif, dieselben Finger, mit denen sie sich an Mutters nasses Kostüm geklammert hatte. Großmutter rieb ihr abwesend über den Kopf, Elsie Marners hackende Augen glitten an ihr ab, und meine Absätze kratzten laut über die Bodendielen. Ich trug zum erstenmal die Sonntagsschuhe meiner Mutter, die mir Großmutter morgens vor die Zimmertür gestellt hatte, nur waren Rose Maries Stiefeletten zu klein für mich, deshalb krümmte ich immer wieder die Zehen in den weichen Abdrücken der Füße meiner Mutter.

Mir wurde schwindelig, als der Raum sich mit Nebel füllte, ein Schiff, die Wellen stießen mich, Stimmen unterhalb meines Bewußtseins, ein Effekt wie Wasserfarben, die auf einem feuchten Blatt Papier zerlaufen. Alles waberte, entwich, das ist nur der Hunger, dachte ich. Dann drehten sich die anderen plötzlich zum Eingang, in einer einzigen Bewegung, als wäre eine golden angepinselte, nackte Jungfrau auf der Schwelle erschienen. Es war mir egal, weil mich das Wort so sehr beschäftigte, das der Pfarrer nach der Kirche gebraucht hatte. Leichenschmaus. Mutters Körper, ausgeweidet, mit Speck und Zwiebeln gebraten.

Von Großmutter kam ein tiefes, seliges Stöhnen, und Elsie Marners ausdruckslose, tellergroße Augen klebten an der Tür wie Saugnäpfe. Im Rahmen stand Zack mit einem zerschmetterten Gesichtsausdruck. Die Luft um mich herum zischte und nahm eine rote Farbe an, Gott sei Dank, er war doch noch gekommen. Gerade und starr sah er aus, gealtert, fremd, aber schließlich hatte auch er die letzten paar Tage nichts gegessen. Großmutter griff sich an den Hals, und ich dachte, sie müßte sich übergeben, aber sie stand halb auf, und Elsie Marner legte ihr fürsorglich den Arm um die Hüfte. «Ach Gott», stieß Großmutter hervor, «hab ich nicht gesagt, daß die Leghorns zusammengehalten haben, immer?» Keiner hatte dem etwas hinzuzufügen. «Hab ich mich nicht», sagte sie, «auf meine Söhne verlassen können, wenn ich sie gebraucht habe? Sind sie nicht immer sofort gekommen, wenn man sie rief?» Hier hielt sie inne und warf einen entschiedenen Blick in die Runde. «Die Leghorns muß man nicht bitten, meine Söhne kommen von selbst!» Mich wunderte, was sie derart aufregte, sie klang wie die Vorsängerin eines Gospelchores, und es hätte mich nicht gewundert, wenn die anderen sie mit einem kräftigen *Ja, o ja, Jesus!* unterstützt hätten.

Der fremde Zack straffte sich im Türrahmen, seine Handflächen rieben über den Anzug, der ihm steif vom Körper abstand, ein sonderbarer Anzug, neu wie seine Bewegungen, die kraftlos waren, als würde er unter Wasser laufen. Zwischen meinen Schulterblättern kribbelte es, flüchtig erinnerte ich mich an etwas, einen unangenehmen Geruch, der sofort verflog. Er hat eine neue Frisur, dachte ich fassungslos, das ist es, er muß zu Mutters Ehren noch schnell in die Stadt gefahren sein. Zack sah phantastisch aus, die Seiten seines Haars kurz und mit der Maschine geschnitten, vorn eine graugesträhnte, dicke Tolle. Eine der feuchten, trüben Einsichten aus Träumen oder Rauschzuständen sickerte in mein Bewußtsein, und dann sagte jemand in meinem Kopf: Die grauen Haare. Zack hat nie graue Haare gehabt.

Zacks ungewohnt gebeugte Haltung, seine Blässe, die kurzen, eiligen Bewegungen der Finger, als spiele er in der Luft Klavier. Ich wußte es sofort, ich wollte es nur nicht wahrhaben. Der Fremde mit seinem Gesicht beugte sich zu Großmutter hinunter, während Elsie Marner an ihrer Seite zu schimmern begann. Sie sagte etwas, Großmutter schüttelte den Kopf, umklammerte Elsies Finger und riß ihren Sohn dann an sich wie einen Schatz. Es hätte nicht viel gefehlt, und sie hätte ihn mit Küssen bedeckt, platzend vor Entzücken. Es ist wahr, dachte ich. Schlachtet ein Schwein, entzündet ein Feuer, Caleb Leghorn, der verlorene Sohn, ist heimgekehrt.

Mein Vater ähnelte Zack noch immer wie ein Zwilling, nur daß er älter war, gekränkter. Er sah aufrichtig traurig aus, wie er dastand, als gehöre er an keinen anderen Platz der Welt. Mir wurde flau, als Großmutter sich in sein Revers schneuzte. Alles verwirrte sich, die winzigen, brandroten Wunden an Armen und Hals meiner Mutter, der Schwan, der auf ihren nackten Fuß zugehumpelt war und nach der weißen Zehe schnappte. Tumult brach aus. «Haltet sie», rief Großmutter, «haltet sie doch!» Aber niemand hielt mich, während ich am Tisch zusammensackte, und ich begriff, daß Großmutter gar nicht mich gemeint hatte, sondern Timpie. Meine Schwester brach in spitze Vandalenschreie aus, als der Mann sie anfaßte, der ihr Vater war. Ihr Kleid mit den großen, weißen und rostfarbenen Karos war an den Ärmeln zu weit. An einem der Ärmel packte Großmutter sie, als Timpie wie eine Blindschleiche unter den Tisch glitt. «Ich hab sie», rief Großmutter zufrieden, «hier, Caleb, sieh her, das ist also Timpie Leghorn, deine Tochter!»

Als ich damals meinen Vater ansah, Caleb, über die Tische hinweg, auf denen der Kaffee noch dampfte, spürte ich die Schuld, wie sie mich eindrückte und innerlich verschob. Ich hatte zugelassen, daß Mutter starb, es war die gerechte Strafe, daß er wiederkam und mich, sein ältestes Kind, weder wahrnahm noch erkannte. Endlich entdeckte ich, warum ich immer schon grau gewesen war, grau, wäßrig, so nichtssagend, daß mich meine Klassenkameradinnen beim Einkaufen übersahen. Es war für diesen Moment gewesen, einen Moment, den ich betrachtete, weil er mich betrachtete, dafür gemacht, mein nichtssagendes Gesicht endlich zu rechtfertigen.

Nun, da wir am Rande des Grabes meiner Mutter hockten und auf die Zukunft warteten, jagte ich die Blicke meines Vaters. Ich tat das wie jemand, der ohne Angel fischt, ich fixierte ihn mit meinen blassen, ernsten Augen, die weder wie Rose Maries noch wie seine waren, und wußte, daß seine Gleichgültigkeit Sinn hatte. Caleb lächelte ständig, aber auf dem Weg zu mir ging sein Lächeln verloren, er hockte sich hin und nickte Timpie befehlend zu. Sein Anzug warf so unschöne Falten, daß Elsie Marner in Gedanken schon das Bügeleisen in der Hand hatte. «Elsie, Elsie», sagte Vater freundlich, während seine Hände nach Timpies Kopf tasteten und eine ihrer Haarsträhnen zwischen Daumen und Zeigefinger zwirbelte. «Caleb», rief Elsie Marner, die Posaune, «seht doch, das ist wahrhaftig Caleb Leghorn!»

«Sag bloß», sagte Großmutter, «wo hast du nur so lange gesteckt?» Ich wußte, daß sie ihm keine weitere Frage stellen würde; statt dessen betrachtete sie die beiden Köpfe neben ihren Knien, Calebs ergrautes Haar und Timpies Locken, weiß wie Babypuder. Timpies Mund stand still, sie kaute nichts, sie lutschte nichts und heftete ihre Blicke wie Eisenklammern an ihren Vater. Nichts würde sie jemals wieder von ihm abbringen. Etwas zog mir unterm Bauchnabel, ich drückte die Beine aneinander, es war ein Gefühl, als könnte ich das Wasser nicht mehr halten, angenehm und grausam. Meine Schwester legte die Wange auf die Platte mit den Kuchenkrümeln. Schon glitzerte ihr Gesicht in seiner Nähe. Ich aber stand halb über dem Tisch und grinste mit einem schiefen Mund, als hätte ich einen Schlaganfall. Meine weiße, leichte Seele stieg zur Decke, umhüllte den Raum, unter mir mein Vater und Timpie Leghorn, die bald genauso sein würde wie ich. Meine Schwester würde aufleuchten und von Caleb ausgeblasen werden, begreifen, daß die Welt sich nicht immer nur nach rechts drehte, *Hosianna*, dachte ich. Großmutter huschte spinnenhaft hin und her, verteilte Gläser und zerrte Weinflaschen hervor. Annie Marner begann gewunden zu reden, Caleb würde ihr zuhören, aufmerksam, und sie würde sich fühlen, als habe Gott sie gerade gemacht. Irgendwann aber würde er aufstehen und gehen. Als Annie lächelte, lächelte er über mich hinweg zurück, irgendwann, unterwegs hatte er mein Gesicht wohl einfach vergessen.

Andächtig saß ich in den Plastiksitzen von Vaters breitem, brandrotem Ford Konsul, beruhigt darüber, daß sie mich nicht in Bakkers Hinterzimmer vergessen hatten. Calebs Schweiß, die Ausdünstungen des Wagens und Großmutters Gerede betäubten mich. Als wir ausstiegen, schwankte der Boden, und unser Haus begann sich zu drehen. Caleb, der sich vordrängte, nahm im Flur drei Stufen auf einmal, als hätte er nur darauf gewartet, seinen federnden Gang vorzuführen. Großmutter zog sich das Regencape vom Kopf. Mit einer gewissen Brutalität riß mein Vater schon in der Diele alle Fenster und Türen auf, während Timpie und ich ihm durch den ersten Stock folgten, wo unsere Schlafzimmer vom langen Flur abgingen wie Klosterzellen.

Die Fenster in Zacks Zimmer waren geschlossen. Erwartungslos lag er auf seinem Bett, von Moos und Pilzen überwuchert, offenbar nicht fähig sich zu bewegen. Über seinem Kopf hing eine gerahmte Urkunde, die ihm bestätigte, daß er einmal bei einem Sportfest im 1000-Meter-Lauf und im Weitsprung ein gewisses Talent an den Tag gelegt hatte, unter seinem Kopf lag ein grauweißes Tuch, in dessen Ecke Mutters Initialen gestickt waren. Ich versteckte es später im Küchenabfall und legte einen Strunk Rosenkohl darüber. Zacks Einrichtung bestand aus zwei abblätternden Wiener Stühlen, einem kleinen Schwarzweißfernseher, in dem abends das Programm des Sportkanals lief, und einem abgenutzten Hundehalsband an der Wand neben dem Fenster. Es gehörte seinem Terrier, den

Jäger erschossen hatten, als Zack dreizehn war; immer, wenn ich das Halsband sah, überfiel mich die kuriose Vorstellung, wie Zack sich daran erhängte. Eine Luft, als sei in diesem Zimmer viel geschrien worden. Als Caleb ihn an der Schulter packte, gab Zack nach und kippte halb aus dem Bett, die Augen immer noch geschwollen.

«Du bist doch nicht dumm, Zachariah», sagte Caleb. Zack blinzelte, als hätte er seinen Bruder erkannt. Den leichten Schnapsgeruch bemerkte ich erst, als er seinen Kopf so weit drehte, daß er auch uns sehen konnte. «Ich bin nicht dumm», antwortete Zack wie ein braves Kind. An seiner rechten Wade bewegten sich Timpies Finger, die behutsam am Lack des Bettgestells kratzten. «Dann steh auf», sagte Caleb, «heb deinen Hintern endlich hoch und mach weiter.»

«Ich kann nicht», sagte Zack.

«Wenn ich kann, kannst du auch», sagte Caleb.

«Dann will ich eben nicht!» Aus den Winkeln von Zacks geschlossenen Augen quoll klebrige Flüssigkeit. «Ich will nicht aufstehen! Ich tue nichts mehr, was sie nicht tut, und ich werde nicht sein, wo sie nicht ist.»

«Aber hoffentlich auch nicht da, wo sie ist», sagte Caleb feinfühlig. «Und falls du doch lieber bei ihr wärst, dann mach es lieber schnell, mein Freund! Bloß keine halben Sachen.» Timpie kratzte immer noch an Zacks Bettpfosten, ein kleines, ärmliches Geräusch. Ich war mir nicht sicher, ob ich das, was Caleb gesagt hatte, richtig verstand.

«Sag doch was, Zack!» bat ich. Aber keiner beachtete mich.

«Gut», sagte Zack, «gut, keine halben Sachen, wenn du meinst.» Seine Stimme war lose, aufgebraucht. Timpies Zähne knackten, sie hielt die Beine in den weißen, sandbestäubten Kniestrümpfen gekreuzt und sog an einem dicken Span, den sie aus der Unterseite des Lattenrosts gezogen hatte. Keiner kam auf die Idee, ihr das spitze Ende aus dem Mund zu nehmen.

«Vielleicht», sagte Caleb, «ist es ja sogar besser, wenn du es tust. Ja, wenn ich es mir recht überlege, ist es eigentlich die einzige Lösung.»

Zack richtete sich so plötzlich auf, daß ich zurückschreckte, er schwankte und stützte sich auf den Unterarm, an seiner Wange Striemen, als hätte er sich gekratzt. Caleb musterte ihn angeekelt. «Mein Gott», sagte er langsam, «selbst unsere Timpie hier versteht doch, worum es geht, selbst eine Vierjährige fügt sich, Zachariah. Schau sie dir an», sagte er und drückte seine Hand in Zacks Nacken, schob den Kopf in Timpies Richtung, bis Zack sehen konnte, wie sie in aller Ruhe den Lack von ihren Handflächen ableckte und aufaß. Wie sie sich fügte. «Unsere Timpie hier weiß, daß es um das Leben geht, nicht um den Tod», sagte Caleb, «es geht nicht um dich, Zachariah, das mußt du begreifen.»

Als er ausatmete, hörten wir, wie unten der Staubsauger anging, und Zack nickte, als hätte ihn das überzeugt. Mühevoll schob er die blassen, langen Füße aus dem Bett, Füße wie Tannenbäume, der zweite Zeh ein gutes Stück länger als der erste. Nun saßen Caleb und er nebeneinander, paßgenau, ein Bild, das man in der Mitte gekniffelt hat, als wären sie einfach gedacht gewesen und nur irrtümlich zerschnitten. Die langen, attraktiven Gesichter hoch konzentriert, beobachteten sie, wie Timpie ihrer Lieblingsbeschäftigung nachging, wie sie Schmutz fraß. Zack nickte, er machte eine Bewegung, die das Laken, das er halb über sich gebreitet hatte, wegrutschen ließ, und es sackte zu Boden, auf seine Füße.

Und dann sah ich seine Erektion; Zacks Unterhose wölbte sich so deutlich, daß ich hinschaute und sofort wieder wegblickte. Ich wollte das nicht sehen, auf keinen Fall. Mein Onkel saß still wie ein Denkmal, ehrfürchtig, und mein Blick folgte seinem, seine Augen hingen an Timpies Haar, das wirklich und wahrhaftig fast weiß war, vielleicht bemerkte er das zum ersten Mal. Schenkel an Schenkel hockte Caleb neben ihm, atmete plötzlich laut ein und strich seinem Bruder ein-, zweimal hastig über die Stirn wie einem hilflosen Hund. «Sie war einfach keine Heilige, Zachariah», sagte Caleb. «Rose Marie war wirklich keine Heilige, verdammt noch mal.» Hinter dem Fenster gärte und stob das Licht, als würden winzige, brennende Flocken am Himmel fliegen. Jetzt schlug Großmutter in der Schwüle Teppiche aus. Da saß Zack in seiner Unterhose, die Augen auf meine Schwester gerichtet, seine Unterhose weißgebleicht mit breitem Bund, die Sorte, die schnell ausleiert und weit wird. Rose Marie hatte sie für ihn in der Sonne getrocknet. Da saß er mit seinem harten Geschlechtsteil und starrte Timpie an, als würde er sie zum ersten Mal sehen. Er war nicht schamlos, er fand es nicht merkwürdig, er schien nicht mal zu merken, was geschah. Er zitterte nur und betrachtete seine Nichte wie etwas Kostbares, obwohl sie vor Hunger sabberte. Und dann sah ich sie, wie er sie sah. Timpie Leghorn, anders in diesem Licht, eine sehr zarte, ungeformte, zwergenhafte Ausgabe unserer Mutter.

«Was hätte ich machen sollen?» frage ich Elijah.

«Nichts», sagt er, «Zack war nie ein Kinderschänder, er ist doch keiner, der sich mit kleinen Mädchen heißtobt, Frauen hat er geliebt, keine Kinder. Das hast du natürlich gewußt.»

«Als er Timpie so angesehen hat, hätte ich ahnen können, was passiert ist», sage ich.

«Später», sagt Elijah, «neigt man immer zur Selbstbezichtigung.»

Ich ertrage es nicht, wenn er *man* sagt, *uns, alle*. Aber das sage ich ihm nicht. Auch nicht, daß ich die Schuld brauche, eine Wunde, die nicht richtig heilt. Es ist, als würde ich mich mit spitzen Gegenständen schneiden, bis die Haut aufplatzt und hervorkommt, was darunter ist: die Wirklichkeit, sauber. Tatsache war, daß Zack niemals ein kleines Mädchen berührte, so lange er lebte. Aber an dem Tag, als ich merkte, wie er Timpie musterte, als würde in ihr etwas Größeres, Bedeutsames stecken, ein Wunder, hätte sich etwas entfalten sollen in meinem Kopf. Es gibt Möglichkeiten, denke ich, man muß sie nur suchen. Ich hätte schreien, Timpie nehmen und sie aus dem Fenster schleudern oder auf seinen Penis einschlagen können. Ich hätte begreifen müssen, daß auf nichts und niemanden mehr Verlaß war. Ich hätte, denke ich, verrückt werden können. Das sage ich, ich sage es so, daß mein Mann es verstehen muß.

«Es hätte nichts geändert», sagt Elijah, «nichts, für niemanden. Außer vielleicht für dich.»

«Was hast du mit der Schere gemacht, Schätzchen?» fragte Caleb schmeichelnd, aber Timpie achtete nicht auf ihn. Sie verdrehte nur ihre Füße in den weißen Söckchen und den Lackschuhen mit Comicfiguren, die er ihr aus der Stadt mitgebracht hatte. Schuhe und einen Kreisel, Geschenke, über die er selbst sich am meisten freute, Entschädigungen für seine vernachlässigte, jüngste Tochter. Timpie revanchierte sich, so gut sie konnte, sie tanzte sogar ein bißchen in ihren neuen, roten Schuhen, aber es sah aus, als stünde sie auf einer heißen Ofenplatte. Ich wartete auf mein Geschenk, und als ich aufhörte zu warten, erzählte ich Caleb von der Stickschere.

«Schätzchen», mahnte Caleb.

«Was?» fragte Timpie gedankenverloren, ihre Zungenspitze kam zwischen den Zähnen hervor, obwohl sie mir mit vier Jahren viel zu alt schien, um zu lispeln. Aber ich kannte mich mit Kindern auch nicht aus. Caleb hatte die alten Rattanmöbel ausgegraben, wir saßen im hinteren Garten, wo Rose Marie und er nächtelang das Leben besprochen hatten, damals, als es Timpie und mich noch nicht gab. Er dozierte darüber, wie sie auf bunten, gehäkelten Kissen saßen, gerade Gläser mit eisig beschlagenen Rändern in den Händen, dauernd erzählte er, wie laut damals die Nachtigall sang.

«Hör mal, Schätzchen», sagte Caleb, «Papa muß jetzt wissen, was du auf der Brücke mit der Schere da gemacht hast. Du weißt doch, die hübsche Vogelschere, damals, als du mit Mama im Wasser warst?» Timpie sah ihn verstockt an, schüttelte sich, nahm ein Stöckchen und zog damit Kreise im Sand. Die Zitronenlimonade gurgelte in meiner Kehle, bevor sie in mir versickerte und das vereiste, was ich sagen wollte und nicht konnte. Angesichts der Türen, die sich ständig schlossen, angesichts der Frage, ob eine Stickschere mit Blutspuren vielleicht Böses zu bedeuten hätte, beobachtete ich, wie sich das Haus mit abgebrochenen Sätzen füllte. Unter vier Augen sprach Großmutter mit Zack. Elsie, die täglich den Berg hochkroch, flüsterte mit Großmutter. Caleb redete auf Timpie ein. Wortungetüme, splitternde Schleifen aus kurvigen, endlosen Mutmaßungen, Schande, Scham, Schmach. Nur Caleb und Zack mieden sich, ihre Silhouetten während der Mahlzeiten Grabsteine, bedrängend und düster.

Der Zitronensaft machte alberne Geräusche.

«Ist was», fragte Caleb gereizt und drehte sich nach mir um. «Sie erinnert sich einfach nicht», sagte ich. Timpie, die unruhig zwischen uns hin und her blickte, riß mit den Schneidezähnen an einem Stückchen Nagelhaut. Ein Eichelhäher flog über unseren Köpfen, am Hang begann ein Kuckuck zu schlagen, und unter dem weißlichen, gargekochten Himmel sah Caleb Leghorn auf einmal sehr unwichtig aus. «Du solltest dich besser raushalten, Joa», sagte er, bevor er sich wieder Timpie zuwandte und ihr vorsichtig den Finger zwischen den Lippen hervorzog. «Sag mir mal, Schätzchen, ist die Mama ins Wasser gefallen, oder hast du sie etwa geschubst?»

Jetzt war es gesagt, und Timpie verdrehte die Augen wie ein Kalb. «Lieber Himmel», sagte ich, während Caleb mich musterte, als ob ich ihn an jemanden erinnerte. Verbissen starrten wir uns einen Moment an, lange genug für Timpie, um auf die Stuhllehne zu klettern, sie stand, schwankte, kratzte selbstvergessen eine tote Bremse von ihrem Arm und steckte die Reste in den Mund. Ihre Haut war süß und cremefarben, Holundersaft rann ihr über das Kinn, dunkelrote Streifen, als hätte jemand sie geschlagen. Vollkommen weggetreten, das Augenweiß gerötet, stierte sie über die Lehne, über das Gras, bis Caleb sie in die Wange kniff, aufmunternd, nicht darauf gefaßt, was Aufmunterung in diesem Augenblick bedeuten konnte.

«Ach, Mama», sagte Timpie, «komm doch wieder, und wenn ich lieb bin, holst du mich ich will doch wieder lieb sein ja Mama.» Mir klopfte das Blut im Kopf, ihr Singsang klopfte im Blut in meinem Kopf, heiser und verirrt. «Ich bin dein liebes Mädchen», sang Timpie Leghorn, «dein liebes liebes Mädchen guck meine Spange Mama ich tunk die Spange ins Wasser ein.» Sie wiegte sich, die Pupillen groß und glasig wie im Schlaf, kein kleines Mädchen mehr, dachte ich, nie wieder. Eine Amsel zwitscherte in der Kirsche, Caleb drückte sein Baby, sein hübsches Baby, kniete, seine Stirn an ihrer Wange. «Hol sie mir Mama, da, Mama», flüsterte sie, «Spange, schau, bitte.» Sie blickte mir auf den Bauchnabel. «Nicht», sagte sie dann entsetzt, «Mama nicht hauen hau Timpie nicht wenn du mich haust dann geh ich weg ich stech dir mit der Schere dein Auge raus dein Auge raus mach ich dir das Auge raus. Komm doch wieder», sagte Timpie Leghorn und starrte ins Wasser, über die Brücke, ihrer Mama hinterher. Dann sagte sie gar nichts mehr. Kein Wort. Caleb sah hoch zu mir, schweigend, ein unangenehmes Schweigen, Donner, der sich ankündigt, das Gefühl von stechendem, prasselndem Regen lange vor jedem Geräusch. Das war es also gewesen, dachte ich, die paar Sätze. Ihre Haarspange war ins Wasser gefallen. Sie hatte sie dafür geschlagen.

«Was habt ihr bloß mit ihr gemacht?» fragte Caleb. «Die ganzen Jahre, was hat Rose Marie um Himmels willen mit ihr gemacht? Sie muß etwas mit ihr getan haben», sagte er, «sie ist doch nicht so geboren.» Ich zuckte die Schultern. Das war es gewesen. Es war logisch. Meine Mutter hatte auf Timpie eingeprügelt wie auf ein ungehorsames Hündchen. Und dann hatte das Hündchen eben zurückgebissen.

Nie wieder wurde dieser Nachmittag zwischen Caleb und mir erwähnt, er versteinerte, Asche und Staub sammelten sich auf ihm, winzige Pflanzen wanden sich herum, Mineralien woben sich ein in jede seiner Zellen. Elijah sagt, daß Dinge eben geschehen. Immer noch halte ich ihm stand. Dinge geschehen nicht einfach so. Man kann sie verhindern. Wir haben das übersehen. Ich werde nicht erfahren, ob Timpie sich an das Rätsel um Mutters Tod erinnerte. Ich glaube, daß sie es vergessen hat, vielleicht mußte sie das, für uns, weil wir es nicht konnten. Am Abend nach jenem Nachmittag im Garten hatte Caleb die Tür zu meinem Zimmer geöffnet. Er kam nicht herein. «Es versteht sich», sagte mein Vater, «daß wir beide kein Wort darüber verlieren.» Dann ging die Tür wieder zu, ein zartes Klicken, das in meinen Ohren nachklingt, weil ich seitdem Caleb nie mehr Vater genannt habe. «Dinge geschehen nicht einfach so», sage ich zu Elijah, «jemand tut sie, ich bin mir sicher.»

«Ach, Joa!» sagt Elijah. Er ißt ein Stück von der Schokolade, die er mir mitgebracht hat. Ich rühre sie nicht an. Ich sehe seinen Augen an, daß es diese Dinge gibt, Dinge, die mir gehören, wahnsinnige Dinge, Dinge, die unwichtig sind, jetzt, damals und immer.

Timpie und ich verschluckten die vergessenen Jahre wie einen Kirschkern. Wir gossen Wasser nach. Wir hießen Caleb wirklich willkommen. Übergangslos nahm er seinen Hofstaat in Besitz, wurde schnell der König des Hauses. Mein Vater kam, fing an, wo er aufgehört hatte, er setzte Kartoffeln, sprühte das Grünzeug mit Essigwasser und freute sich abends an Seidelbast und Ligustersträuchern, die sich auf seine Seite neigten, wenn er vorüberging. Nur ein paar Tage noch stand Timpies Singsang zwischen uns wie eine durchsichtige Wand. Verlegen hörte ich ihn pfeifend zum Frühstück kommen, und dann, auf einmal, ergriff mich das alte, lockende Entzücken. Jesus war auf die Welt zurückgekehrt, und ich feierte Ostern. Ich liebte es, ihn auf den Altar zu legen, ihn zu salben und zu ölen, ich beobachtete Caleb vorsichtig, stundenlang, er war eine Geheimsprache, etwas, was man entschlüsseln mußte. Auch Timpie hing an ihm wie eine Klette, ihre Hingabe absolut und unerträglich.

«Vielleicht ist es das, was falsch an uns ist», sagte ich zu meiner Freundin Rebekka, «vielleicht hat er uns deshalb verlassen, wir sind nichts, was man erobern muß, wir fallen von den Bäumen.» Nein, dachte ich, als sie die Augen verdrehte, ich verherrliche ihn nicht. Und das stimmte. Schließlich war er mein Vater, der Mann, der mich gemacht hatte, und insgeheim war ich davon überzeugt, daß Caleb alles über mich wußte: mein Gewicht, den Namen, den ich mir für mich selbst ausgedacht hatte, falls ich als Dichterin berühmt würde, meine Abneigungen, meine Schuhgröße. «Du bist blöd, Joa», sagte Rebekka, «der Mann interessiert sich nicht für dich. Er stellt dir nicht eine einzige Frage.»

«Was soll er denn fragen», sagte ich, «er weiß doch alles über mich!» Sie hatte keine Ahnung. Caleb aß und trank und schlief bei uns, und ich wußte, daß er für immer gekommen war. Es gab keine Reibereien mehr, solange wir den freundlichen Umgangston pflegten, den er mochte. Das Chaos der letzten Jahre war vorbei, Caleb war wie Großmutter und erzählte Geschichten von sich und Rose Marie. Nur manchmal schwammen darin gleißende Stücke der Wahrheit, die schnell zu Boden sanken und unter seinen vielen Worten zu vermodern begannen. Sein Leben in der Stadt erwähnte er nie, und ich stellte mir vor, ohne uns wäre mein Vater im All verloren gewesen.

Nach ihrer Rede im Garten hatte Timpie das Sprechen fast vollständig aufgegeben. Wenn ich sie rief, antwortete sie nicht. Auf Calebs Fragen kamen immerhin gegurgelte Halbsätze. Morgens, wenn Großmutter im Dorf unterwegs war, setzte Caleb sich mit Timpie vors Haus, unter die Hasel mit ihren blutroten Blättern. Die Nüsse senkten sich schon. «Sieh mal», sagte er überdeutlich. «Sieh mal!»

«Mal», wisperte Timpie.

«Ein ...» sagte Caleb lächelnd, «ein Vö-gelchen.» Es klang wie Chinesisch, und Timpie war betreten. «Gel-Chen? Gel-Chen», sagte sie brav.

«Ein Vögelchen, das auf dem Zaun singt», sagte Caleb munter. Ich hörte sie von drinnen, wo ich die Frühstücksteller abwusch. Jeden Morgen wieder sortierte ich die abgewaschenen Teller ein, suchte neue, große Teller fürs Mittagessen heraus, stapelte sie auf dem Tisch und bereitete mich darauf vor, sie auszuteilen, einzusammeln, abzuwaschen und einzusortieren, bevor ich die Teller fürs Abendessen aus dem Schrank holte. Bei Elsie Marner hatte ich ein Buch über Meditation entliehen, in dem präzise beschrieben war, was ich beim Abwaschen tat. Achtsam sein, den Atem beobachten. Ich stellte den letzten Teller ins Abtropfbecken. *Im Augenblick bleiben,* anders war der Sprachunterricht nicht zu ertragen.

«Ein Schmet-Ter-Ling», sagte Caleb ermunternd. Zack polterte die Treppe herunter, goß sich eilig den Rest Kaffee in eine Tasse und drückte den Knopf der Kaffeemaschine auf Aus. «Sch-Met-Ter-Ling», sagte er und warf einen abfälligen Blick aus dem Fenster. «Huiih –», rief Caleb begeistert, «wie der fliegt …!» Von Timpie kam das Übliche. Schweigen. Wahrscheinlich konnte sie dem Unterricht nicht folgen, weil sie ihr zweites Frühstück in Form einer Portion Löwenzahn einnahm, ihr Kragen würde von der Milch völlig versaut sein. «Wir sollten sie Dr. Lennart vorstellen», sagte Caleb zu Großmutter, die nur nickte, überzeugt davon, daß Timpie von Geistern besessen war. Timpie Leghorn, Calebs Augenstern, seine liebliche, stumme Prinzessin.

Die korallenfarbenen Scheinbeeren der Eberesche wuchsen über dem Zaun der Villa und schlugen gegen die Fenster des Untergeschosses, in dem sich Dr. Lennarts Praxis befand. Timpie streifte ein paar Königskerzen, die schweren, traubigen Köpfe der Blüten schwankten, als wir im Gänsemarsch auf die Tür zusteuerten. Ich fragte mich, wer Dr. Lennart den Garten machte. Zwanzig Jahre zuvor war er von seiner Frau verlassen worden, jeder wußte, daß sie einen anderen gehabt hatte, auch wenn er sie danach nie mehr erwähnte, ein konsequenter Zug, der mir gefiel. Möglicherweise gewann er aus dem blauen Fingerhut im Garten sogar sein eigenes Digitalis. Es gibt Möglichkeiten, dachte ich, sie existieren. Vor Hitze stöhnend betrachtete ich die Hummeln, die zwischen all den Kohlröschen, dem Klee und den Ranunkeln auf und ab dümpelten. Im Flur war es kühl, und der Praxisraum roch nach stechenden, klaren Lösungen, die einem wie geschmolzenes Eis in die Adern tropfen.

Genießerisch schob Dr. Lennart Timpie ein langes Gerät in die Ohrmuscheln und danach in andere Körperöffnungen. Meine Knie juckten, Caleb hatte weiße Flecken auf dem Handrücken, weil er die Faust dauernd gegen die Fläche der anderen Hand stieß, es war ihm widerwärtig, daß ein anderer Mann seinen Schatz berührte. Dr. Lennarts Ohren waren lang und rot, und ich versuchte mich darauf zu besinnen, ob sie immer schon so groß gewesen waren. Alten Menschen begannen die Nasen und Ohren zu wachsen, es hatte mit der Hypophyse zu tun, behauptete Annie Marner, die lächerlicherweise im Biologieunterricht die Hypophyse als Königin der Drüsen bezeichnete.

«Ihr fehlt natürlich nichts», sagte Dr. Lennart lakonisch. «Das Herz dampft wie eine feine, kleine Lokomotive, sie ist ein bißchen blutarm und wird in ein paar Jahren vielleicht mal umkippen, aber dagegen kann man schließlich Eisen essen.» Timpie knirschte mit den Zähnen. «Was, Timpie?» sagte Dr. Lennart strahlend, seine Blicke Morsezeichen in Calebs Richtung, und daraus schloß ich, daß es längst nicht alles war. Als seine Assistentin kam, schickte er sie mit Timpie Leghorn nach draußen, die neuen Hasen im Stall ansehen. Die Frau war blondgesträhnt und tipptopp in Form, sie kam aus der Stadt, hatte einen der Neffen von Elsie Marner geheiratet und so freiwillig den Himmel gegen die Hölle getauscht. Am Otsch würde sie ebenso viele bleichblonde, rundhüftige Kinder in die Welt setzen wie jede, dachte ich, wenn einem der Penis fehlte, gab es hier nur noch Plisseeröcke zu fälteln oder Windeln mit Zierstichen zu versehen. Nun, sie hatte sich für Sibirien entschieden, und in Sibirien war es kalt. Als ich sie trotzig anschaute, drehte sie sich weg und grinste. Warte einfach ab, dachte ich, bis du aufwachst und dir aufgeht, wo du gelandet bist.

«So», sagte Dr. Lennart in Calebs großes, stilles Gesicht hinein, eine Warnung davor, in den nächsten paar Minuten den Mund aufzumachen, es sei denn, man mußte sich übergeben. «Man nennt es

Pica», sagte er ohne Einleitung, er schien zu denken, wir hätten es nicht besser verdient. Die Brille hatte eine Druckstelle über seiner Nasenwurzel hinterlassen, mit dem Zeigefinger beklopfte er sein Stethoskop. Die Stille wurde so unerträglich, daß das Ticken meiner Armbanduhr in der Luft wie eine Reihe von Detonationen klang. «Aha», sagte Caleb abwartend.

«Es heißt genaugenommen Pica-Syndrom», sagte Dr. Lennart, «wobei ja heute alles Syndrom heißt. *Davon* würde ich mich nicht beeindrucken lassen. Pica-Syndrom also ...» Er betonte das Fremdwort, eine Beleidigung. «Ihr habt doch Latein in der Schule gehabt, was, Joa?» Ich errötete. «Na, was heißt denn Pica, Mädchen?» Ich blickte zur Decke. «Elster!» antwortete er zufrieden. «Genau so ist es, meine Gute.» Seine Ohrläppchen waren mit feinen, langen Haaren überzogen, die an der Wurzel weiß und zur Spitze hin gelblich wurden. «Elster also. Warum?» Caleb verfiel in schweres Atmen, ich wollte, daß er aufhörte, sich zusammenzureißen, und statt dessen etwas Unabweisbares sagte, etwas, was Dr. Lennarts Siegesgewißheit durchschnitt wie ein Skalpell. Aber Caleb sagte gar nichts. «Elster heißt es, weil sie stehlen!» sagte Dr. Lennarts glatte, erwartungslose Stimme aus der Ferne. «Sie stehlen alles, was sie nicht stehlen sollen, und dann verspeisen sie es. Umgangssprachlich nennt man sie ...», er machte eine Pause, setzte die Brille wieder auf und fixierte mich, «Schmutzesser! Schmutzesser, genau!»

«Hören Sie», sagte Caleb alarmiert.

«Du hältst den Mund, Caleb Leghorn, jedenfalls, wenn du willst, daß ich euch helfe. Pica», sagte Dr. Lennart, «ist also das zwanghafte Essen von ungenießbaren Stoffen. Sie sind gierig auf Schmutz, Streichholzköpfe, Gips, Tapete und manchmal sogar auf Sachen, die giftig sind. Farbstifte, Zigarettenstummel, Blei, ja, ich habe von einem Jungen gehört, der den Rost aus dem Abflußrohr gekratzt hat.»

«Warum tun sie das denn?» fragte ich.

«Früher hat man gedacht, es wäre Eisenmangel. Aber das ist Schwachsinn.»

Brüsk schleuderte Caleb seine Haartolle nach hinten, zurückversetzt in den zornigen jungen Mann, der in der Kurve über dem Tal sonntags Motorrad fuhr. «Immer raus damit, Lennart! Sagen Sie mir einfach, ob sie verrückt ist!»

«Verrückt! Ach, das ist ein weites Feld, Caleb Leghorn!» Dr. Lennarts Gesicht glühte in einem großen Grinsen auf, während er die Finger meines Vaters auf der Schreibtischplatte beobachtete, die trommelten, klimperten, wirbelten, als wir die letzten Fakten über Timpies Krankheit geliefert bekamen. Das Pica-Syndrom kam vor allem bei emotional deprivierten oder geistig zurückgebliebenen Kindern aus den unteren sozialen Schichten vor. In zwei Dritteln aller Fälle hatte auch schon die Mutter Schmutz gegessen. Vor meinem inneren Auge fiel Timpies kleine Gestalt in einen Schacht voller Dunkelheit, ein Scheinwerfer, wieder Dunkelheit,

Dr. Lennart hörte nicht auf zu grinsen, und am Boden von Calebs Augen schrillte das Dunkle, schwarze Flammen, eine feuchte, lichtlose Zelle, Bewegungen, Füße, Gitterstäbe. *Emotionale Deprivation, geistig zurückgeblieben, Schmutzesser.*

«Die meisten Mütter geben ihren Kindern ja Milch und Liebe», sagte Dr. Lennart freundlich und beobachtete Calebs Reaktion, «andere geben ihnen Dreck zu essen. Wieder andere prügeln sogar, und wie ich es sehe, hat Rose Marie das eine mit dem anderen verbunden.» In Calebs Augen standen Erniedrigung, Verdrossenheit und Groll, aber ich empfand nur Scham. Dr. Lennart konnte der Sache einen Namen geben, Pica, Elster, wie auch immer, es bedeutete doch nur, daß wir es vermasselt hatten. Allerdings hatte der gute, große Arzt meiner Kindheit damit seine dramaturgischen Möglichkeiten noch nicht ausgeschöpft. Sein weißer Kittel roch nach Wäschestärke, das wußte ich von vielen Untersuchungen, er hatte jemanden, der ihm den Garten machte, jemanden, der dafür sorgte, daß seine Kinder keinen Dreck aßen, und wenn, dann nur mit vorgelegter Serviette.

«Pica ist besonders da verbreitet», fuhr er fort, «wo eine von drei Bedingungen erfüllt ist: finanzielle Einschränkung, unzureichende mütterliche Zuwendung oder längere Abwesenheit des Vaters.» Caleb loderte ein letztes Mal wortlos auf. «Natürlich ist es kein Hindernis», sagte Lennart liebenswürdig, «wenn alle drei Bedingungen stimmen. Im Gegenteil. Unter uns, Caleb, Rose Marie war eine lebendige Frau, wenn du weißt, was ich meine. Sie war nicht die Frau, die vertrocknet. Wenn du sie» – er schmunzelte – «öfter *gegossen* hättest, hätte sie ihre überschüssige Energie natürlich nicht an Timpie austoben müssen!»

Ohne Vorwarnung fegte Caleb den Becher mit den giftgrünen Limonenbonbons beiseite, aus dem er selbst sich vor Jahrzehnten schon bedient hatte. Das Gefäß war aus glasiertem, braunem Ton, der nun zersprang. Nichts hatte sich geändert, nur die Zeiten. Bonbons knirschten unter seinen Sohlen, als er die Tür knallte, und ich warf mich auf den Boden, um die klebrigen Splitter aufzulesen. Die Assistentin steckte ihren toupierten Kopf zur Tür herein. Die Splitter waren so winzig, daß ich sie unmöglich mit den Händen von den Dielen entfernen konnte, also sah ich mich nach etwas um, womit ich sie hätte auffegen können. Aber da waren nur Dr. Lennarts makellose Füße auf dem gewienerten Parkett. Caleb befand sich, wo er immer gewesen war, auf der Flucht, und ich krümmte mich auf dem sauberen Boden zusammen.

Über mir, an seinem Schreibtisch, saß Dr. Will Lennart, Kinderarzt und gefragter Perinatologe an der kleinen, städtischen Klinik, die der Universität angeschlossen war, er lehnte sich zurück, hob die Arme über den Kopf und verschränkte sie. Er sah aus, als hätte er gerade gegessen. Seine Haare hatten die Farbe von gefrorenem Wasser, in das einer gepinkelt hat. «So», sagte er nachdenklich, «soso.» Ich schaufelte mit der Hand die Reste der Bonbons auf ein Blatt Papier und legte es auf den Schreibtisch. «Danke, Joa», sagte er, «und wie geht's, wie steht's so bei dir?»

«Alles in Ordnung», sagte ich in der Tür, es war nicht mal eine Lüge. *All die Dinge gingen mich nichts an.* «Sag ihm noch», rief er mir hinterher, «daß sie nicht redet, ist eine Störung, die in Familien mit *gehäuften* psychischen Problemen vorkommt. Man nennt es Mutismus. Mutismus, hörst du. Von mutus, stumm.»

Sie hatten Timpie empfangen, sie hatten sie geboren, sie hatten sie getragen und vergessen. Sie waren unschuldig gewesen, leichtherzig, kalt. Über unser Leben brach irgendwann die Demenz herein, die allerletzte Jahreszeit, an der die Menschen sterben. Wenn der Nachmittag mit seinen Geräuschen vom Flur in mein Zimmer tropft, erinnere ich mich, und die Sehnsucht nach meiner Tochter kommt wie ein Faustschlag. Ruthie, sage ich, Ruth, ihr Babybauch, ihre runden Arme, ich glaube, daß ich es nicht ertrage. In meinem stechenden Verlangen bin ich wie Timpie, ich habe gelernt, wie es ist, wenn man etwas so sehr braucht. Was Timpie brauchte, war weniger als ich. *Dreck.* Sie begehrte das, was sie kannte, und was sie kannte, waren Asche, Stein, die dünnen Hartplastikdeckel der Essigflaschen, die Großmutter in Zwölferpackungen erstand, um Kürbisse einzulegen oder Tomaten. *Ich esse die Welt auf, solange ich kann.* Ihre Schrift macht mich so krank, daß mir die Eingeweide schmerzen. Ich beiße in mein Handgelenk. Timpie, denke ich. Bitte, Ruth, sage ich, komm doch wieder. Elijah lehnt die Stirn gegen die Wand, weil er die Wand lieber sehen will als mich. Er redet nie von ihr, er ist anders, gesund, er hat sie ausgelöscht, er ist kein Vater mehr, er ist ein vergessener, freundlicher Mann geworden in seinem nagelneuen, gedankenlosen Leben.

«Was …», murmelte Großmutter, «was um Himmels …», als Caleb Timpie Leghorn auf ihrem Schoß absetzte. Aber er lief ohne Erklärung in den Wald. Mein Vater hatte nicht die Absicht, Zack beim Beladen des Pritschenwagens zu helfen oder sich an die Zeit zu erinnern, als sie Brüder waren, er hatte offensichtlich die Absicht, meinem Onkel Zack die Zähne einzuschlagen. Caleb war immer schon ein guter Wanderer gewesen, und es fiel mir schwer, ihm hinterherzurennen, er hatte die langen, zähen Streckmuskeln unserer Großmutter.

Innerhalb von zehn Minuten befanden wir uns auf dem breiten Weg zwischen silbergrauen Buchen; ein Kuckuck rief, Rufe, die mich verfolgten, wie ich meinen Vater verfolgte, ungebeten. Auf dem moosigen Boden klangen seine Schritte stumpf, aber die Stimme um so lauter. Er benahm sich vollkommen verrückt. «Ich weiß genau», schrie Caleb, «wie es sich anfühlt, zu morden!» Ununterbrochen redete und schrie er weiter, knallte Sätze gegen die Stämme, sinnlos und heiser, Sätze darüber, wie es ist, wenn eine Ader platzt, wenn das

Blut in fetten, schnellen Stößen über Schlehen und Hartriegel spritzt, er habe oft genug darüber nachgedacht, ob es etwas wäre, was in seinem Lebensplan enthalten sei.

«Ich weiß, wie man Tiere ausweidet!» brüllte er in den Wald. «Es gibt Dinge, mein Lieber, die verlernst du in den Städten nicht. Es gibt Dinge, die schwimmen dir so lange in den Adern, bis es Zeit wird, sich an sie zu erinnern.» Ich bemühte mich, flach zu atmen, weil mir die Lungen brannten, und war mucksmäuschenstill, während Caleb weiterschrie, von Dingen, Gedanken, Ideen, Bildern, Rose Marie, so wie sie war, bevor wir kamen, das dünne Lächeln über dem Nasenrücken, als hätte sie jahrelang auf ihn gewartet. Ich bekam kaum noch Luft, aber ich blieb ihm auf den Fersen, weil sonst etwas Schreckliches passieren mußte. In der Nähe des Steinbruchs, wo sie vor Jahren die Platten für unseren Ofen gehoben hatten, hörte ich die Axt. «Rose Marie hat ein gelbes Kopftuch gehabt, dünner, fedriger Stoff», kreischte Caleb, «nicht hübsch, nicht hübsch, sie hatte breite Knochen. Sogar auf den Fersen Sommersprossen! Hörst du, hörst du?» Rose Marie, die erste Frau, die ihr Kinn in seinen Hintern gegraben und ihre Brüste an seinen Oberschenkeln gerieben hatte. Weil sie ihn liebte. Ich hielt mir die Ohren zu, es nützte nichts, er war ein Maschinengewehr. *Schneller,* dachte ich, *schneller.* Wir rannten in die Axtschläge hinein, er kam mir vor, als würde er fliegen, und er flog, der Himmel kam uns entgegen.

«Sie hat diese großen, weißen, weichen Brüste gehabt», schrie Caleb, «versinken, versinken!» Die Brüste, dachte ich, die unter der Erde lagen, sie lagen im Gras, und der Tag würde kommen, da würden Blumen aus ihnen wachsen. Niemand würde wissen, daß es Brüste gewesen waren, die meinem Vater gehört hatten. Niemand würde sie ansehen und sagen, sieh da, Rose Marie Leghorns schöne, weiße Brüste. Damit war es vorbei.

Als ob Caleb meine Gedanken gelesen hätte, hielt er sich das Zwerchfell und stöhnte. Zack pfiff drüben ein Kirchenlied, er konnte wunderschön pfeifen. *Ein Lämmlein geht und trägt die Schuld der Welt und ihrer Kinder.* Die Hände auf den Knien, den Kopf gesenkt, lauschte Caleb. Das Schimmern hinter seinen Augen beunruhigte mich, es hatte sich ein Raum aufgetan, eine Kathedrale. «Am Rande», flüsterte Caleb, «am Rand.» Ich wußte nicht, was er meinte, es war egal, denn Caleb starrte Zack von ferne an, in seinem Blick äußerster Neid. «Immer der erste sein», sagte Großmutter, «er ist der Erstgeborene.»

Ein paar Zentimeter von meiner Stirn entfernt wuchsen Sauerklee und Sternmoos, Caleb knickte ein, als hätte ihm einer die Knochen aufgebrochen und ausgeschlürft. Mit dem Handrücken wischte er sich den Schweiß ab und schüttelte die Hände, als hätte er etwas Schmutziges angefaßt. Ein Schwarzspecht begann über unseren Köpfen zu klopfen, die Axt sauste und pfiff. Es gab nur noch wenige Schwarzspechte hier.

Der Schweiß lief Zack wie Regen übers Gesicht. Langsam legte er das Beil ab, als er Caleb aus dem Wald kommen sah. Nie hatte er Angst vor seinem Bruder gezeigt, es gab wenig, wovor er Angst hatte. Rose Marie vielleicht, dachte ich. Caleb dagegen sah aus, als hätte er Schmerzen, seine tollwütigen Augen. «Das Holz», sagte Zack sachlich, als mein Vater vor ihm stehenblieb, «erinnerst du dich, Caleb? Dieses Holz ernährt deine Kinder. Joa ist damit groß geworden, Timpie wird damit aufwachsen, alles wird gutgehen, Caleb, wenn du uns in Ruhe läßt.»

Die Sonne wurde schwächer, hinten in den Brombeerhecken spießte ein Neuntöter die kleinen Tiere der Nacht auf. Die Brombeeren waren dick und schwarz dieses Jahr. Caleb hielt sich gerade so weit entfernt, daß Zack ihn nicht erreichen konnte. *Ein Lämmlein geht und trägt die Schuld der Welt und ihrer Kinder.* Zacks Lied verfing sich in Calebs Haar, geisterte in seinem Körper. Mit einer komischen Bewegung hob er die Faust und hämmerte immer wieder gegen sein Kinn. *Es geht dahin*, pfiff Zack, *wird matt und krank, ergibt sich auf die Würgebank, entsaget allen Freuden.* «Du bist doch der Kranke, Zachariah», brüllte Caleb schließlich, «du bist es immer gewesen, und ich Idiot habe das nicht gesehen. Natürlich will man nicht sehen, daß der eigene Bruder ein Perverser ist, ein bösartiger Perverser. Und weißt du, warum du krank bist? Weil du die Kranke von der Leine gelassen hast.»

Zack bückte sich nach der Axt. Ich dachte an den

Winter, in dem Caleb zum letztenmal von zu Hause weggegangen war. Jetzt war mir klar, daß er von Anfang an geplant hatte, das Tal, uns Kinder und Rose Marie hinter sich zu lassen. Er hatte nur einen Vorwand gesucht. «Joa hat nie verstanden, daß sie keinen Vater mehr hat», sagte Zack. Ich sah vom einen zum anderen. «Soll das meine Schuld gewesen sein?» fragte Caleb und strich sich die Handflächen an der Hose ab.

«Caleb», sagte Zack leise, «du warst das, es war deine Schuld. Du bist gegangen. Das wirst du nicht abstreiten.»

«*Du* hast meine Frau gevögelt», erwiderte Caleb.

«*Ich* habe deine Frau geliebt», verbesserte Zack. «Deine Kinder übrigens auch. Es stand dir ja auf der Stirn geschrieben, daß du wegwolltest.» Das letzte Sonnenlicht sprenkelte das Holz mit apfelsinenfarbenen Flecken, und Zack blickte nachdenklich auf sein Beil. Ich fragte mich, wann Caleb zuschlagen würde. Zack spitzte die Lippen, um wieder zu pfeifen. Sein Lied saß in einer der Windungen meines Gehirns fest. Beim Schafeschlachten hatte ich Gehirne gesehen, essen müssen, was Mutter in die Pfanne geschlagen und braun gebraten hatte. Alle griffen stets mit gutem Appetit zu. *Lieber Herr Jesus, sei du unser Gast, und segne, was du uns bescheret hast.* Daran dachte ich, wenn ich meine Familie auf dem Hirn herumkauen sah, man konnte viel über diese widerliche, glibberige Masse behaupten, aber nicht, daß damit gedacht wurde.

Es nimmt auf sich Schmach, Hohn und Spott, Angst, Wunden, Striemen, Kreuz und Tod und spricht: Ich will's gern leiden.

«Hör auf», sagte Caleb, «laß die Pfeiferei, Schluß mit der Vorstellung!»

«Du wolltest doch weg, Caleb? Oder habe ich das falsch verstanden?»

«Ich wollte weg, weil du es mit meiner Frau getrieben hast.»

«Warum hast du mich dann nicht einfach umgebracht? Rose Marie wäre dir dankbar gewesen, sie wollte ein Zeichen, daß du sie liebst.»

«Umbringen», sagte Caleb, «so bist du. Was hätte das denn geändert?»

«Geändert, woran?» fragte Zack. «Daran, daß du hemmungslos warst, wenn du etwas gewollt hast? Daran, daß dir deine Kinder zuviel gewesen sind? Du konntest doch nie einen anderen ertragen als dich.» Die Vögel lärmten, die Lichtung wurde diesig, ein kalter Luftzug streifte mein Haar. Vielleicht dachte Zack an Fledermäuse und wie sie die früher in den Höhlen jagten. Er hatte es mir oft erzählt, Caleb war immer der erste gewesen, mit einem hohen, schrillen Lachen hatte er sie aufgeschreckt, die Wangen voller Schrammen. «Für dich gibt es nur dich», sagte Zack, «dabei hättest du sie glücklich gemacht, weißt du das nicht? Sie haben nicht viel gebraucht, glaub mir.»

«Du hast zugelassen, daß sie Timpie geschlagen hat», sagte Caleb. «Sie hat ihr das Leben herausgeprügelt, schau dir an, was von ihr übrig ist!»

«Warum hat sie das getan», sagte Zack, «wieso? War das die Frau, die mit heißen Nadeln und Kleiderbügeln auf ihr Kind losgeht? Ich sag es dir: So war sie nicht. Sie war so, weil du so gewesen bist. Es hat Timpie getroffen, aber das alles war für dich.» Über ihnen flog ein Vogel in die Büsche, ein kleiner Nachtvogel, ein Waldkauz oder eine Schleiereule, er ließ sich schwer auf die unteren Zweige einer jungen Buche fallen. Äste knisterten, es raschelte im Unterholz, Mäuse, dachte ich, Mäuse.

«Du warst doch da», sagte Caleb, «du hättest sie zurückhalten müssen. Du warst mein Bruder.»

«Sie war deine Frau.» Zack rückte näher. «Und sie war so stur, stur wie ein Huhn. Sie hat mit mir im Bett gelegen, und sie hat sich weggedreht, wenn ich sie küssen wollte, Caleb, ich hatte sie im Bett, aber dich hatte sie in sich.»

«Wenn du ein Mensch wärst», beharrte Caleb, «wenn du ein Mensch wärst, kein Perverser, dann hättest du dafür gesorgt, daß sie damit aufhört. Sieh dir mein Baby an, verdorben, sie frißt Dreck, deine Schuld, du warst mein Bruder, du hättest es mir sagen müssen.»

«Du wirst mir deinen Sack voll Schwierigkeiten nicht anhängen, ich nehm's dir nicht ab, Caleb, dies eine Mal bei Gott nicht.» Wir standen im Wald, und es war Abend. Die Kälte kroch mir die Hosenbeine hoch. Ich stand auf den Geschossen, die Caleb und Zack vor Jahrzehnten eingegraben hatten, und wartete darauf, daß die Ladung mit all ihren Segnungen hochging. Es dauerte noch ein paar Sekunden, bis mein Vater sich gegen Zack warf. Der bewegte sich keinen Zentimeter, aber seine Brust weitete sich, und als Caleb ihn am Kinn traf, sah er aus, als würde er Genugtuung empfinden. «Jeder kriegt, was er braucht», sagte Zack ganz deutlich und erwischte Caleb am linken Ohr, der Knorpel knallte, seine Hand glitt geringfügig ab, ich hörte, wie Caleb stöhnte. Es kam mir vor, als ob die Laute Zack erregten, die nächsten Schläge setzte er so präzise, als würde er mit einem Pfeil auf eine Scheibe schießen. Caleb verlor Luft wie ein lecker Ballon. Zack seufzte und riß Caleb die Hände vom Gesicht, die Flüssigkeit an seinen Händen war dunkel, Blut, ich zitterte, als Zack sang. *Das Lämmlein ist der große Freund und Heiland meiner Seelen.* Als er ein weiteres Mal getroffen wurde, gurgelte Caleb. *Den, den hat Gott zum Sündenfeind und Sühner wollen wählen.* Mein Vater teichelte, und Zacks Fäuste ploppten, wenn sie in seinem Unterleib versanken, Calebs Augenhöhlen schwarz, Zacks Finger folgten ihren Linien. Er jubelte, etwas jubelte, stieg in seiner Kehle auf, und er schrie. Caleb schloß die Augen, fiel Zack entgegen, der seinen Arm herumriß und Caleb zu Boden stieß. Ich hatte meinen Hals umfaßt und grub mir die Fingernägel in den Nacken. Zack glitt geschmeidig in die Hocke und beobachtete Calebs Lider, dünne Häute, unter denen die Augäpfel hin- und herrollten. «Dreckstück!» sagte Zack laut. «Dreckstück, Ratte, Memme!» Er warf den Kopf zurück.

Der Holunder war reif, und ich würde am nächsten Tag einen Korb voll für Großmutter holen. Mit Alkohol übergossen, stand er wochenlang in Flaschen auf der Veranda, und die Sonne vergor Beeren, Zucker und Alkohol zu einer Mischung, die man im Winter brauchen konnte, im Winter, wenn Caleb nicht mehr bei uns war.

«Natürlich», sagte er, «natürlich wollte ich weg. Du weißt das so gut wie ich, ich wäre auf keinen Fall freiwillig einen Tag länger geblieben. Ich hatte euch über, allesamt. Natürlich wollte ich weg.»

«Dann sag danke», befahl Zack, «danke, Zack, daß du meine Frau gevögelt hast!»

«Danke», sagte Caleb kreidebleich, «danke, Zack, danke schön.» Zack drehte sich um, ich wußte, daß er nach mir suchte. «Bitte», sagte er, «gern geschehen.»

Caleb blieb die ganze Nacht draußen, wir hörten ihn erst morgens, als er das warme Wasser im Badezimmer andrehte und die alten Rohre kreischten. Da waren auch Großmutters nackte Füße auf der Treppe, dann quietschte die Badezimmertür, und ich drehte mich unbehaglich im Bett hin und her. Kurz vor Mutters Tod hatte ich mir Musselinvorhänge genäht, die sich im Wind bauschten. Es schien ein schöner Tag zu werden. Die Wolken hatten kupferne Zipfel, und die Amseln veranstalteten ein ziemliches Theater. Als meine Tür aufging, malte ich mir gerade meine Zukunft aus. Golden. Ich würde in die Stadt gehen, ich würde zur Universität gehen, ich würde in Calebs Stadtwohnung wohnen, den Kaffee in einer kleinen, altmodischen Espressomaschine zubereiten, die man direkt auf die heiße Herdplatte stellen konnte. Wir würden zusammen Mohnbrötchen mit Akazienhonig und frischer, leicht gesalzener Butter essen, Orangensaft trinken, den ich mit einer Handpresse aus den größten Früchten gewann. Danach würde jeder seiner eigenen Wege gehen, zwei erwachsene Menschen, die sich schätzten. Timpie kam in meinen Plänen nicht vor.

Als sie zu mir ins Bett krabbelte, spannten sich alle Sehnen in meinem Hals an, eine Berührung an meiner Wade, ihre Finger an meinen Unterschenkeln, unangenehm. «Scheiße», sagte ich und lüpfte die Decke. Timpie war noch nie zu mir gekommen; ihre Kopfhaut roch nach Maggi, die Haare verschwitzt um ihre Schläfen geringelt. Sie hielt die Augen fest geschlossen, die Fäuste um die Daumen gekrampft, als hätte sie Angst, jemand würde sie ihr stehlen. «Scheiße», wiederholte ich, und sie zuckte in meiner Armbeuge zusammen. Mein Ellbogen tat schon weh, aber ich hielt ihn weiter still. Timpie fühlte sich an wie eine kleine, tote Maus, und ich rückte ab von ihr, dicht an die Wand, wo der Putz roh und kalt war. Rose Marie fand Kinder äußerst genügsam, also ersparte sie uns Tapeten. *Joa, nimm das weiße Kleid, nicht das rote, es schmeichelt deiner unauffälligen Gesichtsform.* Mein Arm schwitzte unter Timpies Kopf, sie war sperrig wie ein Paket, ein Stück von einem

Baum, der ein Nachthemd anhat, und ich mußte daran denken, daß sie ohne einen Handschuh von Mutter nicht einschlafen konnte. Nachts deckte ich sie jetzt manchmal zu, und der schlaffe, schmutzige Handschuh lag ihr mitten auf dem Gesicht. Drüben rumpelte die Dusche. Irgendwann füllte ein schläfriger Nebel das Zimmer, Windläden klapperten, Zacks Bett knarrte, und auf dem Weg vor dem Haus fuhr ein Auto vorbei, wahrscheinlich der Milchwagen, der die Höfe abklapperte. Das Rauschen der Dusche schwoll an, ebbte ab, die Vögel zwitscherten, aber ich konnte ihre Stimmen nicht unterscheiden, obwohl ich sonst in Vogelkunde gut war. Mir fielen die Augen zu, dann hörte das Duschgeräusch auf, und die Rohre seufzten. «Mama», flüsterte Timpie an meinem Hals.

Abrupt warf ich die Bettdecke von mir und stieß beide Füße auf den Boden. Timpie rollte sich erschreckt herum.

«Raus», sagte ich, «jetzt bloß raus hier, Timpie Leghorn, für heute hat das Hotel geschlossen!» Flusen schwebten wie Nieselregen durchs Zimmer, als ich die Decke schüttelte, und Timpie warf mir einen hündischen Blick zu. Weil ich ein schlechtes Gewissen hatte, wollte ich ihr etwas Gutes tun, nur wußte ich nicht, was. Also packte ich ihr Ohr, zog sie zu mir und sagte: «Gut siehst du aus», obwohl das nicht stimmte. Mit dem verbliebenen Schneidezahn biß sie sich auf die Unterlippe. Draußen begannen Großmutter und Caleb zu streiten. Sofort hatte Timpie wieder diesen ernüchternd leeren Gesichtsausdruck. Ich zog rasch die Tür einen Spaltbreit auf.

«Tu das nicht», sagte Großmutter dumpf hinter der Wand, «noch einmal leistest du dir das nicht! Caleb, wenn du jetzt gehst ...» Als die Worte versandeten, hielt ich die Luft an, um seine Antwort zu hören, die nicht kam. «Glaub doch nicht», sagte Großmutter, «daß ich dir deine Bälger erziehe.» Das Wort war unbarmherzig wie Hagel. «Hör einfach nicht hin», sagte ich zu Timpie.

«Joa kann sich doch um Timpie kümmern», sagte Caleb, «Joa ist jetzt alt genug.»

«Ach was», sagte Großmutter, «es ist wie früher mit deinen Kaninchen, ich hab die Arbeit, ich habe immer die Arbeit gehabt. Ich habe dich und Zack großgezogen. Was dein Vater dazugetan hat, das will ich lieber nicht sagen, ich sag nur so viel, daß er sich auf die biologische Seite der Medaille beschränkt hat.»

«Wirf das nicht mir vor!»

«Ich werf dir gar nichts vor, als ob du dir was vorwerfen ließest, ich werf dir nur vor, daß du dich wieder aus dem Staub machst.»

«Mutter», sagte Caleb leise. Dann murmelte er etwas, was ich nicht verstand. Großmutter begann hämisch zu lachen. «Ach so», sagte sie, «ist das neuerdings eine Sache des Geldes? Caleb, ich sage dir, ich bin nicht Rose Marie. Wenn du jetzt gehst, dann ist diese Tür zu. Dann reicht es mir, mein Lieber.»

Ich rutschte näher zur Tür. Ich fühlte, wie sich

Timpie bewegte, etwas knirschte, Caleb ließ sich mit der Antwort Zeit. Ich war gespannt, wie er Großmutter die Stirn bieten würde, statt dessen verschob im Flur nur jemand einen schweren Gegenstand. Timpies Schritte knackten neben meinem Bett. *Warum sagt Caleb nichts.* Als jemand die Treppe hinunterlief und die Tür zufiel, hörte ich Timpie schwer atmen. Dann stieß Großmutter die Zimmertür auf, ihr Gesicht hatte die Farbe einer Kupfermünze. Hinter ihr kein Laut. *Warum antwortet Caleb denn nicht.* Ich sah mein Bett, den Schreibtisch, den ich mir aus ein paar Ziegelsteinen und Brettern gebaut hatte, von Zack poliert und geölt. Ein schwacher Duft nach Zitrone. Und Timpie. Diesmal war sie schlauer als ich. Klein und mutig stand sie auf dem Fensterbrett vor den geöffneten Flügeln.

Die Zeit knarrte, ächzte, verharrte, Großmutter hob die Hand zum Mund; diese Geste, die ich nicht deuten konnte, existierte in einer anderen Gegenwart. Draußen knallte ein Kofferraumdeckel. «Jemand stiehlt Calebs Auto», sagte ich sehr klar und forschte in Großmutters Gesicht nach einem Zeichen des Verstehens. Aber darin stand nur der blanke Haß. Wir warteten in einem Korridor aus Wind, den Timpie geöffnet hatte, und draußen fuhr dieses Auto an, das jemand stahl, weil niemand ihn daran hinderte. *Wo mag Caleb bloß sein.* Als Großmutter nach vorn stieß, in einer Wolke aus Kleidern und Handtüchern auf das Fenster zu, zuckte Timpie auf dem Fensterbrett mit den Zehenspitzen. *Wenn Caleb sie sieht, spricht er wieder drei Tage lang nicht mit mir.* Die nackten Beine durchgedrückt, die Kniekehlen mit dem zarten Netz aus Adern. Timpie Leghorn rieb die Oberschenkel gegeneinander, ihre Arme aber waren entspannt. «Timpie», flüsterte Großmutter und blieb vor ihr stehen. «Timpie.» *Lauter*, dachte ich. Großmutter hob die Hand, hinter einer Schicht aus Eis hob auch Timpie die Hand, sie winkte nach unten. *Wem winkt sie denn.* Ich ging zu Großmutter, Großmutter beugte sich vor, auch Timpie beugte sich vor. *Gleich wird Caleb antworten, er wird seine Koffer ausgepackt haben, er wird hereinkommen, er wird sie wegheben, weg vom Fenster, das Fenster schließen.* Als Timpie einen Schritt nach vorn machte, zum Fenster hinausflog und verschwand, bog Caleb mit dem Wagen und den Koffern gerade in die Kurve ein. Wieder war er gegangen. Ein schöner, leichter Abschied. Unten weinte Timpie Leghorn. Er hatte sie nicht mal fliegen sehen.

Großmutter starrte die Stelle an, wo Calebs Wagen hinter der Straßenbiegung verschwunden war, die Haut fiel ihr von den Wangenknochen, und darunter kam etwas Rohes zum Vorschein, das ich lieber nicht gesehen hätte. Zack verschlief den Moment, und was Caleb tat, in seinem großen Personenwagen, war egal, nun, da Timpie in den Forsythiensträuchern unter meinem Fenster lag und wie ein Hund heulte. Grausige Laute, aber ich brachte es nicht fertig, die Treppen hinunterzugehen, die Haustür zu öffnen und nachzusehen, ob sie sich den Hals gebrochen hatte. Ich dachte wohl, daß das, was geschieht, erst geschieht, wenn man es sich ansieht. Deshalb begann ich, lautlos zu zählen, und in den Zahlen verschwamm das Bild meiner Schwester mit ihren spleißenden Knochen. Es kann auch sein, daß ich einfach den Verstand verlor, unspektakulär war das, eine Narkose, man spürt die Kanüle, zählt, und dann ist man verschwunden.

Draußen schwoll die Lautstärke der Schreie an, Großmutter hielt sich an einem Hocker fest. Zacks Hemd stand über der Brust offen, als er in der Tür erschien, und in der Mitte seines Gesichts zog sich etwas zusammen, als müßte er würgen; aber er schüttelte nur den Kopf und war auch schon unten. Seufzend, murmelnd rannte er den Plattenweg hinunter, dorthin, wo Timpie immer noch schrie. *Sie soll damit aufhören.* Wie spät es sein mußte. Mittag vorbei.

«Komm», sagte er, «komm schon, Timpie, mach die Augen auf.» Ich stellte mir vor, wie er die Ästchen, die sie im Fallen abgerissen hatte, aus ihrem Haar zupfte, vorsichtig mit den Daumen die Lider hochzog und nach der Pupille suchte, die sich in der Helligkeit verengte. «Laß dich nicht hängen», sagte er, «los, Timpie, auf, auf.» Ich dachte, daß er doch nur log und ihr auf Wiedersehen sagte. Großmutter schlurfte in Zeitlupe ans Fenster, verkleidet als alte Frau, sie griff nach der Brüstung, die Knöchel an ihrem Handrücken weiß. Timpie röchelte, und Großmutter beugte sich hinunter. «Er muß ihr die Zunge rausziehen», sagte sie mit ihrer normalen Stimme, «ich muß ihm sagen, daß er ihr die ...» Zacks Stimme unten brach, er holte Luft. «Komm schon, Timpie, wir singen.»

Kein Laut von ihr. «Wir singen ein Lied, Timpie, eins von den schönen Liedern.» *Papa kauft dir eine Nachtigall*, er hustete, *wenn die Nachtigall nicht singt, kauft dir Papa einen goldenen Ring.* «Timpie, sing doch endlich», sagte er, «für mich, Süße, tu's für Zack.» Er wußte ja nicht, daß es nicht ging. *Wenn der Wagen keine Räder mehr hat, bist du doch das liebste Kind in der Stadt.* Das Fensterbrett wackelte unter meinen Händen, dann sah ich hin, Timpie lag auf dem Boden mit ihrem offenen Mund, und Zack lehnte darüber, sein kariertes Hemd in ihrem Nacken. «Zack», sagte ich, und er blickte die fünf Meter zu mir hoch. Sein Gesicht war plötzlich ganz zart, die Zartheit, die manchmal sehr alte Menschen haben. Obwohl er es wissen mußte, verstand er nicht, was ich meinte. Er war beinah unser Vater gewesen. «Sie kann doch nicht singen, Zack», sagte ich. «Timpie kennt gar keine Lieder, es hat doch nie einer mit ihr gesungen.» Ich wartete einen Augenblick und setzte hinzu: «Sie weiß gar nicht, wie man das macht.»

Timpies Schreibheft, das auf meinen Knien liegt, ist blau. Das verwaschene Blau von alten Schürzen, die letzte Farbe in meinem Zimmer. Vielleicht sehe ich aber auch nur die Farben nicht mehr, als Psychotikerin kann ich mir das leisten. «Du bist nicht psychotisch, Joa», sagt Elijah hilflos, wenn ich darauf beharre. «Du hast nur eine Menge mitgemacht, posttraumatische Streßreaktion, so nennen wir das.» Es ist mir egal, wer sich hinter dem Wir versteckt. Es ist mir egal, wie sie das nennen. Seit Timpies Tod funktioniert meine Wahrnehmung anders. Immer wieder frage ich mich, warum sie nicht schon bei dem Fenstersturz gestorben ist. Warum das Leben Jahre um Jahre wartet, um dann doch nur dasselbe zu inszenieren, den Tod, und dann klage ich und jammere in meinem Inneren, daß ich böse bin und nicht mehr wert als Elijah in seiner Verlogenheit. Ich habe nichts begriffen. In den vier Jahren, bis Timpie aus dem Fenster fiel, habe ich nicht mehr als ein paar Worte mit ihr geredet. Daran muß ich ständig denken, daß ich das, was sie war, übersehen habe. Dabei wäre ein Anfang möglich gewesen. Damals, als Timpie zu mir ins Bett kroch, ihre kalten Füße an meiner Wade, hätte ich etwas sagen sollen, was durchdringend gewesen wäre, ein Astloch, durch das man schaut. Ich hätte über die Drachen sprechen können, die einen nicht holen. Auch wenn ich ein bißchen hätte lügen müssen. Ich hätte über schöne Dinge reden können, die man alleine finden kann: Frauenschuh, Buschwindröschen, Sachen, die man sammelt, wenn man Ruhe hat, wenn die Ruder liegen. Es gab diese Dinge für mich, es gibt sie doch für jeden. Statt dessen lagen wir schweigend im Bett, und ich hatte nicht das Gefühl, daß sie meine Schwester war, immer krachte es, wenn die Leghorns sich berührten, spröde Knochen, Porzellan, das jemand zerschlägt. Das war es, was wir taten. Wir konnten ja nichts anderes.

«Es hat mit dir nicht angefangen», sagt Elijah, «und es hört mit dir nicht auf. Familien sind Greifvögel, sie haben dich fest in den Klauen.»

«Ich bin alt», sage ich. «Wir sind alle alt», sagt Elijah. Er scheint zu überlegen, wie er mich aufrichten kann, ein Gärtner, der seine Pflänzchen an Bambusstäbchen zieht mit dünnem Bast. Er will den Menschen helfen. Bei anderen gelingt ihm das auch. «Du hast das alles mitgebracht, Joa, es liegt in deinen Zellen. Es ist der Plan, du bist der Plan, du bist so gedacht.» Er ist ein guter Mensch, der nichts versteht, nicht, daß ich die Wahl gehabt hätte, daß ich Timpie hätte wählen können, die an meinem Bein hing. «Du hast in dem Schlamassel das getan, was du konntest», sagt Elijah, «du hast sie behandelt, wie du behandelt werden wolltest. Du hast sie in Ruhe gelassen.» Dann nimmt er seine Brille ab und blickt mich mit seinen Augen an, mit seinen *wahren* Augen, entschieden und scharf, sie enthüllen das Ziel, das sie treffen wollen. In ihnen tobe ich, eine Leghorn, störrisch, brutal, ich und das, was ich mit meinen Händen umklammere. Timpies blaues Schreibheft brennt ein Loch in meinen Schoß. *So riecht Joa, gezuckerte Sternchen, heimwehkrank. Wenn sie sich ärgert, riecht Joa wie angebrannter Knochen, wie Horn oder Stroh.* Was ich lese, macht mich verrückt, weil es mich daran erinnert, daß Timpie für mich nie wirklich war, ein Geist in meinem Geist, leblos. «Es gibt nur das», sage ich zu Elijah, «was man sich vorstellt, und damit letzten Endes nur das, was ich ist.»

«Eben», sagt er, «so kann man es auch sehen.» Er glaubt, daß wir dasselbe meinen, aber was ich meine, ist, daß die Zeiten des kategorischen Imperativs wirklich vorbei sind. Vielleicht hat es ihn ja nie gegeben. Ich habe Großmutter angebettelt, sie soll mir Timpies Tagebuch geben. Sie kommt zurück zu mir in ihrer Mädchenschrift. *Mama ist wiedergekommen, zu Timpie ins Krankenhaus, ihr Gesicht ist leer gewesen und platt. Sie hat ein Glas neben das Bett gestellt, Forsythienblüten schwammen darin wie kleine Goldklümpchen. Nur Timpie konnte sie sehen, Mama, die kein Kleid anhatte, nach nichts roch, sie raste auf einem kalten Ton dahin. Sie war windig, ja, und hat gelächelt. Als sie wegging erhob sich das Zimmer und sprengte sich.* Sie war wie ich, denke ich, vielleicht ist es eine erbliche Krankheit. Timpie Leghorn hat sich ein Leben erfunden. Sie hat sich gedichtet. Sie hat von sich geschrieben wie von einer Fremden.

Der neue Pfarrer, der am Tag nach Timpies Sprung zu uns kam, war schlaksig und schüchtern. In seinem Austin Mini fuhr er vor, die Stoßstange streifte unseren Zaun, er bremste unsicher und entfaltete sich draußen zu seiner vollen Größe. Ein paar von Großmutters Lupinen fielen seinen Fahrkünsten zum Opfer, vielleicht konnte er ja besser beten als lenken. «Was passiert ist», hörte ich ihn zu Großmutter sagen, die mich mit dem Geschirr in die Küche schickte, «soll uns eine Mahnung sein. Die Kürze des Lebens ist vorm Herrn nur ...» Die alte Sülze aus dem Kindergottesdienst brach über mich herein, und die Stimme des Pastors klang, als pinsele er Jod in eine Wunde. Sein Name war Ezra Notten, und als er mir beim Abschied das Du anbot, bekam Großmutter mit einem Schlag schlechte Laune. Dabei wollte er mich nur zutraulich machen, Joa Leghorn, die ein Fall geworden war und nach menschlichem Ermessen Trost nötig hatte. Säuerlich geleitete Großmutter Ezra zur Tür, als hätte sie ihn für sich persönlich gemietet und wolle auf der Stelle ihr Geld zurück. Sofort stellte ich mir die beiden in intime Tätigkeiten verstrickt vor, wie sie Gesangbücher banden, den Herrn lobpriesen oder Altarschmuck bastelten. Großmutter sah mich strafend an, als wüßte sie, was ich dachte, und schob Ezra Notten fast drängend hinaus.

Am schlimmsten war der nächste Sonntag in der Kirche. Weder Zack noch ich wollten gehen, aber irgendwann setzte sich Großmutter auf mein Bett.

Das hatte sie noch nie getan. Auf der Kante kippelte sie nervös, als wäre sie ein Gast. «Joa», sagte sie, «wir müssen am Sonntag in die Kirche.» Amen. Meine Schultern zuckten von selbst, aber sie drehte nur die Handflächen nach oben und schaute hinein, als würde sie darin Gottes Botschaft lesen. Ihr Gott, den sie immer noch für ein Familienmitglied hielt. «Ich denke», sagte sie mit eigentümlich leiser Stimme, «wir sollten alle hingehen. Zack, du und ich. Ich habe den Pfarrer nämlich gefragt, ob er für uns betet.»

«Nein», sagte ich genauso rücksichtslos wie sie, «nein, nein, ich habe keine Lust, mir von Ezra Notten erklären zu lassen, wieso mein Leben vor dem Herrn nur ein Mäuseschiß ist.» Sie schüttelte den Kopf. «Außerdem», sagte ich, «ist doch das Kind sowieso in den Brunnen gefallen.»

«Rede nicht so, Joa», sagte sie, «das hat Timpie nicht verdient.»

Sie sah zu mir hoch, kleinlaut, ein Mädchen, und aus Verlegenheit schob ich an meinem Schreibtisch ein paar Schubladen auf und zu. Mit ihrer Zurückhaltung konnte ich nichts anfangen, es war, als hätte ich sie unerwartet nackt gesehen, ihre langen faltigen Brüste, das schwache Bindegewebe um die Hüften. Dabei bemühte sie sich nur, kaltblütig zu sein und ihre Zwecke zu erreichen. Es gab keinen Grund, etwas für sie zu tun, außer dem, daß sie alt geworden war. Basta, ich würde nicht gehen. «Okay», sagte ich, «ja, ist ja gut, in Ordnung. Aber erspar mir nach dem Gottesdienst wenigstens die

Belehrungen von Ezra Notten.» Sie ging an wie eine Kerze. Sofort war mir klar, daß ich einen Fehler gemacht hatte, und am liebsten hätte ich alles zurückgenommen, aber sie ließ mir keine Möglichkeit, so schnell war sie verschwunden. Ich hörte Zacks Zimmertür, vermutlich bearbeitete sie ihn mit denselben Mitteln. Und so zogen wir am Sonntag zusammen los, der Rest der Familie, ohne Timpie Leghorn.

Es hatte etwas für sich, wie wir in unserer Phalanx die Kirche aufrissen, die Stars dieses Sonntags. Wir waren der Skandal. Eine ertrunkene Frau, ein geflohener Ehemann, ein Kind, das aus dem Fenster springt und auf wundersame Weise nur ein paar Knochenbrüche davonträgt. Das war wie Jesus, nein, besser, es war Kino. Nach ihrem endlosen, mürben Leben schien Großmutter den Auftritt zu genießen. Während sie sich anschauen ließ, tat Gott ein übriges, um das Stück durch szenische Details zu verbessern. Wir sangen *O Fels des Heils, o Gotteslamm* und danach *Such wer da will ein ander Ziel*. Draußen begann es zu hageln, als wäre in die Hölle eingebrochen worden und die Teufel schössen zurück, und alle blickten zu den Fenstern, als die ersten Körner gegen die Buntglasscheiben prasselten. Die Dunkelheit fiel so plötzlich über das Kirchendach, daß wir die Texte im Gesangbuch nicht mehr lesen konnten. Der Gesang verebbte, und Ezra Notten bemühte sich offensichtlich, ein souveränes Gesicht zu machen, um dem Zustand des Mangels abzuhelfen, ohne gleich über das Wasser schreiten zu müssen. Dabei hätte es mich nicht gewundert, wenn er schnell ein paar Fische vervielfältigt oder Wein aus dem Taufbecken hätte fließen lassen. Ein paar zittrige Altfrauenstimmen hangelten sich noch an ihrer Erinnerung durch den Text, bis Elsie Marner, die in ihrer Funktion als Presbyterin anwesend war, endlich begriff, daß der Lichtschalter gesucht wurde. Es wurde hell, und die Gemeinde setzte geschlossen wieder ein, aber nun war das Lied bereits zu Ende.

Ezra stockte, der Faltenwurf seines dicken, schwarzen Rocks saß nicht mehr, wie er sollte. Zack stieß mich an, als er merkte, daß ich lachte, er lachte auch, und ich atmete einfach weiter, obwohl sich auf einen Schlag alle Adern in meinem Körper weiteten. Zack roch nach wilden Äpfeln, Kaffee und frischer Luft, und Rebekkas Nathorps Mutter, Thaddea mit ihrem niedlichen, puppigen Gesicht, drehte sich nach seinem Duft um und sah mich dabei freundlich an. «Wenn du mal Lust hast, besuch uns doch, Joa», flüsterte sie. Heimlich vertiefte sich Zack in eine Zeitung, während sich die Haare an meinem Unterarm aufstellten, als würde jemand über mein Grab laufen. Die Wellen, die Zack aussandte, konnte ich spüren, sobald ich mich nur ein paar Zentimeter hinüberlehnte. An Mutters Todestag hatte er mich hart angefaßt; der Griff, mit dem er meinen Kopf gegen die Wand stieß. Ich atmete zu laut, und Großmutter schubste mich unwillig mit dem Ellbogen. Zack bewegte sich, und als er vorsichtig blätterte, drückte sich sein Oberschenkel gegen meinen. Ach, dachte ich, und meine Brüste zogen sich zusammen, ach nein. Seine Unterarme waren braungebrannt, in meinem Unterleib zuckte dieser Muskel, ich drückte die Oberschenkel dagegen an, fest, noch fester, rhythmisch. «Ich versinke im tiefen Schlamm», sagte Ezra Notten, der auf die Kanzel gestiegen war, «im tiefen Schlamm, da kein Grund ist. Ich bin im tiefen Wasser, und die Flut will mich ersäufen.» Insofern glich er mir. Behutsam zog mich jemand aus mir heraus, und ich hielt die Luft an, dies war, das spürte ich, die Mitte der Welt. Ein bemerkenswertes Gefühl, aber ich hatte Angst, es könnte plötzlich auf meiner Stirn erscheinen und über die Bänke vor mir fluten, ausufernd, unerläßlich und unerlöst. Der Schweiß stand mir an den Schläfen und lief in meine Sonntagsbluse, während ich mich ganz leicht bewegte, damit meine Brustwarzen sich am Stoff rieben. Als Ezra den Herrn anrief, verschränkte ich hastig die Arme. «Ich habe mich müde geschrien», verkündete er, «mein Hals ist heiser, das Gesicht vergehet mir.» Die Haut an Zacks Unterarmen war gespannt und würde schleifende, seidene Geräusche machen, wenn man sie berührte. Fest hielt er mich gepackt, als er mich schlug, voller Scham erinnerte ich mich, daß es mir gefallen hatte. Ich drehte meinen Kopf, um sein Profil zu sehen, und dann sah ich mich plötzlich von außen, wie ich nach seinem Handgelenk schnappte. Erschrocken hingen meine Augen auf meiner Hand an seinem Arm, ja, das hatte ich getan, und ich konnte es nicht mehr ändern. Zack warf mir einen kurzen, überraschten Blick zu und machte sich dann sanft, schnell und ohne Aufhebens los, indem er meine Finger zurückbog, vorsichtig, einen nach dem anderen, aber er lächelte dabei und sah nicht aus, als würde er es bedauern. Was danach minutenlang an meiner Wirbelsäule entlangschoß, kannte ich nicht. Hitze, Schmerz, Sehnsucht. Schließlich zwang ich Zack, mich anzusehen; um seine Pupillen zog sich eine bräunliche Krause; und dann fiel ich, er hielt mich nicht, aber das gehörte dazu. Meine Beine preßten sich zusammen. «Ich muß bezahlen», sagte Ezra düster und schaute zur Decke, «ich muß bezahlen, was ich nicht geraubt habe.» Als ich spürte, wie ich zerriß, japste ich, und Großmutter drückte mir glücklich ein Taschentuch in die Hand, weil sie dachte, die Mauern von Jericho brächen endlich ein und ich müßte vor Rührung weinen. Ich stöhnte in mein Taschentuch, krümmte mich, Ezra Notten heftete beeindruckt seine Blicke auf mich, als er von der Kanzel herabstieg, und auch Annie und Elsie Marner drehten sich um, *das arme, traurige Kind* las ich in ihren Augen. Zack tätschelte nur einmal meine Schulter, und dann platzte die Welt aus den Angeln, in ihrem Zentrum ich, ich begann zu wimmern, die Orgel brauste auf, und das Vorspiel zu *Ein feste Burg ist unser Gott* raste über unsere Köpfe hinweg. Mein Körper zuckte, weil er mir nicht mehr gehörte, und löste sich auf im bunten Licht, knisternde Stäubchen von Haut, die sich in die Kirchenbänke fraßen und sie anzündeten. Als es endlich vorbei war, taumelte ich, gestützt auf Großmutter, durch den Gang, und draußen fing mich Ezra Notten ab, der mich dazu beglückwünschte, daß ich mich in meiner Not so aufrecht gehalten hatte. «Wir Leghorns!» sagte Großmutter.

Wie ein Gespenst lief ich die Woche über durchs Haus, verfolgt von Bildern, die in mir waren, fortgingen, Stücke aus der Welt bissen und wieder in mich zurückdrängten. Ezra Nottens Hände, die sich um meine Taille krampften, Zack, wie er Rose Marie anschaute, Augen wie Fischschuppen, ausgerissen, ein Film, den ich nachts heimlich sah. Brüste auf einem Männergesicht. Gerüche, für die ich gemordet hätte, Ranken in meinem Schlaf. Ich wollte, ich wollte. Ich wußte nicht, was. In den Nächten schrieb ich, trank Tee aus Aurikel, Bruderkraut, der Duft so stark, daß er blendete. Unablässig las ich Gedichte. *Und morgen ist gestern, kein Tag aus deinen Händen hat einen andren abgelöst, keiner ist vergangen.* Meine eigenen Worte dagegen schmerzten im Kopf, suppig und vertan, *da unten, wo die Welt sich staut, verlier ich, sing ich, Todesbraut.* Nicht gut genug, die Sprache durchscheinend, löchrig, ich war nicht gut genug, klamm und faulig wie all die Sätze klemmte die Bettdecke zwischen meinen Beinen. Im Dunkeln begann ich mich immer gereizter zu bewegen, die Fenster licht, die Hügel draußen drohend, wenn ich mir in die Brüste kniff und gepreßt atmete. Es war harte

Arbeit. Ich vermied es, zärtlich mit mir zu sein. Dann sah ich Zacks Erektion vor mir, als er Timpie angesehen hatte wie jemand, der sehr durstig ist. Ich war krank vor Verlegenheit, wollte Katholik sein mit diesem erbarmungsvollen Rosenkranz, ich wollte mich anzeigen. Statt dessen atmete ich nur ein und aus, weiter, weiter, das einzige, was ich tun konnte.

Ezra Notten war die Hand des Herrn, die uns vor dem Bus bewahrte. In seinem merkwürdigen, kleinen Wagen roch es, als wären seine Socken nicht ganz sauber, aber Großmutter konnte sich vor Aufregung darüber kaum fassen, daß der Pastor uns ins Krankenhaus chauffierte. Wie eine dünne, schwarze Hornisse thronte sie in dem winzigen Innenraum, ihr Hut drückte sich gegen die Decke. Im Rückspiegel fischte Ezra Notten ständig nach meinen Augen und redete ohne Unterlaß. Er sagte *ich fühle, daß*, und *sehen Sie, wie, Joa,* und *begreifen Sie einfach*, und *wie ich hörte*, und *ich empfinde es so, daß Sie einen guten Riecher haben*. Er war ein Anschlag auf alle Sinne und fräste sich damit durch meinen Widerstand, seine Sprüche machten mich nach Minuten weich, denn er hatte die Schrift an der Wand gesehen, und dagegen kam ich nicht an. Während wir das dörfliche Kopfsteinpflaster hinter uns ließen, fiel mir auf, daß der Mini keine Stoßdämpfer hatte, wahrscheinlich ein protestantischer Ersatz für die beliebte Praxis des Geißelns.

«Hören Sie, Ezra», sagte ich irgendwann aus Langeweile, «haben Sie eigentlich vor, sich auch mal zu vermehren?» Großmutter griff mir in die Kniebeuge, daß ich aufschrie, aber Ezra schien es für das Jauchzen der himmlischen Heerscharen zu halten. Leutselig sagte er: «Aber ja doch, Joa!»

«Wer ist denn die Glückliche?» Mein Zwerchfell krümmte sich angesichts dieser gelungenen Formulierung, vorsichtshalber rückte ich ein Stück zur Seite, damit er mein Grinsen nicht im Rückspiegel sah. Ich wollte nur ein bißchen Spaß, weil uns am Ende der Fahrt Timpie Leghorn erwartete. Draußen wurde die Ebene trocken, dagegen war unsere Ecke des Otschtals ein tropisches Paradies. Von Großmutter flog mich eine Wolke Uralt Lavendel an, ein parfumdurchtränktes Taschentuch schwebte dauernd vor ihrer Stirn, denn sie litt immer sehr unter der Hitze. Ezra schnüffelte ratlos, und ich ahnte, daß er eine plötzliche Neigung zu mir gefaßt hatte. Fröhlich betrachtete ich mein Spiegelbild im Fenster, mutwillig und hübsch, bestimmt grübelte er, was ich mit meiner Frage gemeint hatte. *Wer ist denn die Glückliche*, was das alles heißen konnte! Oh, der prüde Ezra Notten war in Schwierigkeiten. Seit Jahren war er wahrscheinlich um eine leidenschaftliche Herzensfreundschaft bemüht, abgeschreckt von den Untiefen unterhalb des Bauchnabels, dem gefährlichen Land, in dem die Krokodile wohnen. Er las, das hatte er mir schon zu Beginn der Fahrt gestanden, abends gern Hölderlin oder Walt Whitman. *Einst hab ich die*

Muse gefragt, und sie antwortete mir: Am Ende wirst du es finden. Das war natürlich tragisch und schön, aber ich wußte, daß ich, wenn überhaupt, das Süße mit dem Bitteren ohne Ezra nehmen wollte. Großmutter hatte ihm erzählt, daß ich Gedichte schrieb, deshalb wähnte er in mir die verwandte Seele.

«Sie hatten mich», sagte Ezra gedämpft, «eben gefragt, wer denn die Glückliche sei ... Joa ...!»

«Ach», sagte ich geringschätzig, «das ...» Aber da tropfte er schon aus, seine Rede ein Wasserhahn, den man nicht abstellen konnte, und je mehr er sich erregte, desto gewalttätiger wurde der Redefluß, bis seine Sätze schließlich den Wagen zertrümmerten. Ich sah es Großmutter an, daß sie ihn auf der Stelle erhört hätte. Ezra gab uns alles, die aufgeschürften Knie seiner Kindheit und seine erste Liebe, eine heranwachsende Gitarrenschülerin, die Söckchen mit grün-grauem Rautenmuster trug. Hilflos drehte ich Großmutters Gürtelschlaufe zwischen den Fingern. Mir war heiß, und ich stellte mir vor, wie er in seinem einsamen Studentenbett onanierte, was wahrscheinlich auch schiefgegangen war.

Die Luft wurde grau, als wir durch die Vorstadt kamen, heruntergekommene Häuser, zerstörter Stuck, Posaunenengel und dickhüftige Jungfrauen ohne Arme, Graffiti an den Wänden, obszöne Schmierereien. Nirgendwo sah ich einen Baum, Caleb konnte nicht in dieser Wüste leben, aber er tat es, obwohl weder Großmutter noch ich genau wußten, wo. «Und so», sagte Ezra, «ging auch diese Geschichte mit Martha zu Ende, ohne daß ich mein Herz verlor. Das heißt, ich habe es natürlich verloren, aber eben nicht in dem Sinne, wie man es sich wünscht.» Er dachte einen Moment nach. «Nein», sagte er bekräftigend, «so nicht. Gar nicht eigentlich.» Großmutter hustete, es war die Art von Erzählung, die jemand spannend findet, der seine Geschlechtsteile seit langem nur noch zum Waschen auspackt. «Wie hätten Sie es sich denn gewünscht, Ezra?» fragte ich, obwohl ich wußte, daß er mit der Gitarrenspielerin ins Bett gewollt hatte, Punkt und Ende. Aber das mußte er schon selber sagen. Der Wagen schlingerte, Ezra blinzelte mir zu, und ich hatte das Gefühl, eine Pflanze totgetreten zu haben. «Nun, Joa», sagte Ezra, «Sie lieben doch sicherlich Dichtung?» Er stand kurz davor, ein Beispiel zum besten zu geben. «Na klar», sagte ich.

«Dann kennen Sie vielleicht das Gedicht *Styx* von einer Dichterin, deren Werk ich sehr schätze.»

«Jaja», unterbrach ich ihn. Seine Füße rochen wirklich. *Aber mein Wünschen*, rezitierte er, *zittert durch Thränen, und meine Hoffnung klagt vom Ebereschenbaum.*

«Das klingt aber hübsch», warf Großmutter ein.

Ich tauchte, sagte Ezra mit einem seiner glitschigen Blicke, *in den goldenen Strudel deiner Schelmenlaunen.* Dann hielt er erschrocken inne, weil ihm eingefallen sein mußte, daß in der nächsten Zeile *Sterbeglocken* ins Spiel kamen. «Hu», sagte

Großmutter bewundernd, «das ist aber schön! Ist das etwa von Ihnen, Ezra?»

«Ach nein», sagte er übermütig. «Wie ich bereits erwähnte, ist es von einer Dichterin, die ich sehr schätze. Nicht von mir, liebe Frau Leghorn, natürlich nicht.» Bald würde er sie *Mutter Leghorn* nennen, das wußte ich. «Ich kannte auch mal ein Gedicht», sagte Großmutter aufgekratzt. Der Wagen schlingerte wie eine Schiffschaukel, als sie in Bewegung geriet, und Ezra übersah bereits die eine oder andere Ampel. *Herr von Ribbeck auf Ribbeck im Havelland*, sagte Großmutter unter Ezras leuchtendem Blick. *Ein Birnbaum in seinem Garten stand*, übernahm er, dann folgte ein munterer Wechselgesang, dabei saßen sie beide sehr gerade. Wahrscheinlich hatte man es ihnen in der Schule so beigebracht.

Die Mauer am Krankenhaus wurde gerade erneuert, die Steine wie herausgefallene Zähne. Es war ein Silberkasten, verwinkelt wie eine Burg, aber die riesigen Scheiben reflektierten die Sonne, und eine weiße Wand aus Licht stand vor dem Himmel, bis ich die Augen schloß. Dahinter saß irgendwo Timpie und wartete darauf, daß ihre Geschichte ein gutes Ende nahm. Hätte sie mich gefragt, ich hätte ihr in dieser Hinsicht wenig Hoffnung machen können.

Der Sturz hatte Timpie Leghorn drei Rippen gebrochen und ihre rechte Kniescheibe zertrümmert, sie wirkte auf dem Röntgenbild zerschossen, als hätte jemand darauf gezielt. Bei der Operation gaben sie sich Mühe, aber hinter vorgehaltener Hand hieß es, sie würde später hinken. Wenn es nach mir ging, konnte meine Schwester froh sein, den Sprung überhaupt überlebt zu haben. Selbst mit einem steifen Bein würde es ihr nicht schlechter gehen als zuvor. Am Eingang zum Krankenhaus winkte mir Ezra Notten; er wollte die Kapelle besichtigen, eine der schönsten Beschäftigungen, die ich mir für einen freien Nachmittag denken konnte, aber ihn verlangte es nach den Aufregungen der Fahrt nach Tröstung. Vielleicht würde er den Herrn anrufen, der hoffentlich so gnädig war, Ezras Herzensneigung einen Riegel vorzuschieben. Auch Großmutter trennte sich von mir, um sich auf die Suche nach Timpies Ärztin zu machen, der ich einmal begegnet war, sie war dünn, rothaarig und gutaussehend, wenn man den magersüchtigen Typ mit dicken Brüsten mochte. Zack hielt sie für eine fähige Person, für eine fähige, attraktive Person, natürlich, während sie im Gegenzug der Ansicht zu sein schien, daß es sich bei ihm um den medizinisch interessierten, muskulösen Onkel einer Patientin handelte.

Mit aller Kraft stemmte ich mich, benommen von Desinfektionsmitteln, gegen die doppelt gepolsterte Tür zu Timpies Zimmer. Sie gab mit einem Plopp nach wie eine Unterdruckschleuse. Meine Schwester lag mit geschlossenen Augen schräg auf ihrem Bett, der Gips an ihrem Bein beinah größer als sie selbst, ein Ungetüm. Temperaturkurven, Aufnahmen von Computertomographien, sie hatte keine Ahnung, worum es in diesem Zimmer ging, wußte nicht, was das war, Visite, ein Scherbengericht.

Umgeben von Krankenhausweiß, war Timpies Zwergengesicht noch tapferer als sonst. Sobald sie meine Schritte hörte, klappten die Augenlider auf, japanisches Reispapier, und ihre Haut legte sich in kleine, bebende Falten. Sie hatte ihr Lächeln so lange in sich aufbewahrt, daß es krachte, als es ihr auf die Lippen sprang, es mußte in ihr leise gesimmert und dann gekocht haben. Großmutter erzählte, daß Timpie in sich zusammenfiel, wenn sie ohne mich kam, und von da an wollte ich nicht mehr hingehen, ich wollte mich aus dem Staub machen, ich wollte auf keinen Fall die sein, auf die sie wartete. Aber davon wollte Großmutter nichts hören. Immer wieder mußte ich mich an Timpies aussaugenden Blick gewöhnen, es lag an der lackierten Augenfarbe, daß ich dachte, sie müßte alles, was sie sah, in einem schrecklichen geschärften Grün wahrnehmen. Schnell schob ich mich auf den Besucherstuhl, ich sagte gleich, daß ich nicht lange bleiben würde, aber Timpie lächelte einfach weiter. Ich seufzte, weil ich ihre Marotten so leid war wie meine Zwangsgedanken: Heime, Arbeiten, für die man halbe Pfennige bekommt, ich sah meine Schwester Körbe flechten, Briefmarken von Umschlägen pulen, Pullover aufribbeln und Wollknäuel daraus herstellen. Sie konnte sonst nichts außer Dreck essen, mutistisch sein und aus Fenstern springen. In ihrer Stummheit war Timpie Leghorn den meisten Menschen unheimlich, mir aber kam es jetzt entgegen, daß ich nicht reden mußte. Hier ging es allein um Anwesenheit. Alle Knochen taten mir weh, und ich griff mir in den Nacken, einen Beutel voller Erbsen. Während ich die Blicke spürte, mit denen Timpie jede meiner Bewegungen verfolgte, gähnte ich. Halt durch, sagte ich mir, alles geht vorbei, auch dies.

Es war ein schönes Zimmer, vielleicht ein bißchen groß für ein Kind, Doppelfenster an der gesamten rechten Front des Raumes bis fast auf den Boden, weiß, weiß, weiß, ich langweilte mich jetzt schon. Jemand hatte Timpie ein paar Gänseblümchen in ein Schnapsglas gestellt und es so auf ihrem Nachttisch plaziert, daß sie es sehen konnte. Vielleicht war es Zack gewesen, vielleicht hatte er am Tag zuvor am Wegesrand die Blumen aus der Erde gerupft, milchfarbene mit rosa Rändern. Vielleicht war die andere Hälfte seiner Ausbeute der rothaarigen Ärztin zugefallen, er war immer schon gerecht gewesen, und Gänseblümchen, dachte ich, paßten zu ihr. Timpie lächelte in die Langeweile hinein, und mir brach der Schweiß aus, als ich mich fragte, ob Zack an jenem Sonntag bemerkt hatte, was ich auf der Bank neben ihm tat, während die anderen ihre Köpfe in die Gesangbücher hielten. Wenn ich mich umdrehte, sah er mich nun manchmal abschätzend von oben bis unten an.

Ich erwachte davon, daß Timpie sich in ihrem aufgeschlagenen Krankenhausbett bewegte. Sie schaute versonnen an die Decke, den Körper verdreht, als hätte ihn jemand ausgewrungen. Eine Hand ruhte am seitlichen Ende der Matratze, dort, wo eben noch meine gelegen hatte. Plötzlich spürte ich einen verschwitzten Abdruck auf meinem Handrücken und wischte ihn am Laken ab. Timpie Leghorn würde mir doch wohl nicht die Hand gehalten haben. Widerwille drückte mir die Kehle zu. «Jetzt muß ich aber gehen!» sagte ich und riß ohne weitere Umstände die Tür auf.

Es waren kaum Menschen auf dem Flur, die paar, die ich sah, machten Begräbnisgesichter, sie hatten diese toten Blumen in der Hand, die eigens für Krankenzimmer gezüchtet werden. Sohlen quietschten auf dem Gummiboden. Das ist die Unterwasserwelt, sagte ich im Geist zu Ezra Notten, hier wird keine Sprache gesprochen, dies ist der Ort; Demut, dachte ich, Demut. Türen schlossen sich geräuschlos, Schwestern, die mit der Umgebung verschmolzen, kraulten zwischen ihnen hin und her, sie nahmen mich nicht wahr, ich war unsichtbar, die Farbe der Wand war die meine. Bloß weg von hier, dachte ich, ich würde Caleb ausfindig machen, egal, was er getan hatte. Er würde die Espressokanne auf den Herd stellen, ich würde mich in konzentrischen Kreisen um die Kanne herumbewegen, und ich würde ihm meine Gedichte vorlesen, sofort. Caleb würde sie verstehen. Meine Füße verursachten beim Laufen keinen Lärm, und ich blieb kurz stehen, um sie zu inspizieren. Ich war unter Wasser, kein Zweifel.

Am Ende des Flures stieß ich gegen eine Bahre, die vor einem Aufzug stand, ich entschuldigte mich, aber niemand antwortete. Die Gestalt war von oben bis unten mit weißem Tuch bedeckt. Caleb *mußte* hier irgendwo wohnen, ich roch schon seinen Geruch, bekannt, unentschlossen. Auch ich stand da, als hätte mich einer eingepflanzt, die Blicke der Leiche in meinem Rücken. Eine Frau, ich wußte, das war eine Frau, und spürte etwas wie Strom, elektrische Empfindungen, bewegte mich rückwärts. Vor der Bahre hielt ich wieder an, stand nun seitlich von ihr, laß das, sagte Zack in mir. Meine Hände griffen zu, und unter dem Tuch kam die Stirn eines Mannes zum Vorschein, fleischfarben, hell. Ich legte einen Finger auf die vertikalen Falten. Es fühlte sich an wie Wachs, kaltes Wachs, mit dem man sich die Beine enthaart.

Plötzlich sah ich die Stirn meiner Mutter, ihre Umrisse, ihre Hände, die Augen; wenn ich das Tuch tiefer zog, würde ich ihre Augäpfel sehen können. Sie hatten ihr die Augen nicht zugedrückt; eine Schicht über der Iris wie Milch. Münzen hatte ich ihr darüberlegen wollen, gelbe, kleine Blüten von Pfennigkraut. Sie ließen mich nicht. Ich aß meine Schreie auf, als sie mir im Mund angekommen waren. Das Tuch lag, wo es lag, es dünstete etwas aus, was mich betäubte, alles wurde klar und breit, die Wände zogen sich höher, und ich ging an ihnen hinauf.

Timpie in ihrem Bett sah aus wie immer, als ich in ihr Zimmer zurückgewatet kam, die Haut über ihrer Nase so straff, als ob man sie ihr an den Ohren festgezurrt hätte. Sie war ein Geist mit ihren brennenden Wangen. Ich drückte mir beide Hände in den Magen, in dem noch die Leiche schwamm, und hielt mir den Mund zu, um sie nicht mit dem Tod anzustecken. Dann rutschte ich zu ihr ins Bett. Calebs grüne Augen stiegen an die Oberfläche, er sah mich aus Timpies Augen an, vorwurfsvoll. Seine Augen küßten meine und schoben sich durch die Iris hindurch in meinen Kopf, weil sie sich einnisten wollten, ein Zuhause brauchten. «Timpie», sagte ich gehetzt und eindringlich, «hol die Feuerwehr, ich drehe durch!»

Dann bewegte sich ihre Hand an meiner Kopfhaut, eine harte Handfläche, es hätten Schwielen sein können, aber es waren nur die Brandnarben. Es war überraschend, daß man nicht im Kopf durchdrehte, sondern in der Brust. Timpie Leghorn mit ihren knochigen Händen bewahrte mich davor; lange lag ich unbeweglich, steinern, ihre Finger warm an meiner Stirn.

Als Timpies Ärztin, Zacks neue Bekannte, hereinmarschierte, dachte ich erst, es sei Rebekka; das lodernde Haar, Zimtgeruch, Snobismus. «Sie sind Joa», sagte sie und streckte mir ihre Hand wie einen Speer entgegen. Der Typ, der bekommt, eine, die freiwillig abgibt, weil sie zuviel von allem hat. Der Wenn-Dann-Typ, *wenn es hier nicht läuft, wie ich will, dann gehe ich eben.* In der Tür flackerte sie kurz auf, entspannte sich wieder und warf einen Blick auf das Bett. «He, Timpie, alles im Lot?»

Weil sie professionell und geschickt aussah, bekam der Raum auf der Stelle seine Relationen zurück. Timpie saß in ihren Kissen wie ein Buddha, natürlich mochte sie diese Frau nicht, weil sie niemanden mochte, der direkt war.

«Später geben wir den Blümchen noch Wasser», sagte die Ärztin begeistert, während sie um das Bett herumging, gleich würde sie in die Hände klatschen. Timpies Augen wurden schmal, und es dauerte, bis ich begriff, daß das Geglitzer in ihnen schieres Entzücken war. Sie robbte auf die Gänseblümchen zu und tunkte ihren Zeigefinger ins Wasser. Und dann passierte ein Wunder.

«Sie haben's zu warm», sagte meine Schwester mit ganz normaler Stimme, mit einer Stimme, die ich noch nie gehört hatte.

«Sie haben's zu warm, ja», wiederholte die Ärztin, «sollen wir dann vielleicht besser das Wasser austauschen?» Äußerst präzise teilte sie sich mit, der Ton, in dem man mit Erwachsenen spricht.

«Ich denke schon», sagte Timpie. *Ich denke schon.* Ich fröstelte. Meine Wahrnehmung schien doch gelitten zu haben. *Ich denke schon.* Solche Sätze benutzte Timpie Leghorn nicht. Erschrokken starrte ich sie an, während die Ärztin das Wasser aufdrehte. «Kaufst du mir neue Blumen, wenn die hier kaputt sind?» fragte Timpie. Die Ärztin strahlte. «Die hier hab ich ja gar nicht gekauft», sagte sie, «die hab ich gepflückt. Für dich.»

«Wo denn?»

«Bei mir zu Hause im Vorgarten. Ich bringe dir einen ganzen Eimer voll, wenn du willst. Aber nur, wenn du das Wasser dann auch selbst wechselst, sobald du kannst.»

«Ich versuch das», sagte Timpie nachdrücklich, «und wenn es heute noch nicht geht, dann geht es morgen.»

«Wenn es heute nicht geht, dann morgen», wiederholte die Ärtzin. *Wenn es heute noch nicht geht, dann morgen*. Ich begriff wirklich nicht. «Ich leih mir Joa hier mal kurz aus, wenn es dir nichts ausmacht, Timpie. Ich will ihr bloß ein paar Sachen erklären, wie es dir geht, wie lange du hierbleiben mußt, den üblichen Kram.»

Laut, langsam und deutlich sagte ich: «Sie versteht Sie nicht.»

Aber da war sie schon draußen. In der Tür blickte ich zu Timpie zurück, die auf ihrem Bett vor den Blumen saß. «Tschüs», sagte sie.

Tschüs.

«Hören Sie», rief ich der Ärztin am Aufzug nach. Ein Echo knallte gegen die Wände. «Bin ich etwa zu schnell?» rief sie über die Schulter, ich ertrug den Ton nicht, in dem sie *etwa* sagte, weil es mir klarmachte, daß etwas falsch lief. Etwas, dachte ich, was? Von meiner Wut getrieben, schlitterte ich ihr nach, während sie einfach weiterrannte, 12-Zentimeter-Absätze, lange Beine. Ihre Tür hatte ein

Namensschild, weiße Prägebuchstaben, L. Calvi, das war ihr Name. Knapp hinter ihr bremste ich, als sie mit ihrem wichtigen Schlüsselbund klapperte, den sie samt Anhänger, einem mattgeschliffenen, massiven Silberquader, nachlässig auf den Schreibtisch warf. «Setzen Sie sich, Joa!»

Ich aber wollte stehen bleiben, ich wollte mich nicht setzen, und ich wollte eine vernünftige Antwort. «Dann stehen Sie eben», sagte sie stirnrunzelnd, nahm zwei, drei Kugelschreiber aus ihrer Brusttasche und knallte sie vor sich auf die Schreibtischplatte, zackig, abstoßend. «Ich habe bereits versucht, Ihre …», sie stockte, «Großmutter anzurufen.» Es klang, als würde sie meinen Puls messen. Dabei schob sie die vielen Zettel vor ihrem Telefon zu einem kleinen, gnadenlosen Stapel zusammen. «Aber Ihre Großmutter ruft mich nicht zurück. Also werden wir beide jetzt reden.» Wieder dieser Blick. «Sie wissen, was mit Ihrer Schwester los ist?» Ich schnalzte mit der Zunge, wobei ihr Gesicht mit dieser kühlen, weichen Sonderausstattung an keiner Stelle aus den Fugen geriet, wahrscheinlich eine Frage des Make-up. Wenn man das Make-up entfernte, würde kein Gesicht mehr übrigbleiben. Das war ungerecht, ich litt, und sie sah einfach weiter gut aus.

«Timpie hat Pica», sagte ich. L. Calvi nickte zufrieden. «Wir halten sie hier allerdings davon ab, sich an Spritzen oder Verbandsmaterial gütlich zu tun. Wir kriegen die Sache schon in den Griff.» Das reizende Miniaturlächeln, das erschien, war eine

Aufforderung, sie zu loben, aber ich biß die Zähne zusammen. Mit hoher Wahrscheinlichkeit hatte L. Calvi bereits alles an Anerkennung bekommen, was anderen Leuten lebenslänglich zustand. Jedenfalls, erklärte sie selbstsicher, mache sie sich keine Sorgen. *Wie schön*. Aus Dr. Lennarts Unterlagen hatte *der Stab* ersehen, daß Timpies Mutismus sich erst in den vergangenen Wochen entwickelt hatte, *naturgemäß*, belehrte sie mich, führe man das auf die familiäre Belastung zurück. Dann drehte sich L. Calvi zum Fenster um, und ich hatte den Verdacht, daß sie mir Gelegenheit geben wollte, mich doch noch zu setzen. Beim Gähnen ließ sie die Fingerknöchel knacken. «Entschuldigung», sagte sie und schaute zu den Regenwolken hinauf, die sich rund um die beiden Schlote des Magnetwerks versammelt hatten. Ich fragte mich, ob sie Lena, Lola oder Lava hieß. Alles hätte gepaßt. «Was ich eigentlich wissen wollte, Joa», sagte sie, «ist, ob Sie jemals an besondere Förderung für Timpie gedacht haben.» Ich wußte nicht, was sie meinte, ich fühlte mich nur schlecht, schlecht, schlecht. Ich fragte mich, ob Timpie L. Calvi von Mutters Stilettos erzählt hatte, von ihren gebratenen Händen, ob sie die Stickschere erwähnt hatte, Caleb oder Dr. Lennarts Kaninchen. Aber es war unmöglich, ein Irrtum, Timpie sprach nicht in ganzen Sätzen. «Also», sagte L. Calvi und massierte dabei ihre alabasterfarbene, kühle Kehle, «haben Sie? Oder haben Sie nicht?»

Ich zuckte die Achseln. Förderung, dachte ich, Körbeflechten, Briefmarken abknibbeln, na großartig. Und dann ließ L. Calvi mit einem Satz mein Leben explodieren. «Natürlich ist an Förderung für Hochbegabte in dieser Gegend nicht leicht heranzukommen», sagte sie, «aber glauben Sie mir, es gibt da Mittel und Wege.» Ich hörte die Worte und verstand kein einziges, ich muß so verdutzt ausgesehen haben, daß L. Calvi um den Schreibtisch herumkam und mich am Oberarm packte. Ich drehte das Kinn zu meiner Schulter, um ihre hübschen, spiegelnden Fingernägel mit der geschmeidigen Nagelhaut näher zu betrachten. Sie werteten meinen Arm auf. *Geh weg, L. Calvi.*

«Geh weg, L. Calvi», sagte ich haßerfüllt. Aber sie hielt meinem Blick stand. «Lina», sagte sie, «gerne Lina, nicht L., es würde mich freuen, wenn wir darüber hinaus beim Sie blieben. Was ich Ihnen anbieten kann, Joa, ist natürlich nicht viel, nur ein bißchen Anregung. Um den Rest müßte sich Ihre Familie selbst kümmern.» Sie schloß eines der Fenster, es zog, dann hockte sie auf der Kante des Schreibtischs und legte sich beide Hände locker in den Schoß. «In diesem Alter ist es natürlich noch recht schwierig», sagte sie, «die Testergebnisse schlußendlich zu interpretieren.» Testergebnisse, dachte ich noch, welche Testergebnisse denn, und dann ging ich in Lina Calvis Erklärungen verloren. *Langfristige Therapie*, sagte sie, *Stab, krankhafte Anzeichen, Empfindsamkeit, hochbegabte Kinder. Mit Ihrem Vater klären*. Meinem Vater. Caleb wanderte seelenruhig durch meinen Kopf.

«Timpies neurotisches Verhalten», sagte L. Calvi, «ist unserer Ansicht nach die natürliche Folge einer Begabung, deren Ausmaß noch nicht eingeschätzt werden kann.» Dabei sah sie so aus, als würde sie ihre Botanisiertrommel auspacken, sie wollte ihren Spaß haben, Schmetterlinge fangen. Schläft sie viel. Wann hat sie als Baby zu lächeln begonnen. Wann hat sie begonnen, Dinge zu verstehen. Ich hatte keine Ahnung, wovon sie sprach. «Ja», sagte ich und dachte an Timpie. Als Baby hatte sie ununterbrochen gelächelt, Zack sagte Dalai-Lama zu ihr, das zerdrückte Gesicht, das sich entfaltete, wenn Mutter kam. «Sie sieht so *alt* aus», sagte Großmutter, «so verständig, in-tel-li-gent, oder, Zack?»

«Ja», sagte ich. «Nie.»

«Was, nie?» fragte L. Calvi.

«Nie», sagte ich, «sie hat uns nie verstanden, niemanden. Sie hat nie mehr als ein paar Sätze verstanden, hören Sie, daran gibt es nichts herumzudoktern. Timpie war absolut begriffsstutzig!» Sollte sie doch Zack fragen. «Ehrlich», log ich, denn plötzlich fiel mir Rebekkas kleine Schwester ein, Thaddea Nathorps gleichaltriges Baby, das noch sabberte und auf seinen Fingern herumbiß, als Timpie schon Lenkräder von Spielzeugautos ab- und wieder anmontierte. «Sie beherrscht den *Pinzettengriff*!» schrie Thaddea. Timpie war kein Jahr alt, sie hatte noch ihre Glatze, und ich fragte mich, warum Thaddea Nathorp sich so aufregte, ich kannte keine anderen Babys. Timpie hatte immer schon gern gebastelt, Mutter haute ihr für die kleinen Montagen auf die Finger, daß es klatschte. Mit einer Haarnadel hatte Timpie einmal das Küchenbüffet zu knacken versucht, und das Schloß sprang tatsächlich auf, als sie drehte. Mit anderthalb Jahren sammelte sie Tannenzapfen und Steine, unter der Krüppelkiefer im Hühnersand baute sie damit eine Stadt, Brücken, Krankenhäuser, Polizei, einen Teich aus Eidotter. Mutter tobte wegen der Eier, und darum hatte ich die Stadt auch zertreten.

Längsschnittuntersuchungen, sagt L. Calvi, und mit ihren Längsschnittuntersuchungen bricht sie in mich ein. Sie wird für mich immer diesen Namen haben: L. Lava-Lina Calvi. Funktionsvariablen, sagt sie, Entwicklungsbeurteilung, quantifizierbare Parameter. Wir befinden uns auf einem Hochseil, kein Netz darunter, sie hält meine Hand nicht fest, sie sitzt zur Rechten der Sonne, und der Boden schwankt unter uns, nicht ich schwanke, der Boden. «Es ist so schwierig», sagt sie und wirbt um mein Verständnis, «für Kleinkinder quantifizierbare Parameter zu finden. Abgesehen mal davon, Joa, daß der Intelligenzbegriff, wie er heute gebraucht wird, nicht das ist, was Kindern und ihrer Kreativität entspräche.»

Mir ist ihr Konjunktiv widerwärtig, ihre Sätze schwärzen das Wasser, in dem ich schwimme, sind kühn und aufgeregt. Meine Vergangenheit entfernt sich von mir, eine Landschaft, aus der man herauswächst. Keine Heimat mehr, das ist traurig. Ich glaube Lina Calvi kein Wort. Da leben sie, dort unten, Lava Calvi und die anderen, ich bin ein Hühnerhabicht und kreise über ihnen. «Für mich ist *das* wirklich nicht die Frage, Joa», sagt sie noch mal, sie spürt, wie ich widerstrebe, vielleicht hat sie doch ein Herz, «natürlich ist Ihre Schwester hochbegabt!»

«Ja klar!» sage ich.

«Bei den Sprachtests lag sie zwar zuerst noch weit unter der üblichen Marge, aber jetzt, nach zwei Wochen, überflügelt sie schon die Neunjährigen! Toll!» Ich denke an Timpies tumben Gesichtsausdruck, wie sie sich entzieht, hochbegabt. «Sie hat in den Tests diese unglaublich schnellen Reaktionen gehabt. Erstaunlich, es ist fast, als würde sie voraussehen, was man tut. Wir denken, daß möglicherweise auch paranormale Fähigkeiten im Spiel sind.» Mein Gott, denke ich, L. Calvi, ich könnte dir sagen, was zu Timpies superschnellen, grandiosen Weltmeisterreaktionen geführt hat. Dazu braucht es keinen Verstand, bloß ein paar Jahre unter Rose Marie Leghorns Fuchtel. Ihre Schlagfertigkeit war berüchtigt unter den Kindern, die es anging. Hundert, denke ich, neunundneunzig, achtundneunzig, siebenundneunzig. Mutter, wie sie mit einem Topf voll heißem Wasser nach Timpie wirft, zähl weiter, denke ich. Die Spritzer verbrühen Rose Marie die eigenen Waden, sie kreischt auf, weißliche Blasen erscheinen. Neunundachtzig, achtundachtzig, Timpie, der Torwart, immer in der richtigen Ecke, um mit mütterlichen Füßen getreten zu werden. Timpies Haare, in Mutters Kamm gefilzt, Rose Marie dreht ihn ein paarmal herum, die Haare verwickeln sich, die Absichtslosigkeit der Absicht. *Hier schreit niemand*, schreit Mutter, dann reißt sie den Kopf an den Haaren hinter sich her. *Willst du wohl, willst du wohl*, flüstert sie unablässig, Timpies Stirn so rot wie ein Krebs, der in Suppe dünstet, zweiundachtzig, einundachtzig. *Was weißt du über die Liebe, L. Calvi? Was weißt du Besonderes über die Liebe?*

«Hochbegabt», wiederholt die Ärtzin. Das wunderschöne Wort.

«Ich glaube Ihnen kein Wort», sage ich.

«Doch», sagt Lina, «lieber Himmel, Joa, was ist denn plötzlich?» Sie sieht meinen Tränen hinterher. Seit ein paar Tagen, sagt sie schnell, beobachtet *der Stab* an Timpie noch ein Symptom. Sie versucht sich zu schneiden, denke ich. «Sie versucht sich zu schneiden», sagt L. Calvi gegen ihren Schreibtisch. Laß mich damit in Ruhe, denke ich. Ihre Augen fressen sich in meinen fest, der Motor dampft. «Wir sehen das oft an *mißhandelten* Kindern», sagt sie. «Sie schneiden sich, weil es die einzige Form von Zuwendung ist, die sie kennen.»

«So ein Quatsch!» sagte ich unbeherrscht, sie beugt sich vor, und in ihren Pupillen sehe ich mich, winzig klein. L. Calvi, die Schöne, zuckt die gemeißelten Schultern. «Ich habe doch nicht gesagt, daß *Timpie* mißhandelt wurde», sagt sie, «ich meinte damit nur, daß dieses Symptom *auch* bei mißhandelten Kindern vorkommt.» Liebe Güte, denke ich, bist du blöd, hast du die Narben nicht gesehen? Dann denke ich: Sie *ist* nicht mißhandelt worden.

Du weißt nichts über die Liebe, denke ich, daß die Liebe schnell ist und scharf, schneidend. Mama, denke ich. «Bitte, Joa», sagt sie, «lassen Sie Ihre Schwester nicht im Stich, und setzen Sie sich mit allem, was Sie haben, dafür ein, daß Timpie gefördert wird!» Sie ist ganz brav jetzt. «Erst der Tod Ihrer Mutter, dann der Unfall, das alles ist schon schwer genug, aber für ein hochbegabtes Kind ...» Die Schlußfolgerung überläßt sie mir. Dies ist die Konstantenfestlegung in der Mathematik, ein hochbegabtes Kind, die zerbrechlicheren Knochen, die feineren Nerven, die kälteren Füße, die kürzere Zeit.

Ich öffnete wortlos die Tür, Großmutter kam mit Ezra den Flur entlang, er hob beim Gehen nicht die Füße, ein fauler Fünfjähriger an ihrer Seite. Mit ihren erwartungsvollen Gesichtern kamen sie auf mich zu, als ob ich Bonbons für sie hätte. Sie schienen das Krankenhaus für einen Ort der Kurzweil zu halten, sie riefen mir etwas zu. Hochbegabt. Ich dachte plötzlich an meine Gedichte, ja, ich war verrückt danach, endlich alle meine Gedichte in der Schublade zu zerreißen.

Der Schnee kam sehr früh. Anfang November, ein paar Wochen nach Timpie Leghorns fünftem Geburtstag, über den die Zeit hinwegging wie alle anderen auch, war eines Morgens mein Zimmer blendend hell. Der Garten draußen zog sich unter einem strengen Weiß zusammen, und das Otschtal sank an den Boden der Welt. Die Krähen begannen, die gefrorenen Felder zu bestellen. Wenn wir aufstanden, krachte uns die Kälte in den Lungen, die wenigen Nadelbäume an den Hängen plusterten sich stolz auf, und Zack redete wieder unbefangen mit mir. Ich nahm an, daß es mit seiner neuen Affäre zusammenhing. Natürlich verliebte er sich in L. Calvi. Immerhin hatten sie so viel Anstand gehabt, Timpies Heimkehr aus dem Krankenhaus abzuwarten. Sie schienen sich in der Stadt zu treffen, und er kam erst gegen Morgen zurück. Schließlich brachte er sie einmal mit wie ein Geschenk. *Eine Ärztin*, Großmutter überschlug sich, tischte Salzstangen auf, auch Ezra Notten wurde eingeladen, er war hingerissen von ihr. Ich verließ das Haus und ging zu Rebekka oder zog mich in mein Zimmer zurück, wo ich die Grundnote ihres Parfums, das im Flur hing, nicht mehr wahrnahm. Natürlich war ich eifersüchtig.

Die Heizung gluckerte, und ich starrte aus dem Fenster, der ungehinderte Blick auf die Dunkelheit. In der Schublade lag der Ordner, in den meine Gedichte gehörten. Leer, leer. Die Stimmen unten waren aufgekratzt, wenn L. Calvi sich verabschiedete, und einmal verabschiedete sie sich nicht, und das war das Ende von Großmutters großzügig verteilter Sympathie. Meine Beziehung zu Zack litt wieder, und ein paar Tage danach erhörte ich Ezra Notten. Am Wochenende übte ich manchmal mit den Älteren aus der Jungschar kreatives Schreiben, und diesmal übte ich nachher noch mit ihm, wobei sich erwies, daß er entgegen meiner Einschätzung ein Filou war. Wir trugen zusammen Noten in sein

Zimmer und tranken Amaretto aus Kaffeetassen, Ezra machte einige nichtssagende Bemerkungen über geistliche Getränke, und dann beschloß er, mir zu zeigen, daß er ein ganzer Mann war. Auf seiner Matratze aus Roßhaar mußte ich ununterbrochen niesen. Ich hatte mich ausgezogen und lag schon im Bett, als Ezra aus seiner Unterhose stieg, sein Penis lang und weiß und gummiartig. Ich schämte mich, denn ich entwickelte innerhalb von Sekunden am ganzen Körper rote Quaddeln, wobei ich hoffte, daß es nur das Roßhaar war.

Als er kam, gebärdete sich Ezra wie ein toll gewordener Star. Er brüllte «nein, nein, nein!», dann riß er mich an sich, als ich ihn beim Wort nehmen und wegrollen wollte. Auf dem Weg nach Hause, war ich völlig durcheinander. Es war schon nach Mitternacht, ich fror; den halben Weg über lief eine Flüssigkeit aus mir heraus und durchfeuchtete meine Unterhose. Erst auf der Brücke über den Otsch wurde mir klar, daß Ezra nicht verhütet hatte. Rebekka riet mir am Telefon, heiße Bäder zu nehmen und Rotwein zu trinken, ich füllte mich mit Rotwein, bis ich Rotwein war, aber gegen allen Verstand schlief ich in den folgenden Wochen weiter mit Ezra Notten. Es hätte mehr Spaß gemacht, wenn Großmutter davon erfahren hätte, aber sie schöpfte nie Verdacht. Sie hatte genug mit ihrer Sorge um Zacks Seelenheil zu tun. Abends brach sie unvermittelt Gespräche über den Charakter rothaariger Frauen vom Zaun. Ich glaube, sie ahnte nicht einmal, daß Ezra Notten ein Mann war. Auch ich zweifelte bald daran, denn mit der Zeit stellte sich heraus, daß er sich gern nehmen ließ. *Ich mag es, wenn du mich nimmst, Joa*, sagte er, also schwang ich mich rittlings über ihn, auch wenn ich mich fragte, ob ich nicht seltsam dabei aussah. In den Zigarettenpausen philosophierte Ezra über seine passive Phase, sein Gesicht zerging im Rauch, und um Weihnachten herum geriet ich in einen Zustand der Unversöhnlichkeit. Unablässig dachte ich Gemeinheiten, während wir miteinander schliefen: *Paß bloß auf!*, wenn er seine ordentliche Rippenstrick-Unterhose auszog und seinen kautschukartigen Penis entpellte. Ich dachte *Du schwuler Friseur!*, wenn er sich wie eine Schlange in mir drehte und wand, ich dachte *Das war das letzte Mal, du Schwein*, als er einmal von hinten in mir kam und mir weh tat. Es tat erbärmlich weh, doch er glaubte, ich stöhnte vor Freude. Er, Ezra Notten, befriedigte tatsächlich eine Frau, das wurde ihm nach und nach klar, und er wurde aktiver und selbstbewußter. Seine Lieblingsstellung nannte er *wie die Hündchen*. Rebekka würgte, als ich ihr davon erzählte. «Mach es wie die Nönnchen», sagte sie, «mach, daß du wegkommst!» Sonntags besuchte ich die Kirche, betrachtete Ezra und stellte mir vor, was wir zwei Abende vorher auf dem Vorleger vor seinem Bett getan hatten. Ich glaube, ich mochte ihn nicht. Aber ich wollte erwachsen werden, lernen, wie Cunnilingus geht oder Fellatio. Ich war zu allem bereit. Eines Abends rückte Ezra mit einem Buch über Stellungen an. Amüsiert widmete er sich auf dem Bett Buch und Bildern. Sein Penis hing ihm müde auf dem Oberschenkel, aber er heizte sich an, indem er mir Einzelheiten vorlas.

Ezras neue Lieblingsposition, die Missionarsstellung, nannte der Autor *Reiten auf dem heiligen St. Georg*. Wenn ich *Reiten* war, dachte ich, dann mußte Ezra der *heilige St. Georg* sein. Als er vorschlug, wir könnten uns ein japanisches Jaso-Gata besorgen, eine Penisschaftröhre mit Eichelkappe versehen, begann ich zu frieren. «Warum?» sagte ich trostlos.

«Mann, diese Japaner sind wirklich erfinderisch», rief Ezra. Daß er ein einziges Bücherregal besaß, hätte mich warnen sollen. Es war so groß wie zwei Apfelsinenkisten, und die Spitzentitel stammten von jener *Dichterin, die er sehr schätzte* und von Kierkegaard. Kierkegaard, ausgerechnet. Ich sah Ezra an, eine Küchenschabe in Goldpapier. «Hör mal, Joa», sagte er eifrig, «hier raten sie auch, einen Dildo an der Ferse der Frau zu befestigen.»

«Oh», sagte ich, «und dann?»

«Dann wird ihr Fußgelenk mit einer Schlinge versehen, und die Schnur wird um ihren Hals gehoben, um der Bewegung besseren Schwung zu verleihen!» Die Vorstellung, wie der Dildo an seiner Schlinge in mir auf und niedersauste, hochgerissen von meiner Ferse oder Ezra Notten, ließ mich an diesem Abend nicht mehr los. Während er über mir tobte, mußte ich daran denken, halbtot von seinen Verrenkungen und dem Anblick seiner Brust, die über mir rot wurde und schwitzte. Er roch immer nach Schweiß und Abendessen und sah in seiner Trance nachdenklich aus; vielleicht erstellte er das Konzept für die Weihnachtspredigt. Wenn Ezra fertig war, tropfte er auf mich herunter und lächelte; nackt an mir klebend, benahm er sich nicht mehr wie der göttliche Streber, er führte sich vielmehr auf, als habe ihn von Kindesbeinen an nichts anderes interessiert als die Frage, wie und worin man nur seinen Schwanz unterbringen könnte, um ein Höchstmaß an Ekstase zu erreichen. Rebekka mutmaßte, daß er nymphoman wäre. «Das sind nur Frauen», sagte ich. «Keine, die ich kenne», sagte sie. «Dann hat er eben das, was Männer statt Nymphomanie haben. Nekrophilie vielleicht!» Ich gestand ihr, daß mir Ezras Körper widerlich war, seine Gerüche, die wie Harz an mir hafteten, sein Sperma salzig, beißend. Ein paar Minuten nach dem Akt ließ er jedesmal literweise Wasser über sein Geschlecht brausen, gebückt über seinem kleinen, kalkigen Handwaschbecken. Kurz darauf empfing einer meiner Oberschenkel schon wieder Impulse von seinem Penis, der sich auf den Aggregatzustand zubewegte, der ihm der liebste war, heiß und schwer, einen klebrigen Tropfen an der Spitze. «Ach», begeisterte sich Ezra, «ach, ist die Achselhöhle nicht eine *herrliche* Stelle für Küsse?»

Seine Augen waren groß und rund wie die roten und gelben Kugeln, die Großmutter morgens an den Christbaum gehängt hatte, als ich mich endlich aufmachte, um für immer zu gehen. Sein Ding fiel traurig an ihm hinab. «Joa», sagte er hinter mir her.

Das war alles. Hätte er nur ein einziges intelligentes Wort für mich gehabt. Der Otsch lag schwarz unter der Brücke, wie ein breites Band aus Teer. An einer Stelle schwappte das Mondlicht in dem großen Spiegel aus Wasser auf und ab, als leuchte jemand mit einer Laterne vom Bodes des Flusses. Rachsüchtig stapfte ich durch die Senke vor unserem Haus, in der noch knöchelhoch der Schnee lag, er klebte mir in dicken Klumpen an den Sohlen, Millionen von Kristallen, die zerbrachen.

Irgendwann hatte Ezra eine Mutter gehabt, deren kleiner Junge er gewesen war, aber mir gefiel der Gedanke, er sei auf der Welt ganz allein. Das entschuldigte mich und erklärte, warum ich es so lange mit ihm ausgehalten hatte. Ezras Mutter lebte noch, nur ein paar Kilometer weiter, und alle paar Wochen fuhr er mit seinem Koffer voller Wäsche hin, er behauptete, er könne ihr das nicht abgewöhnen. Zu Weihnachten hatte sie ihm Unterhosen geschickt, aber er öffnete das Päckchen schon am dritten Advent. Zwischen Apfelsinen und künstlichem Schnee lagen ein paar Slips, eingewickelt in dünnes Seidenpapier. Einhundert Prozent Baumwolle, im Zwickel verstärkt, über die Schamgegend flogen fröhliche Rennautos und Düsenjäger mit dem Kopf nach oben. Ich starrte in den Fluß und fror, meine Jacke hatte ich bei Ezra vergessen.

Zu Weihnachten benahm sich Timpie bereits halbwegs wie ein normaler Mensch. Aber für mich war es gespenstisch, daß sie seit dem Augenblick ihrer

Entlassung aus dem Krankenhaus aufgehört hatte zu flüstern. Ihre Sprache kam ins Fließen, war ausdauernd, klar, wenn auch langsam, als hätte sie ein paar Muskeln entdeckt, die sie noch eine Weile schonen mußte. Die Worte hatten wie Stöckchen in einem Bach festgesteckt und sich befreit. Mit großem Brimborium schleppte Zack ihr zu Heiligabend ein Puppenhaus, an dem er wochenlang gebaut hatte, ins Wohnzimmer. Heimlich bestaunte ich die Fenster, die man öffnen konnte, und das winzige, hölzerne Klo. Unter einem Tuch wartete sein Kunstwerk auf Timpie, wie ein Kriegerdenkmal oder eine teure Skulptur. Sie zog das Tuch weg, Großmutter lächelte ihr gütig und auffordernd zu, sie hatte die kleinen Gardinen und Trockentücher genäht, es war diese Anbiederung, über die ich nicht hinwegkam. In Timpies Gesicht schleuderte und teichelte etwas, als sie das Puppenhaus sah, wie ein Auto, das es aus der Kurve trägt. Ganz vorsichtig ging sie zu Zack, und dann sagte sie: «Ich danke dir recht herzlich, Zack!»

«Ach, jaja», sagte ich. Großmutter räusperte sich. «Ich habe das ja immer gesagt», murmelte sie und «Nein, wirklich», nur Zack sah schnell aus dem Fenster und preßte die Lippen zusammen. Ich wußte nicht, was der Quatsch sollte.

Das Puppenhaus brachte die Wende. Timpie rammte sich in die Sprache wie ein Nagel, den man in eine butterweiche Wand schlägt. Sie war nicht mehr aufzuhalten, sie erstickte uns mit schnellen, präzisen Sätzen, sie redete mit Elsie Marner, den

Hühnern und den Bewohnern des Puppenhauses. Wenn ich ihre atemlose Stimme leid war, warf ich sie raus, und dann malträtierte sie die Steine im Garten mit Worten. Es war eine große Umstellung.

Von ihrer ambulanten Therapie kam Timpie immer zurück, als wäre sie in ein Tuch gehüllt, jemand, aus dem man etwas entfernt hat, Bruchstücke fehlten, aber ich konnte nie feststellen, welche. Besser, man sprach sie in solchen Augenblikken nicht an. L. Calvi holte sie ab und brachte sie heim, und Timpie tappte hoch auf ihr Zimmer. Großmutter nahm L. Calvis Jacke in Empfang und machte ihr einen schlechten Kaffee, L. Calvi selbst stand am Treppenabsatz und schaute Timpie nach. Niemand fragte meine Schwester, was in jenen Stunden passierte, die sie mit dem Psychologen in der Stadt verbrachte.

Von Zeit zu Zeit zeigte sich noch die Pica, das seltsame Elster-Wesen, das Timpie Leghorn zur Vernichtungsmaschine machte. Aber die Abstände, in denen sie sich mit Metallspänen zwischen den Zähnen zum Mittagessen setzte, wurden größer. «Mich wundert, daß das Kind sich nie den Mund verletzt», sagte Großmutter. Manchmal tat Timpie auch das, was L. Calvi *schnippeln* nannte. Wie in Trance schnitzte sie sich in Arme und Beine, konzentriert, so wie andere Kinder ihr Geschäft verrichten. Es kam meist vor, wenn sie in Therapie gewesen war. Blind wie ein Huhn sah sie aus, wenn sie in einer Ecke saß und mit einem scharfen Gegenstand, dem Deckel einer Blechdose oder einem Dosenöffner, an sich herumkratzte, krank und abfällig gegen das Leben. Aber das schien ihr egal zu sein. Ihre Hochbegabung jedenfalls ließ sich darin für mich nicht erkennen. Überhaupt fragte ich mich, ob L. Calvi sich nicht getäuscht hatte. Großmutter und Zack aber glaubten an sie. Manchmal sah ich Timpie neben dem Hühnerstall hocken, das Blut lief ihr in dünnen Rinnsalen über die Arme oder an den Knöcheln entlang. Sie stöhnte laut auf vor Erleichterung, wenn es zu rinnen begann. Stets war sie irgendwo verpflastert, aber auch das wurde weniger, und im Frühjahr hatte Timpie ihre Arbeit an sich selbst beinahe eingestellt.

Sonntags schaute Ezra Notten mich von der Kanzel herab bedeutungsvoll an. Immer spürte ich seinen fischigen Geruch in der Nase, seinen experimentierfreudigen Geruch, und ich sah schnell in eine andere Richtung. Nach einer Weile gab ich meine Kirchgänge auf, obwohl ich mich fast schon an sie gewöhnt hatte. Fortan überhäufte Ezra Großmutter mit kleinen Geschenken, Bibelsprüche, alle zwei Tage, christliche Kalender voller scheußlicher, gemalter Blumen. Aber sie begriff schnell, daß sein Interesse an ihr ein vorwiegend familiäres war. Sobald ich den Mini hörte und Großmutter die Porzellandose mit den Spekulatius auspacken sah, verschwand ich. Scheinbar überrascht rief sie: *Ezra! Treten Sie doch ein!* Ich entdeckte, was Caleb mir vererbt hatte. Ich benahm mich wie ein Feigling.

Als dann auch der letzte Schnee geschmolzen war und nur noch oben auf den Hügeln ein paar eisige Pfützen übrigblieben, beschloß ich, mich mit Ezra auszusprechen. Als hätte er das gespürt, blieb er plötzlich weg. Vielleicht hatte er eine andere, die an meiner Stelle den heiligen St. Georg bestieg. In diesen ereignislosen Tagen entschied ich mich, Medizin zu studieren, wenn im Herbst die Schule vorbei war. Ich hatte nie zuvor daran gedacht, der Entschluß war über Nacht gekommen, nachdem ich versucht hatte, eines meiner weggeworfenen Gedichte im Kopf zu restaurieren. Ich wachte auf und wußte, daß Medizin genau das richtige für jemanden wie mich war. Großmutter führte sich danach wie eine chinesische Mutter auf, die die Geister der Zukunft erfolgreich beschworen hat, und verbreitete sich im Dorf darüber, daß Joa Leghorn wider Erwarten doch noch ein Mensch geworden war.

Wenn ich von unten L. Calvis melodische Stimme vernahm, hielt ich mir auf meinem Bett die Ohren zu. Ich begann in Phantasiebildern zu ertrinken. Wie damals das Schiff auf Calebs Rasierseife stellte ich mir nun einen Spießer vor, einen Spießer mit vielen Telefonzetteln. In dem angenehm kühlen Krankenhausbüro, das ich zweifellos in ein paar Jahren besäße, würde auch ein kleiner Spiegel hängen. Darin richtete ich mir den Kragen meines weißen Kittels. L. Calvi lachte unten über einen von Timpies hilflosen Witzen, und ich warf ihr in Gedanken den silbernen Schlüsselanhänger aus meiner Zukunft vor die Brust. Sie sank zusammen und stöhnte. Meine Phantasien waren fruchtbar und schön, Patienten kamen darin vor, riesige, bewunderungsblinde Augen. Selten ging ich hinunter, immer unterbrachen L. Calvi und Zack ihr Gespräch und betrachteten mich, das *komische Mädchen*. Es war Elsie Marners Verdienst, daß Großmutter mich manchmal so nannte. Timpie Leghorn befingerte die Schnalle von L. Calvis Schuh. Meine Schwester, zart, rosig und gesund, mit wachsamen Augen. «Du bist ein glückliches, schlaues kleines Mädchen geworden, das den ganzen Tag spielt und singt», sagte L. Calvi und drückte sie an sich. «Liest und singt», verbesserte Großmutter.

«Sie liest nicht», sagte ich, «sie kann doch gar nicht lesen.»

«Doch», warf Zack ein, «sie hat es sich selbst beigebracht.» Ich hielt meinen Mund. Fünfjährige lesen nicht. Wenn Timpie sich die Bücher vor die Nase hielt, die L. Calvi für sie kofferweise aus der Stadt an den Otsch karrte, versuchte sie, besonders clever auszusehen. Natürlich war meine Schwester hochbegabt, aber nur, wenn es darum ging, andere Menschen an der Nase herumzuführen. Darum wartete ich darauf, daß eines Morgens in der Küche unter der Maske dieses fremden Kindes die alte, verschreckte Timpie zum Vorschein käme. Es konnte nicht mehr lange dauern. Vielleicht befürchtete L. Calvi genau das, denn sie brachte sich halb um wegen Timpie, erstand rüschige Kleider für sie, in denen sie modern und lustig aussah, probierte Frisuren an ihr aus, ja, sie gingen sogar zusammen zum Haareschneiden. Sie behandelte sie wie einen Gartenzwerg. Zack wartete immer auf die beiden. Sobald L. Calvis Auto in der oberen Kurve auftauchte, schlenderte er schon mal zum Zaun. Timpie sprang ihm entgegen; wie rührend, dachte ich in meinem Ausguck am Fenster. L. Calvi band sich dann ihre Tüten um die Handgelenke, und Arm in Arm gingen sie zu dritt in dieses zuckrige, kleine Haus, das jemand für ein harmonisches Foto in die Kulisse gestellt zu haben schien. Zack machte jetzt immer viele Witze, L. Calvi brach dann meist in unbeherrschtes Lachen aus, und danach sah sie ihn an, sonderbar geschmolzene Blicke aus den Augenwinkeln. Ständig faßten sie sich gegenseitig an, streichelten Timpie und wienerten ihren Goldschatz, bis er glänzte. Als ich Timpie das erste Mal unten im Rauhreif mit L. Calvi kichern hörte, schloß ich die Fenster. Ich nahm in Kauf, daß mein Zimmer sich aufheizte und nach verbrannten Kleidern roch. Timpie und L. Calvi. Ich mochte beide nicht besonders.

«Du bist besessen von deiner Vergangenheit», sagt Elijah, «du solltest damit aufhören, wenn du dich erholen willst.»

«Ich erhole mich», sage ich.

«Es wird Zeit» sagt er, während ich aufstehe, ein paar Schritte gehe, mich wieder hinlege, meine Arme verknote, «daß du ins Leben zurückkommst.»

«Genau da bin ich ja, Elijah», sage ich.

«Joa», sagt er, «du hast sie nicht umgebracht. Weder Timpie noch Ruth.» Er soll das nicht sagen. Wenn er es sagt, ist es Wirklichkeit. Meine Stimme wird trocken, brüchig. Die Tränen, die ich vorsichtig nach innen weine, sind hart. Ich kann ihm nicht antworten. Meine Sprache ist leckgeschlagen. «Timpie hat sich selbst umgebracht», sagt er, «und wenn du es nicht glaubst, dann halte dich wenigstens an die Fakten.» Es ist selten, daß er mich um etwas bittet. Er bittet mich um Ruhe. Er ist frei, aber ich habe Timpie Leghorns harte, kleine Hände auf meinen Schläfen. Sie kommt jetzt immer nachts, sie will nicht von mir lassen. Jedesmal ist sie so jung wie in dem Jahr, in dem Mutter starb. Sie hat sich verpuppt in jenen Wochen, nie mehr wird sie ausschlüpfen. Neben ihr Ruthies Finger, Nägelchen wie Muschelsplitter, manchmal taucht sie neben Timpie auf und kommt auf mich zu und verschwindet in mir. Sie geht dahin, woher sie gekommen ist. Elijah mustert mich bestürzt, als ich ihm davon rede. «Wer kommt?» fragt er erschüttert.

«Sie kommen», sage ich, «um mich zu erinnern. Vielleicht kommen sie aber auch, um nicht zu vergessen.»

Elijah kann es nicht ändern, man kann die Toten nicht ändern, sie richten sich die Wirklichkeit nach ihren Bedürfnissen ein. Das erste Mal, als sie auftauchten, saß ich im Bett, nach einem Traum, es wehte dieser kalte, weiße Wind, jemand sagte an meinem Hals *Joa, Joa*. Da wußte ich, daß sie es war.

Neben ihr wurde ich Erde, Dunkelheit, und sie bewegten sich, Timpie und Ruth, mit ihren kleinen, kühlen Körpern. Elijah weigerte sich, das zu glauben. Ich habe die Schuld, aber er ist es, der es unerträglich findet, er windet sich vor der Wahrheit. Leben soll scharf sein, beschreibbar, eine Treppe, die man Stufe für Stufe erklimmt, höher, höher, das ist für ihn wichtig. Die Erfahrung schätzt Elijah um ihrer selbst willen. Er schätzt nicht die wichtigste Erfahrung von allen, daß Erfahrung nie jemandem geholfen hat. *Er hat dies getan. Sie hat das getan. Jeder ist für sich selbst verantwortlich. Jeder sollte bemüht sein, niemand anderen zu verletzen. Wenn es dann doch passiert, ist es eben geschehen.* Das ist sein Beruf. Keiner will wissen, wie sinnlos sein Beruf ist, wenn er sich berufen fühlt.

«Du kannst doch erkennen, daß du immer das Beste getan hast, was du gerade konntest», sagt er. Ich warte, daß er sagt: Du gutes Kind. Ich nicke, nicke dazu. Ich tue das Beste, das Beste genügt eben nie. Elijah ist wie Ezra, doppelbödig, sie sehen, aber sie sehen nicht hin. «Keiner hat schuld», sagt Elijah, die Hand unterm Kopf wie ein Kind. Wieder schläft er bei mir ein. Ich ertrage nicht, daß er vergißt. Er sollte nicht einschlafen. Ich wollte ihm noch etwas sagen. Ich wollte sagen, daß Schuld persönlich ist. Schuld ist nie fremd, und keiner kann sie beurteilen. Außer Gott und demjenigen, Elijah, der sie auf sich nimmt.

Ende März bewarb ich mich bei verschiedenen Universitäten. Es war eine wunderliche Zeit, es kam mir vor, als hätte es davor kein Leben gegeben. Ich gewöhnte mich an Timpie Leghorn, ich ließ sie leben, sie war mir egal. Umgekehrt aber belästigte mich meine Schwester, frisch lackiert, sie zerlegte meine Ruhe, ein Sturm, der in grellen, neuen Farben kam. «Joa», sagte sie, wenn ich mit den Lehrplänen, die ich mir hatte schicken lassen, auf der Hintertreppe saß, «sag bloß, was heißt das, kryptisch?»

«Weiß ich nicht», sagte ich, «krumpelig, irgendwas. Ist mir doch egal.» Ihre Fragen ließ ich an mir abgleiten, weil sie meine Antworten doch nicht verstanden hätte. Wenn sie enttäuscht abzog, bemühte sie sich wenigstens um Haltung, sie hielt den mageren Rücken gerade. Im Dorf sprachen sie Timpie, das Weltwunder, inzwischen auf der Straße an. «Nein!» sagte Annie Marner. «Ist das Timpie?» Die Augen rollten ihr beinah auf die Straße. «Mädchen! Was bist du groß geworden!»

«Einen Meter sechs», sagte Timpie würdevoll, «wieviel ist das in Inches?» Annie Marner stieß mich komplizenhaft an. «Ich hab's schon gehört», flüsterte sie. «Was?» fragte ich böse. Annie lachte, als hätte ich einen Scherz gemacht. Das Dorf waberte lustlos in der Ebene und erstickte mich. Weil meine Zeugnisse hervorragend waren, kamen die Zusagen für den Studienplatz zahlreich, zur gleichen Zeit wie die Erntewagen, die mit ihrem Staub und Dreck und Lärm das Tal in Aufruhr versetzten. Die kleine Universität in der Stadt hatte zwei, drei Professoren, die landesweit als Koryphäen galten, also entschied ich mich, ihnen den Vorzug zu geben. Meinen Vater in der Stadt zu finden war nicht schwer, ich mußte ihn nur im Telefonbuch suchen, allerdings wagte ich nicht anzurufen, ich schrieb Caleb lieber, daß ich zu ihm kommen wollte. Allen Ernstes dachte ich, ich könnte bei ihm wohnen. Zu Weihnachten hatte er wie üblich eine Karte geschickt, Rudolf Rotnase mit dem Schlitten und daneben der Nikolaus, der Rudolf Rotnase peitscht. Die Rückseite war leer, nur seine Unterschrift. *Euer Caleb Leghorn.* Rudolf Rotnase, dachte ich und fragte mich, für wie alt er mich hielt. Erst als Timpie die Karte an sich riß, ging mir auf, daß Caleb gar nicht mich gemeint hatte. Großmutter steckte den erneuten Beleg dafür, daß die Leghorns immer schon zusammengehalten hatten, an die Scheibe des Küchenschranks, Fliegen kreiselten um das Dokument herum, noch im Sommer mußten wir die Karte jeden Morgen beim Frühstück ansehen.

Auf meinen Brief an Caleb kam wochenlang nichts, aber mein Vater lebte; eingemottet in mir, fühlte er sich klein und steif an, ein Körperteil, das man im Gletscher vergißt, wenn man aus einer Lawine gerettet wird. Im Juli kam dann doch noch die Antwort, wieder eine Karte, gehalten im Ton der Absage einer Personalabteilung. Natürlich freute sich Caleb, falls ich ihn besuchen wollte, aber er war im Augenblick *eher eingespannt.* Die Postkarte hatte kein Bild auf der Vorderseite. Sein Kugelschreiber war ausgelaufen.

In einem dreistöckigen Bunker in seiner Nähe mietete ich mir eine Wohnung. Es war nicht weit vom Bahnhof, Abrißhäuser, alter Stuck, das, was ich schon von Ezra Nottens Wagen aus gesehen hatte. Meine Nachbarn waren alt und mager, und es gab ein paar Familien mit vielen Kindern, die samt und sonders gleich aussahen. Der Flur roch nach Waschpulver, ich hatte ein Zimmer, das Klo eine halbe Treppe tiefer, und über mir übte ständig jemand Klavier. Zack führte ein ernstes Gespräch mit mir und behauptete, er könne meine Miete verschmerzen. Aber ich bewarb mich für ein Stipendium, das mir sofort zugesprochen wurde. Ich war die jüngste Stipendiatin. Ich wurde neunzehn Jahre alt.

Timpie Leghorn hing nun ständig an meinem Bein, weil sie spürte, daß ich das Otschtal verlassen wollte. Als sie mich bekniete, mir beim Renovieren helfen zu dürfen, sagte ich: «Tolle Hilfe.» Aber L. Calvi sah mich hinter Timpies Rücken so streng an, daß ich nachgab. Jeden zweiten Tag fuhr sie uns in die Stadt, längst war sie keine Affäre mehr, sondern eine Einrichtung. Zum Einzug schenkte sie mir eine Armbanduhr mit rotem, dünnem Lederarmband, ich glaube, L. Calvi fühlte sich durch mich an sich selbst erinnert.

Als Timpie zum ersten Mal in meine Wohnung kam, setzte sie sich mitten in das Wohnzimmer mit der dunkelbraunen Decke, die der Vormieter mit Gartenlack behandelt hatte. «Wer wohnt denn in so was?» fragte sie bestürzt. Ich zuckte die Achseln. Über ihre spitzen Knie hinweg sah sie mir ins Gesicht. Die Beine hatten sich über Nacht gestreckt und waren dürr und knochig geworden, denn Großmutter fütterte sie mit gesunden Sachen, Möhren und Radieschen. Gepäppelt wie ein Kaninchen, hatte Timpie stets Studentenfutter oder Selleriestangen in der Tasche.

Sie spazierte mir nach in die Küche und betrachtete schaudernd das dämmrige Loch, das ein Fenster war. «Also wirklich», sagte sie, als ich mich neben sie lehnte. Eine Brandmauer erhob sich nicht weit von unseren Köpfen. Unten, im grauen Hof, standen Müllcontainer und eine einzige, häßliche Tonne, in die der Regen prasselte, wenn er in langen Schnüren aus dem viereckigen Stück Himmel herunterkam. «Na ja», sagte ich, «es ist natürlich nicht der atlantische Ozean.»

Timpie kicherte. «Auch nicht der Pazifik.»

«Der Indische Ozean!»

«Das Ochotskische Meer!» Sie weidete sich an meinem Gesicht.

«Das was?»

«Das Ochotskische Meer», sagte sie strahlend und sicher.

«Das gibt's nicht», sagte ich, «das erfindest du.»

«Doch, doch, ist über eine Million Quadratkilometer groß.»

«Wo liegt es denn?»

«Na, in Rußland wahrscheinlich, hört sich für mich jedenfalls so an.» Timpie war an diesem Tag noch nicht mal sechs Jahre alt. Warum, dachte ich, muß ein Kind so was wissen. «Wer hat dir das denn erzählt?» fragte ich mißmutig. «Lina», sagte sie, das klang wie *Amen*, und ich konnte erst nichts damit anfangen. Dann fiel mir ein, daß sie L. Calvi meinte, L. Calvi, die Timpie wie einen Boxchamp aufgebaut hatte. Wie ich hörte, war ihr das in jeder Hinsicht wunderbar gelungen, Atlantik, Pazifik, Ochotskisches Meer. Weiß der Teufel, wo das lag. Timpie wippte im Fenster mit den Füßen, sie stand auf den Zehenspitzen, und auf einmal sah ich mir dabei zu, wie ich in meiner Vorstellung ihre Beine packte und sie hinausstieß. Es war eine Sache von Sekunden, nachdrücklich und klar, ein Vorschlag, ein Angebot, das man zumindest einmal überschlafen sollte. «Willst du mir jetzt helfen?» fragte ich kurz. «Oder vielleicht nicht?»

Ich ging in mein braunes Zimmer, das mir plötzlich klein und billig vorkam. «Jaja», sagte Timpie aus der Küche, «sicher, Joa.» Ich hatte für sie neue Pinsel gekauft, mit denen sie sich an den Fußleisten nützlich machen konnte. Während ich die Decke strich, pinselte sie wortlos, sicher eine Stunde. Irgendwann, als das Zimmer sich drehte, holte ich mir eine Flasche Orangensprudel und setzte sie an. Timpie arbeitete stumm weiter, geschickt strich sie den Pinsel am Plastikgitter ab. Es ärgerte mich, sie wollte mich ärgern, also stieg ich wieder auf meine Leiter und blendete sie aus, bis ich nach einer weiteren Stunde hinunterkletterte und entdeckte, daß meine Farbe von der Decke getropft war. Ein paar der Tropfen hatten die frischgestrichenen Fußleisten völlig versaut. Timpie wandte mir stolz das Gesicht zu.

«Spinnst du eigentlich», brüllte ich sie an, «siehst du nicht, daß es von da oben tropft? Was glaubst du, wie das laufen soll, wenn du nicht mitdenkst?» Meine Schwester blickte betreten in den Eimer, der Lack roch so stechend, daß ich mich schon benebelt fühlte. «Joa», sagte sie, und dann füllten sich ihre Augen mit Tränen. Ich wartete ab, was sie darüber hinaus zu bieten hatte. Als sie schwieg, wanderte ich nochmals an den Leisten entlang und deutete auf die schadhaften Stellen. «Sieh her, Timpie Leghorn», sagte ich abfällig, «hier, hier und hier!» Dabei bemerkte ich, daß sie auf die Idee gekommen war, den Dielenboden mit breitem Paketband abzukleben, damit er keine Lackspritzer abbekam. Sie war unglaublich dreist. Der Ärger pulsierte mir hinter den Augen, schwarz, reißend. «So bist du», schrie ich, «genau so. Blöd, so bist du immer gewesen!»

«Joa», sagte sie noch mal, die Mundbewegung, ihr großer aufgesprungener Mund, wie er sich verzerrte und mir entgegenrollte. «Joajoajoa», sagte ich voller Haß. Sie sollte aufhören, wie ein Fisch mit den Lippen zu schnappen. «Ich weiß verdammt, wie ich heiße.» Timpie nickte und ließ die Tränen tropfen, winzige, dunkle Flecke auf den verstaubten Dielen. «Kaputt, kaputt», knirschte ich, «ganz kaputt, versau es ruhig noch mehr.» Es war unglaublich, sie hatte mir meine Wohnung verdorben. «Sei nicht so verdammt demütig», schrie ich. Sie könnte, dachte ich, ihren Pinsel nehmen, sie könnte gehorchen und weitermachen. «Mach weiter», zischte ich. «Wirst. Du. Wohl. Deinen. Pinsel. Anfassen. Und. Weitermachen.»

Sofort tunkte sie den Pinsel wieder ein, ihre Hand wurde weiß. Sie konnte nicht weglaufen, sie war ja viel zu klein, ich grinste, als mir das einfiel. Was ist bloß in dich gefahren, sagte Zack in meinem Kopf.

«Ich heul ja nicht», sagte Timpie weinend, «ich heul ja gar nicht, Joa!» Der Pinsel zitterte, eine breite weiße Spur zog sich quer über das Klebeband bis auf die ersten Dielen. «Verdammt», höhnte ich; die Dielen, beschädigt für immer. «Timpie, gib das Ding her!» Der Pinsel flog ihr aus der Hand, sie versuchte, ihn festzuhalten, aber ich war stärker. «Soll ich dir zeigen, wie man das macht? So. Und so. Und so.» Ich peitschte den Lack, er flockte aus, dann kippte der Behälter um, ich stieß mit der Schuhkappe nach, dicke, klebrige Lachen unter meinen Füßen. «Das nur zu deiner Hilfe», sagte ich. «Das *war* deine Hilfe. Damit hat es sich. Es war das allerletzte Mal, Timpie.» Ich war kalt bis zum Kragen, aufgebracht über ihre abgerissenen, trockenen Schluchzer. Als ich sie ungehemmt heulen hörte, fühlte ich mich auf einmal kraftlos und fragte mich, warum ich immer die Bestrafte war.

«Joa», flüsterte sie, «ach bitte, Joa, sei ...»

«Was», brüllte ich giftig, «sei was, *JOA*, auch noch bitten, es hat sich verdammt noch mal ausgebeten, meine Liebe ...»

«Aber ich wollte», wimmerte Timpie und drückte sich gegen die Fußleisten. Pferde rannten durch mein Gehirn, ich war unglaublich groß, und dann hatte ich auf einmal ihr Haar in der Hand. Erleichterung. Ein ganzes Büschel ihres festen, tauartigen Haars. Timpie kreischte, ihr Geschrei färbte alles ein, das Fenster, das auf den Bürgersteig hinausging, das Grün eines Kastanienbaums. Darüber Timpies helle Schreie. Die Blätter schillerten, die Rufe der Kinder, sie spielten in der Sonne Prellball, angefüllt bis zum Rand mit der Kastanie, mit Timpie. Ihr Gesicht war abstoßend, geschwollen, plötzlich ähnelte sie Zack, wie er damals im Wasser gestanden hatte, Schleim rann ihr aus der Nase. «Aber es hat mir doch solchen Spaß gemacht», schrie sie, «bitte, Joa, entschuldige!» Sie würgte, drehte sich zur Wand, während ich ihre Haare gepackt hielt, sie griff nach dem Pinsel, strich, sie strich tatsächlich weiter.

«Widerworte», sagte ich, «willst du Widerworte geben?»

«Nein», winselte sie. «Joa, entschuldige, Entschuldigung!» Hör damit auf, dachte ich, hör bloß auf, es nützt dir nichts. Ich ließ sie los, sie fiel auf den Bauch, dann schnellte ich vor, eine Armbrust, meine Hand traf Timpie am Hinterkopf. Ich wußte, das war es, was wir beide wollten, was wir vermißt hatten. Mir war schleierhaft, warum ich nicht schon früher darauf gekommen war. Ich schlug sie, weil es mich so erfüllte, ich konnte nicht fühlen, was ich traf, aber sie gab nach, etwas brach auseinander, Erlösung, dachte ich, während ich weiter hin und her raste, auf der Farbe, den Pinseln herumtrampelte. Ich stieß sie mit den Füßen, und Timpies Kopf flog auf diesem zerbrechlichen Hals herum, sie hielt ihn fest mit beiden Händen. Der Raum roch nach Rose Marie. Etwas geht entzwei, etwas bewegt sich nicht, etwas erinnert sich. Mama. *Du bleibst, wie du bist*, sagt unsere Mutter, *und deine Jahre nehmen kein Ende.*

Als es dämmrig wurde, saßen meine Schwester und ich uns gegenüber. Timpie tauchte ihren Zeigefinger in eine der dickflüssigen, weißen Pfützen, dann leckte sie ihn ab, schluckte. Ich war zu müde, um sie daran zu hindern, und sah ihr zu, wie sie im Schneidersitz auf dem Boden hockte und Farbe aß. Als es schellte, hielt Timpie ihre beschmierten Hände hoch und sah mich fragend an: «Ich weiß auch nicht, Joa», sagte sie traurig, «warum ich das hier mache.» Ich öffnete L. Calvi, die sich marmorkalt in meinem einzigen Zimmer aufbaute, stumm angesichts des Chaos. Die Augen quollen ihr fast aus dem Kopf. Wir, die wir in der Mitte der Endlosigkeit saßen, schauten zu ihr hoch. «Was hast du getan?» fragte sie, und ich sah triumphierend zu Timpie hinüber, bis ich begriff, daß L. Calvi mich gemeint hatte. «Pica», sagte ich, «wissen Sie, aber es war wenigstens nicht der Lack, es war nur die Wandfarbe!» L. Calvi brüllte mich an: «Aber das macht keinen Unterschied, Joa, verstehst du nicht, daß es auf dasselbe herauskommt?» Ich verstand es nicht. Vom Lack wäre sie vielleicht gestorben.

Den Kopf auf meine Knie gelegt, sah ich ihr zu, als sie Timpie in die Küche zerrte und unter den Wasserhahn hielt, ihr literweise Wasser mit Salz einflößte, bis sich Timpie eine halbe Treppe tiefer in meine Toilette übergab. Wortlos verließ L. Calvi die Wohnung, in der ich noch nicht wohnen konnte. Es bedeutete, daß sie mit Timpie im Auto allein sein wollte. Timpie kam noch kurz ins Zimmer zurück und sagte *Auf Wiedersehen, Joa, wenn ich dir noch etwas helfen kann, dann sag mir doch bitte Bescheid*. L. Calvi hupte unten. Sie gab mir die Schuld an Timpies Pica und vielleicht auch an allem anderen.

Danach fiel plötzlich alles an seinen Platz. Ich regelte das, was mich anging, wie man den Anweisungen eines Regisseurs folgt. Innerhalb einer Woche wohnte ich in der neuen Wohnung; Rebekka und Elsie Marners Neffen machten mir den Umzug mit dem Pritschenwagen. Ich verließ das Dorf und den Otsch, an dessen Ufer sie begannen, eine Hochspannungsleitung zu bauen. Es sah unordentlich und schwierig aus. Rose Maries Sonntagsschuhe ließ ich für Timpie da. Alle meine Bücher nahm ich mit. Es war ein profaner Abschied, die Jungs riefen aus dem Wagen *Beeilung, Beeilung*,

Großmutter rieb sich die Hände an ihrem Trokkentuch ab. Sie stellte die Teller vom Mittagessen in das Küchenbüffet hinter Calebs Karte und gab mir einen Kuß. Zack kam aus dem Holzschuppen und umarmte mich. *Vergiß die Heimat nicht*, sagte er. Mein helles, erwachsenes Kostüm war viel zu dick für die Temperaturen, die Sitze begannen unter meinen Oberschenkeln zu kochen, als ich mich niederließ. Rebekka zwickte mich in den Arm und reichte mir aufmunternd ein Fläschchen Magenbitter. Dann fuhren wir in ziemlichem Tempo am Otsch entlang, der abwesend durch sein Bett glitt. Ich erinnere mich nicht, Timpie an diesem Vormittag irgendwo gesehen zu haben.

Mein Mann und ich sitzen an entgegengesetzten Enden des Betts; wir klammern uns an die Mythen, denen wir verbunden sein wollen. «Du bist schön oder du bist häßlich», sage ich zu Elijah. «Du stehst an L. Calvis Ende oder an meinem. Du bist gut oder böse, und du mußt begreifen, daß es selbst auf diesen Unterschied nicht ankommt.» Dafür habe ich am längsten gebraucht, das zu erkennen. Er gehörte immer schon zu den anderen. Er sagt ja, ich sage nein. Es ist nicht wahr, weil ich davon überzeugt bin, es ist wahr, weil es mein Schicksal ist. Natürlich hat Elijah recht, wenn er sagt, daß keiner schuld hat. Und doch ist es so, daß einem die Schuld niemand nehmen kann. Dies sind die beiden Enden des Lebens, keine Sache des Geschmacks, des Gefallens.

«Es ist unwichtig, wer von euch es gewesen ist: eure Mutter, Caleb oder am Ende Gott», sagt Elijah, «es ist unwichtig, man muß lernen, Dinge zu akzeptieren.»

«Natürlich», sage ich, ich sage das, was seine Klienten sagen, wenn er so platt mit ihnen spricht. Es wäre erholsam, ihm oder Gott die Schuld zu geben, aber sie gehört mir, meine Schuld, in der die ganze Welt ist, das Verlangen. Timpies Verlangen nach Schmutz und mein Verlangen nach jemandem, der mir versichert, daß alles ein Versehen war. Das Verlangen, der blinde Fleck der Schuld, der ich bin, der Erlösung will. Deshalb warte ich, eingeschlossen, auf meiner Stirn das Zeichen, das ich trage wie eine Fahne oder ein Amulett. Schuld. Mehr und mehr wird auf diese Weise an mir klebenbleiben. Schmutz vermehrt sich, wenn er einmal an einem hängt.

«Es ist beschissen», sage ich, und Elijah straft mich mit Schweigen, weil er Schimpfworte verachtet, er sagt Verbalinjurien, so kann er besser damit leben. «Geschichten, die böse enden», sage ich, «will doch keiner hören.» Die mit dem Zeichen haben zuviel mit sich selbst zu tun. Die anderen glauben, daß durch Wegsehen der Dreck verschwindet. «Die Augen schließen, und die Welt versinkt», sage ich, «das ist die Hoffnung der Feigen.»

«Hör auf, es kompliziert zu machen», brüllt mich Elijah auf einmal an, «sonst kommst du hier nie heraus!»

Elijah und ich lernten uns bei der Einführungsveranstaltung der Mediziner kennen. Wir saßen nur wenige Meter voneinander entfernt, ich in der dritten Reihe und er auf dem Podium, wo er die Folien in den Overheadprojektor schob. Mit seiner ungewöhnlichen Haarfarbe, einem knallenden Rostbraun, slawischen Backenknochen und schwarzer Brille sah er aus wie eine Kreuzung zwischen Woody Allen und Richard Gere. Konzentriert und abwesend ordnete er für einen der unfreundlichen Professoren Anwesenheitslisten. Verwirrt von dem Rummel sah ich seinen langen Fingern zu. Gezwitscher von Studentinnen, das sich mit fallenden Bleistiften und raschelndem Papier vermischte, dazwischen manchmal Gelächter. Ich reckte mich und unterdrückte mit Mühe ein Gähnen, bis Elijah aufblickte, transparente Haut wie ein Norditaliener, sein Blick zitterte, suchte jemanden, blieb an mir hängen.

Nach Ezra Notten wollte ich keinen Liebhaber, sondern einen Freund, aber mit Elijah und mir wurde es trotzdem keine einfache Geschichte. Er hatte einen meiner Anatomie-Tests korrigiert und besprach ihn später mit mir, ich war klug, und er war klug, und ein Jahr lang vermieden wir es, uns anderswo als in Lokalen oder in der Universität zu treffen. Danach verließ ich meine trostlose Küche, um ihn zu besuchen, und war erschrocken über die Schönheit, in der er lebte, violette Luft, ein Garten, wo im Sommer die Bougainvilleen über die Ränder der Blumentöpfe quollen. Wenn ich an heißen Abenden über die funkelnden, grünen Rasenflächen ging, kühlte mir ein dünner Film aus den Gartensprengern die Oberarme. Als seine Nachbarn in der luxuriösen Wohngegend mich längst grüßten, zog ich mich endlich umständlich und festlich für ihn an. Über die gewachsten Holzdielen fiel angenehm die letzte Sonne, und wir saßen lange einfach da, ich im ärmellosen, billigen Seidenhemd, er in sauberen, ausgewaschenen Jeans. Zum Kaffee gab es englische Muffins und Orangenmarmelade, die ich verschlang, bevor ich es mir leistete, ihm vom Otschtal zu erzählen. Erst hielt ich es für eine Attacke, daß er so ausdauernd schwieg, bis ich begriff, daß Zuhören in seiner Familie üblich war.

Sex mit Elijah war genauso gediegen wie seine Art, zu essen oder zu wohnen; daß er mich ausdrücklich wollte, war mir wichtig, langsam und beruhigend liebte er mich, die Augen geöffnet, er hörte nicht auf, mich anzusehen. Auch als er kam, blieb er Elijah, nur ich schämte mich dafür, daß sich mein Gesicht verzerrte. Dies alles war schön, besonders, als er sagte, ich wäre wie Wasser, das sich um einen hebt und senkt. Aber ich brachte es nicht fertig, auf die Frage zu antworten, warum ich denn die Augen zugemacht hätte.

Mit uns ging es langsam, immer wieder sagte er Dinge, die ich nicht verstand, er behauptete, man dürfe seine Familie nicht verlorengehen lassen. An einem staubbedeckten Ort, den ich nie betrat, hatte ich Großmutter, Timpie und Zack aufbewahrt wie Bleifiguren und weigerte mich, auch nur ein einziges Mal ins Otschtal zu fahren. Ein paarmal rief Großmutter an, aber ich wiegelte ab, wenn sie damit drohte, mich zu besuchen. Eine Ewigkeit hielt ich sie hin, ohne sie je zu vermissen, aber einen Tag nach meinem zweiundzwanzigsten Geburtstag, drei Jahre nachdem ich das Otschtal verlassen hatte, stand L. Calvi überraschend vor meiner Tür. Mit blicklosen Augen hatte ich gerade darüber nachgedacht, warum Elijah sich nicht wirklich für mich entscheiden konnte. Unsere Verabredungen blieben locker, es gab nicht mal ein Versprechen, das man hätte brechen können, darum lag ich die meiste Zeit grübelnd im Bett und lebte erst auf, wenn wir uns in den Seminaren oder abends bei ihm trafen.

Mein Bademantel mit den Wollmäusen machte einen nachhaltigen Eindruck auf L. Calvi. Adrett wie immer, überspielte sie ihren Schreck, indem sie sich nach meinem Studium erkundigte, aber ich brachte kaum ein Wort heraus. Nie hätte ich mit ihr über die Antriebsschwäche und Melancholie geredet, mit denen ich mich neuerdings herumschlug, obwohl sie vermutlich schneller als ich begriffen hätte, warum ich in mehreren Prüfungen auf der Kippe stand. L. Calvi wollte etwas zu trinken, und ich brachte ihr das einzige, was vorrätig war, Leitungswasser; lange starrte sie hinein. Anschließend muß sie Zack alarmiert haben, wahrscheinlich fiel das Wort Depression. Unmittelbar danach stand er schon vor der Tür. Diesmal allerdings war ich vorsichtiger, rührte mich nicht und beobachtete durch den Spion sein Gesicht, das von der Fischaugen-Optik entstellt wurde. Ich drückte mich gegen die Wand und war mir sicher, er könnte meine Atemzüge zählen. Eine geschlagene Stunde wartete ich, voller Angst, Zack könnte nicht gegangen sein. Ich stellte mir vor, er würde im Flur campieren.

Kurz vor Mitternacht rannte ich ausgehungert um den Block, um im Spätimbiß ein halbes Hähnchen und eine Flasche Rotwein zu holen. Das Geld fiel mir hinunter, als der Türke mir die grüne Plastiktüte reichte; auf dem Rückweg hielt ich immer wieder Ausschau nach Zack, aber er war fort. Zu Hause stand ich eine Weile vor dem erstarrten Fett in der Silberfolie, entkorkte dann den Wein und betrank mich, bis ich mich übergeben mußte. Die halbe Nacht Magenkrämpfe, die Finger am kalten Porzellan des Klos, Uringeruch, der mich wieder und wieder würgen ließ.

Elijah brauchte noch ein paar Wochen, um meine Depression zu diagnostizieren, und kam dann doch zu dem Schluß, es sei das Vernünftigste, mit mir zusammenzuleben. Mein Herz wurde genügsamer, und ich entschied mich, Großmutter zu schreiben. Alle paar Monate verfaßte ich also zakkige Episteln, *bitte*, *danke*, *bis bald*. Desinteressiert absolvierte ich mein Praxisjahr im Krankenhaus. Als ich Elijahs Mutter kennenlernte, begriff ich, daß er die Nähe mied, weil Lilly überwältigend war mit all dem festen, braunen Fleisch, das sich beim Gehen mitbewegte. Vor ihrem Selbstbewußtsein wurde Elijah kleiner, und wenn ich Lilly und mich beim Einkaufen in einer Schaufensterscheibe gespiegelt sah, lief ein Schatten hinter dieser kompakten, attraktiven Frau mit der schweren Tuaregkette, ein Schatten, der ich gewesen sein muß. Elijahs Vater war dunkel, wie in Olivenöl geschwenkt, aber er hatte die Augen seines Sohnes, fast durchsichtig; beide sprachen sie mit der spröden Ernsthaftigkeit, über die Lilly sich ständig lustig machte. Weil sie anders waren, fanden sie meine Scherze komisch, das nahm mich für sie ein, eine richtige Familie, das perfekte Gegenstück zu meiner. Ich war Mitte Zwanzig. Als Elijah und ich nach fünf Jahren heiraten wollten, fotografierte uns seine Mutter und steckte uns in einen Silberrahmen. *Was für ein spätes, gutaussehendes Paar!* sagte sie.

Obwohl ich plötzlich panisch besorgt war, daß Großmutter und Zack nicht zu meiner Hochzeit kommen könnten, standen sie geplättet und gebügelt, pünktlich zur kirchlichen Zeremonie, vor Elijahs Elternhaus. Eine der eigens geprägten Büttenkarten hatte Lilly persönlich an Großmutter adressiert, vermutlich hing sie jetzt neben Rudolf Rotnase am Büffet. Nach dem Standesamt waren wir mit den Trauzeugen in Lillys und Edgars Haus zurückgefahren. In Nachtblau, mit ihrem glänzenden Haarhelm sah Rebekka aus wie eine Göttin neben Dario, Elijahs italienischem Psychiaterfreund, der grobknochig und freundlich war. Lillys Imbiß, *irgendwas Schnelles*, bestand aus Millionen komplizierter Kanapees. Mein Schwiegervater Edgar umarmte mich, nachdem er mit mir angestoßen hatte, seine langen, schmalen Knochen stachen, und ich fragte mich, ob ich ihn jemals würde beim Vornamen nennen können. Dann die Türklingel, ein Gong, ich wußte sofort, daß sie es waren, und wurde weiß im Gesicht.

Wie einen Schild hatten sie L. Calvi nach vorn gestellt, dahinter Großmutter mit vorgeschobenem Kinn und Zack, der lächelte, sie hatten sich nicht im geringsten verändert. Über ihre Köpfe hinweg suchte ich nach Caleb, aber da war nur Timpie, ein Stück entfernt, das Gesicht in Falten, gesenkter Blick. Sie mußte zwölf sein; vor sechs Jahren hatte ich meine Schwester zuletzt gesehen, und ihre Füße kamen mir sehr groß vor in Rose Maries alten Sonntagsschuhen. Das Gesicht war mir fremd, sie hatte Sommersprossen entwickelt. Als sie mich umarmte, roch sie grasig, ihre Umarmung war irgendwie feucht, und ich befreite mich, während sie irgendeinen Unsinn über die Höchsttemperaturen faselte, die für den Tag zu erwarten waren. Celsius, Fahrenheit, die Schwierigkeit, das umzurechnen, *so man es will*, sagte sie. Verlegen drückte sie mir ein paar Stiefmütterchen in die Hand, an den Seiten ihres hageren Gesichts baumelten Zöpfe, in die ihr jemand gelbe Seidenbänder geflochten hatte. Lilly übernahm die Mäntel und redete ohne Unterlaß, auf Anhieb verstand sich L. Calvi glänzend mit ihr. Wie selbstverständlich verfolgte Großmutter mich nach oben, sie hatte mich annektiert und klagte darüber, daß ich niemanden aus dem Dorf eingeladen hatte. *Rebekka*, sagte ich, *Rebekka*, sagte sie, *ach was, Rebekka!* Gottergeben wie sie war, erwähnte sie mit keinem Wort, wie lange wir uns nicht gesehen hatten. Vielleicht hielt sie aber auch Abwesenheit für Liebe.

Großmutter zupfte ununterbrochen an meinem grauseidenen Kleid, während sie die Vorgänge unten kommentierte. Die Halle war mit Fresien und Malven geschmückt, mein Brautstrauß bestand aus Moosröschen, Rose Marie, dachte ich, kein gutes Omen. Aber dann nahmen wir vor dem Geistlichen Aufstellung. Zwei Kollegen von Elijah versuchten sich an Pachelbels Kanon, was jämmerlich klang, aber Elijah hatte wenigstens einen der brauchbaren Psalmen für uns ausgesucht. *Herr, ich habe lieb die Stätte deines Hauses und den Ort, wo deine Ehre wohnet.* Das gefiel mir nur, weil er es gefunden hatte. Elijah wirkte fast so alt wie der Geistliche, der unsere Hände aufeinanderlegte und seine darüber, jemand hustete: Timpie Leghorn mit ihrem greisen, spitzen Gesicht und den großen Schuhen. Ja, ich wollte, natürlich wollte ich, wenn es mir auch so vorkam, als würde die Veranstaltung selbst dann weitergehen, wenn ich meinen albernen kleinen Schleier genommen hätte und gegangen wäre.

Meine Finger wurden feucht, und dann war plötzlich etwas zwischen uns, physisch wie eine

Mauer, durchsichtig, jedoch schwer und naß, anders als alles, was ich je gefühlt hatte. Das Hindernis schien ein eigenes Leben zu haben, das auf unbestimmte Weise mit meinem verbunden war, ein waberndes, hungriges Wesen. Timpie hustete wieder, ich drehte mich zu ihr um, als Elijah sein *Ja* sagte, mit der Festigkeit, die kein Credo, sondern Teil seiner Persönlichkeit war. Darüber wenigstens machte ich mir keine Illusionen. Meine tastenden Versuche, seine Hände wieder zu spüren, waren erfolglos, der Schleier um mich verdichtete sich, Gänsehaut unter meinen Achselhöhlen. Jemand bohrte mir ein Loch in die Brust, vielleicht die hustende Timpie, fast fielen ihr die Augen vor Anstrengung heraus. Der Atem von vierzig Gästen umhüllte uns, die dreizehnte Fee, dachte ich, eine fremde, nicht menschliche Gegenwart.

Vor dem beunruhigenden Licht des bernsteinfarbenen Perlenleuchters schloß ich die Augen, aber als Timpie aufhörte zu husten, spürte ich noch immer die Intensität ihres Blickes. Sie war entsetzt, und auch ich nahm im leeren Raum zwischen mir und dem Geistlichen hastige Bewegungen wahr, eine Verfestigung der Luft, Gedanken, die sich plötzlich versammelten, ein Körper. Mein neuer Mann drückte meine Hand, ich lächelte ihm gezwungen zu, zähneklappernd, hörte Lilly, die sich räusperte. Vor uns stand eine Gestalt ohne Umrisse, neunundneunzig, dachte ich, siebenundneunzig, und unter den Stuckengeln in der Halle beugte sich L. Calvi zu Timpie vor, die eine Geste machte, schluckte. L. Calvi legte ihr eine Hand in den Nakken, wie man es mit kleinen Katzen tut. Dann ein langer, untröstlicher Atemzug deutlich an meinem Ohr, ich sah ängstlich zu Timpie hinüber, die ihren Blick jedoch wieder stur auf den Teppich gerichtet hatte.

Als die Zeremonie beendet war, produzierte die Geige einen dieser süßen, müden Töne, und Elijah stieß mich an, ich sollte ihn küssen. Wieder stieg etwas vor meinem Körper auf, flackernde Luft, jemand berührte mich. Erstarrt sah ich Elijahs Mund, wie er sich in Zeitlupe auf meinen zubewegte. Dann wieder die fremde Berührung an meiner Stirn, ich keuchte laut auf, weil es nicht Elijah war, nur eine kalte, wesenhafte Gegenwart, wildes, verlorenes Eis, universell und unwirklich. Besorgt schob sich Lilly ein paar Zentimeter vor. Und dann war es vorbei.

Gottes Atem, sagte der Geistliche, einen Augenblick dachte ich erleichtert, er hätte es auch gemerkt, aber er sagte das wohl immer. In der mürben Kugel aus Leere, in der ich zurückgeblieben war, verharrte ich, bis meine Glieder auftauten und ich dem Geistlichen die Hand schütteln konnte. Ohne einander geküßt zu haben, drehten Elijah und ich uns um; beinahe wären wir über Timpie Leghorn gefallen. Elijah beugte sich schon zu ihr hinab, hielt jedoch inne, weil sie aussah, als wollte sie etwas vortragen. Oh, bitte nicht, dachte ich, aber Großmutter strahlte wie eine Wunderkerze. An L. Calvis schmaler Hand leuchtete granatapfelrot ein dikker Ring mit drei ineinander verschlungenen Goldschnüren, und als sie mich anlächelte, begann Timpie Leghorn mit ihrer angegriffenen Stimme ein Gedicht aufzusagen. Sie hatte Rose Maries fremdartigen Mund. *Dies sind nicht die Worte der Liebe*, sagte sie, *denn die Liebe ist vor dem, was du bist. Die Geister deiner Vorfahren versammelten sich im Garten und stießen mit trägen Gliedern Türen auf in die Zeit. Ich wünschte, daß ein Baum getrieben hätte, ihnen zum Opfer. Verwurzelt in deinen Blikken.*

Es war ein endlos langes Gedicht, und ich begriff kein Wort, ein Gedicht, dachte ich, wie es Ezra Notten geliebt hätte, möglicherweise stammte es sogar von *einer Dichterin, die er sehr schätzte*, vielleicht traktierte er die Jungschar jetzt mit seinen literarischen Verschrobenheiten. Ich jedenfalls, bewandert in abseitiger Poesie, kannte es nicht. *Da wartete ich auf dich. Zwischen Algol und Regulus und Bungula dir nah, und verführte an deiner Stelle die Sterne*. Ein rosiger Schauer wanderte über Timpies Gesicht, sie schwieg, klapperte schüchtern mit den Lidern, rieb sich die Hände, unruhig und beschämt. Edgar klatschte, Lilly fiel ein, jemand johlte, Konfetti regnete auf unsere Köpfe, der Raum war aufgeladen, als hätten alle bereits getrunken. Dann drängten sich die Gäste um uns, die ersten Korken knallten, und alles war gut.

Für Großmutter brachen die sieben fetten Jahre an. Vorm Büffet des Feinkosthändlers weiteten sich ihre Augen. Die Pupillen schwammen darin wie zwei winzige, zitternde Sonnen angesichts von Trüffel, Shrimps und Krebsfleisch in weißgeschrubbten Muschelschalen und Kaviar, pechfarben wie Mäusedreck. Timpie Leghorn, die sich an meine Fersen heftete, hatte einen grandiosen, festlichen Gesichtsausdruck angelegt, während L. Calvi mit Zack turtelte, Jorinde und Joringel. Zack prallte mit dem Kopf gegen Mauersteine, als er, eine Krebsschere in der Hand, später mit mir zu reden versuchte. «Unsere Joa», hörte ich Großmutter zu Lilly sagen, die ihr gutes Bleikristall zwischen den Fingern drehte, «war immer so selbständig.» Lilly nickte höflich, und Großmutter beschwor die schöne Zeit, die wir zusammen im Otschtal verbracht hatten. *Alles so grün*, schnappte ich auf, *wunderbare Luft*.

Es war voll, rauchig, und während ich mir nikkend und grüßend einen Weg bahnte, hörte ich immer wieder Timpies helle Stimme, wie Tinnitus, dachte ich. «Joa», rief sie hinter mir. «Jetzt nicht», sagte ich und ging ins große Wohnzimmer, wo die Getränke standen. Mit einem Glas kam Elijah vorbei und flüsterte Komplimente, bevor er mir Champagner einflößte und mich an sich zog, ich drückte mich in seinen Kragen, Tabak, Mann, er hielt mich freundlich fest. Wahrscheinlich roch auch ich gut, denn er hatte eine Erektion, die ich unter dem rauhen Stoff der Hose rieb, bis er stöhnte, dann ließ ich ihn lächelnd los, feucht und weit, es war sehr schnell und heftig. «Was ist mit

Timpie?» fragte er, ich zuckte die Achseln. «Du mußt ja nicht lange mit ihr reden», sagte mein Mann. «Nein», sagte ich.

«Nehmen Sie Kain und Abel!» Timpie Leghorns Kindersopran schraubte sich in die Luft, und ich seufzte, als ich begriff, daß sie den halbtoten Geistlichen in eine Diskussion verwickelte. «Kain und Abel, das ist ja prima», sagte er vornübergebeugt, «habt ihr denn im Kindergottesdienst davon gehört?»

«Die biblische Paradegeschichte», sagte meine Schwester, «die *eine* Geschichte von Gottes großer Güte. Meinen Sie. Ich meine, daß sie von Ungerechtigkeit handelt und davon, wie Gerechtigkeit sich dehnen läßt, wenn man Macht hat.»

«Ach», sagte der Geistliche hilflos, er wollte keinen Krach, so weit entschlüsselte ich seine Blicke. «Ich weiß *wirklich* nicht», sagte Timpie, «wie Sie sich das erklären wollen. Kain bringt als erster das Opfer, keiner lobt ihn dafür. Dann kommt Abel mit seinen Schafen. Und was tut Ihr guter Gott? Sagt: Phantastisch, Abel, mein Junge, das sind ja *tolle* Hammel! Und Kain sitzt traurig mit seinem Mehl und Brot auf der Kirchenstufe.»

«Nun», sagte der Geistliche.

«Was nun?» sagte Timpie. «Ich versteh das jedenfalls nicht. Kain bringt sein Opfer, und Gott beachtet das nicht.» Sie betonte die einzelnen Silben und sah den Geistlichen durchdringend an, bis er die Brauen hochzog. «Ich meine», sagte sie, «was würden Sie denn tun, wenn Sie sich für jemanden den Hintern aufreißen, und er übersieht Sie wie ein totes Insekt? Und dann kommt Ihr opportunistischer Bruder und wird mit Manna und Ambrosia in den Himmel eingeführt.» Der Geistliche nahm ein Glas von einem vorüberschwebenden Tablett und goß sich den Inhalt in die Kehle. «Genau», sagte sie, «Sie würden sich betrinken. Würden sagen, fick dich ins Knie, mein Lieber.» Er stöhnte. «Meine Güte», fuhr Timpie fort, «Sie würden sagen: Sein Problem, soll er sich doch seine Schafe demnächst selber schlachten. Das würden Sie tun. Und wäre das Ihre Schuld?» Er antwortete nicht. «Ich meine», sagte sie, «das ist doch letztendlich die Frage.»

Ich hörte ihr entgeistert zu und versuchte mich daran zu erinnern, wie ich als Zwölfjährige gewesen war, in dem Jahr, bevor Timpie zur Welt kam. «Mein liebes Kind», sagte der Geistliche entnervt, «mein liebes Kind.»

«Warum macht Gott das?» sagte Timpie. «In seiner grenzenlosen Güte? Warum stößt er Kain vor den Kopf?»

«Weil Kain *böse* ist», sagte der Geistliche gehässig, «weil Gott weiß, daß er hingehen wird und seinen Bruder töten. Weil er ihm die Verantwortung für sich selbst gibt. Darum.»

Großmutter und Lilly tauchten neben uns auf, die Teller überladen mit Mascarponecreme. «Was sind denn das für ernste Gespräche!» rief Großmutter in die Runde; im Nebenzimmer hatten sie

Glenn Miller aufgelegt. Der Geistliche war schon älter, Timpie strengte ihn an, und er nutzte die Gelegenheit, sich mit dem Taschentuch die Schweißperlen aus den Koteletten zu wischen.

«Das ist doch vorsätzlich!» sagte Timpie. «Falls Gott weiß, daß Kain seinen Bruder tötet, wenn man ihn enttäuscht, warum enttäuscht er ihn dann überhaupt?» Sie zog eine Grimasse. «Und wenn er es nicht weiß, warum ist er Gott? Und warum tut Ihr lieber Gott nicht, was er von Ihnen und mir verlangt? Warum sagt er nicht einfach danke zu dem armen Kain?» Wenn ich dem Geistlichen eines ansah, dann seinen Widerwillen, sich mit einer Zwölfjährigen über die Schöpfung unterhalten zu müssen. «Warum also», sagte Timpie, «schafft Gott einen Menschen, der schlecht ist? Und warum bestraft er ihn, obwohl er ihn doch selbst erschaffen hat?»

«Du siehst das falsch», sagte er lahm, sein Tuch war bereits durchfeuchtet. Lilly blickte beunruhigt zwischen Timpie und ihm hin und her, der Teller in ihrer Hand schwankte.

«Wissen Sie, was ich denke?» sagte Timpie. «Ich denke, Gott tut das alles, weil er einen Schuldigen braucht. Es braucht immer das Schlechte, damit es das Gute geben kann, Kain, damit es Abel geben kann, den Teufel, damit es Gott geben kann ...»

«So diskutiere ich darüber nicht», unterbrach sie der Geistliche, die Schweißperlen liefen ihm aus dem Haaransatz in den Kragen. «Du bist nur ein Kind, und Kinder ...»

«Gut», sagte Timpie freundlich, «dann erklären Sie mir doch bitte noch, was wohl Ihr netter Abel getan hätte, wenn Gott ihn auf seinen Schafen hätte sitzenlassen? Fragen Sie das Ihren Gott doch einfach, wenn Sie ihn das nächste Mal sehen.» Elijah streichelte mir von hinten die Schultern. Wir standen da wie die Lämmer, als Timpie ging. «Ein komisches Mädchen», sagte der Geistliche. «Ja», sagte Großmutter, «das war sie immer schon. Sie müssen wissen, sie ist hochbegabt.»

«Ach ja», sagte er, «soso. Na dann.»

Draußen hatten Edgars Gärtner Lampions angebracht, ein Meer von orangeroten, riesigen Glühwürmchen. Der Himmel war dunkeltürkis und verströmte einen synthetischen Geruch, in der Mitte der dünne, leuchtende Frühlingsmond, die Sichel wie aus Folie gestanzt, und die sattschwarzen Umrisse der Bäume. Bald würden die Sommerabende anbrechen, ein weißer, diffuser Schimmer am Rande des Tages. Elijah knetete meine Hände. «Sie weiß es», sagte ich angestrengt, «sie weiß es.»

«Was?»

«Das mit Mutter. Daß sie Mutter umgebracht hat.»

«Aber das hat sie doch gar nicht.»

«Doch», sagte ich, «zumindest hat sie Rose Marie ins Wasser geschubst und vorher mit der Nähschere auf sie eingestochen. Sicher hat sie nicht gewußt, was umbringen ist. Aber sie wollte sie los sein, Elijah. Und das weiß sie, ich bin mir sicher.»

«Unsinn», sagte er nachdrücklich, «ein Kleinkind verdrängt das mit hoher Wahrscheinlichkeit. Wenn Timpie davon wüßte, würde sie nicht mehr so funktionieren, wie sie es tut.» Wir wanderten um die dunklen Stauden herum. «Sie ist unheimlich, Elijah, oder?» sagte ich.

«Sie ist ein intelligentes und sensibles Kind», sagte er, und als ich den Kopf schüttelte: «Ach, Joa, es tut mir so leid, daß dein Vater nicht gekommen ist.»

«Mir nicht», sagte ich schnell, und das stimmte. Obwohl die Feier bis in den Morgen andauerte, verabschiedete sich meine Familie kurz nach Mitternacht. Timpie zog die Hand, die sie mir ernsthaft entgegengestreckt hatte, schnell zurück und sagte: «Ich wünsche dir viel Glück, Joa!» Das irritierte mich. «Die Leghorns», verkündete Großmutter in der Halle, «haben immer schon zusammengehalten.»

«Wie schön!» sagte Lilly mit echter Begeisterung, und Edgar erschien, einen Cognacschwenker in der Hand. Ein gelöstes Lächeln schwamm in seinen Augen. «Was ist denn noch?» sagte ich, als Timpie vor mir stehenblieb. Mäntel raschelten, im kleinen Flur schoben sich L. Calvi, Großmutter und Lilly hin und her, Ärmel hingen fest, Reißverschlüsse klemmten. «Du hast sie auch gesehen!» sagte Timpie nachdrücklich.

«Wen habe ich gesehen?» fragte ich bestürzt. «Mutter!» sagte sie. «Rose Marie! Ich habe doch gesehen, daß du sie gesehen hast, Joa. Sie hat dir ihren Daumen auf die Stirn gedrückt, gerade als Elijah ja sagte.» Es dauerte, bis ich begriff. «Hör auf», hörte ich mich gellend sagen, «du bist doch verrückt, ich brauch deinen Mist nicht, Timpie Leghorn!» L. Calvi, der Schutzhund, griff sofort nach Timpies Arm und zog sie weg, und von der Türe her warf mir meine Schwester einen trotzigen Blick zu, als hätte ich sie verraten. Das Schlimmste war, daß sie recht hatte, ich hatte Rose Marie in meinem Blut gespürt, ihre Beunruhigung und die Kälte, die aus ihrer Mitte entwich, in der es leer war, bedrückend leer und atemlos und still.

Als Elijah seine Privatpraxis eröffnete, nahm ich eine Assistentenstelle in der städtischen Klinik an, aber die Arbeit machte mich nervös, weil sie mich nicht das tun ließen, was ich wollte: operieren. An den blanken Instrumenten hatte ich die größte Freude, ich wollte Dinge in Ordnung bringen, die kaputt waren, statt dessen mußte ich Anamnesen schreiben oder mich mit aufgeregten Angehörigen herumschlagen. Das kostete Zeit. Meine Hochzeit und Rose Marie waren längst Vergangenheit. Ich hatte viel dafür getan, drei Tage später schon trank ich von morgens bis abends. Nicht viel, morgens ein Glas Sekt und nachmittags noch zwei, drei Martinis mit Oliven, zum Abendessen höchstens eine halbe Flasche Chardonnay, auf dem beschlagenen, kühlen Hals die dünne Spur meiner Finger.

Nachts schlief ich schlechter, und ständig hatte ich das Gefühl, etwas käme auf mich zu, Unglück, das sich ankündigt oder fernbleibt. Deshalb hörte ich mit dem Trinken so plötzlich auf, wie ich angefangen hatte, und die Dinge rutschten in ihre Ordnung zurück. Elijah und ich galten als erfolgreiches Paar, wir besuchten Partys und andere gesellschaftliche Anlässe, man lud uns ein, weil wir dafür bekannt waren, daß wir Small talk mochten und mit niemandem stritten.

Nach der Hochzeit hatte Caleb sich bei Großmutter für seine Abwesenheit entschuldigt, und sie rief mich an, um mir zu erklären, daß er die Einladung zu spät erhalten hatte, weil er verreist gewesen war, eine Schulfahrt durch Griechenland. Sofort sah ich seinen großen, viereckigen Schädel neben einem abgeschnittenen Ziegenkopf auf einem Tablett liegen, das ein kleiner Junge durch die Ägäis trug. «Warum hat er nicht selbst angerufen?» fragte ich. «Ach, Joa», sagte sie, «du kennst doch Caleb, er liebt dich schrecklich, aber sein Job …! Er ist eben Lehrer aus Berufung!»

Manchmal, wenn ich mit Patientenbögen oder Berichten über den Krankenhausflur hastete, begegnete ich L. Calvi. Sie war dünner geworden, und das Gesetz der Schwerkraft begann sich auf ihr Gesicht auszuwirken. Oh, dachte ich erfreut, sie altert, in ein paar Wochen oder Monaten würde sie gekippt sein wie Milch, die plötzlich sauer wird. Das gönnte ich Zack. L. Calvi war zwar immer noch ausnehmend attraktiv, aber von den Ecken her trocknete sie ein, Weiß mit einer Spur Grau, die Perfektion welkte.

Einmal sah ich sie in einer Ecke ihres Büros stehen und stirnrunzelnd auf den Hof hinunterschauen, wo der Dampf aus der Krankenhauswäscherei in dicken, feuchten Wolken in den Morgen quoll. Daß ich Mitleid spürte, gefiel mir sehr, weil es mich an den Tag erinnerte, an dem ich in ihrem Büro gestanden hatte, die Kiefer hart vor Sehnsucht. Beim Gedanken, daß sich unsere Geschichten vertauscht hatten, lächelte mein Spiegelbild mir zu, kühl wie Schnee, die Augen schwarz geschminkt und schön wie die einer Ägypterin.

Wenn ich Zeit hatte, telefonierte ich mit Großmutter, deren schwelgerische Berichte über Timpie mich an Elijahs Weihnachtsgeschenk erinnerten, einen häßlichen, trockenen Strunk, der sich später im Wasser zu einer magischen Blume entfaltete. Genauso erblühte Timpie in Großmutters Briefen zu einer roten Rose von Jericho. *Heute hat Timpie die Urkunde von einem Schulwettbewerb mit nach Hause gebracht, weiß mit goldenen Verzierungen. Ich weiß nicht recht, worum es dabei ging, aber sie hat sie über die Sportpokale an ihr Bett gehängt. Annie Marner hat mir neulich geraten, wir müßten uns um einen guten Studienplatz bemühen.* In unserer hübschen, gelben Küche schälte Elijah Möhren für den abendlichen Salat. «Wie alt ist sie jetzt?» fragte er. «Warte», sagte ich, «vierzehn? Was soll das dann heißen, Studienplatz?» Der Brief landete in seinem Schoß zwischen dem Sieb und Gemüsestücken. Beim Lesen sog Elijah die Wangen ein, wie er es immer tat. «Pokale? Welchen Sport treibt sie denn?» fragte er. «Sport eben!» sagte ich, so arrogant ich konnte, aber Elijah zog die Brauen hoch. «Wenn sie tatsächlich hochbegabt ist», sagte er, «ist Sport doch vernünftig. Sie braucht den Ausgleich. Sport schadet nicht und ersetzt Beruhigungspillen.»

«Quatsch», sagte ich, «ich möchte wissen, worin sich die angebliche Hochbegabung denn eigentlich zeigen soll.» Nach wie vor hielt ich das Ganze für L. Calvis Wunschvorstellung. «Höhenflug», sagte ich, «die hat sich immer schon als Mentorin gesehen. Hochbegabt! Völliger Blödsinn!»

Timpie war fünfzehn, als ich erfuhr, daß sie sich nach einer Sonderprüfung an der Universität meiner Stadt eingeschrieben hatte. Mein Beraterposten beim Forschungsgremium über die Auswirkungen von Leistungssport und Drüsenunterfunktion auf Knochenerkrankungen war langweilig, aber gut bezahlt. Mitten in einer der Sitzungen schob mir Lina Calvi einen Zettel hin und weidete sich an meiner Überraschung. Die gute Nachricht begann und endete mit einen Ausrufezeichen. *!Timpie studiert jetzt Philosophie, Psychologie und nebenbei Chinesisch!* Gegen meine Gewohnheit hastete ich ins Büro zurück und zog die dicken, weinroten Vorhänge zu. Der Spießer neben meinem Telefon steckte voller Zettel. «Warum bin ich eigentlich die letzte, die das erfährt?» sagte ich und drehte den Hörer in der Hand.

«Was denn?» fragte Großmutter.

«Na, Timpie», sagte ich unbeherrscht. «Timpie

natürlich. Bin ich nicht ihre ältere Schwester? Habe ich kein Recht darauf, daß mir solche Entwicklungen berichtet werden? Eine Mutter hat sie schließlich nicht und auch keinen Vater.»

Ich hörte Großmutter atmen. «Aber *natürlich* hat das Kind einen Vater», sagte sie, «sie trifft sich doch immer mit Caleb, Joa!»

«Wie», sagte ich, «was tut sie?»

«Na, Caleb holt sie sonntags zum Eisessen ab, seit, warte mal ...» Sie schnaufte. «Das war, als Elsie Marner Scharlach hatte, eine schlimme Geschichte, seit Silvester vor vier Jahren also!»

«Du meinst», sagte ich, «Caleb Leghorn besucht Timpie seit ein paar Jahren, und ihr habt mir das verschwiegen? Na, das ist ja wirklich toll.»

«Kann ich das vergessen haben?» fragte Großmutter verunsichert.

«Nun sag schon», brüllte ich, «wie konnte das passieren?»

«Also, es war so, Caleb kam damals zu Silvester mittags vorbei, glaube ich, vielleicht war es auch nachmittags ...» Sie stockte und dachte nach.

«Das. Meine. Ich. Nicht», sagte ich. Nicht um alles in der Welt wollte ich auch nur eine Einzelheit hören.

«Nun doch nicht?» fragte sie verdutzt. «Was denn sonst?»

«Ich will wissen, warum ein Kind von fünfzehn Jahren zur Universität gehen muß!»

«Joa», sagte Großmutter, «nun hör mir mal zu. Wir Leghorns waren immer schon ...»

«Ich weiß, Großmutter», sagte ich, «wir waren immer schon Leute, die *zusammengehalten* haben, wir haben unsere Angelegenheiten unter uns ausgemacht, wir haben von niemandem etwas gefordert, hab ich was vergessen?»

«Nein», sagte sie.

«Aber das interessiert mich nicht! Ich will wissen, warum keiner von euch auf die Idee gekommen ist: Joa sitzt in der Stadt, man sollte Joa fragen, was man mit Timpie so tut.» Am anderen Ende hörte ich nichts, nur ihren alten Wecker.

«Du bist doch immer so unnahbar, Joa», sagte Großmutter schließlich, «ich sagte neulich noch zu Elsie Marner, Elsie, Joa schlägt aus der Art!»

Nun schwieg ich. «Hallo!» schrie Großmutter und klopfte gegen den Hörer. «Joa! Ich hab dir doch nun wirklich alles erzählt! Wie schön das Kind zum Sprachunterricht geht! Sie spricht ja schon seit Jahren Holländisch und Spanisch und Portugie...»

«Was?» fragte ich. «Was tut sie?»

«Na ja», sagte Großmutter, «Timpie muß natürlich ihren Kopf beschäftigen. Mein Kopf dreht und dreht sich, Oma, sagt sie immer, ich muß ihn irgendwie anhalten. Da hat Lina ihr eben geraten, es mal mit Sprachen zu versuchen. Ich meine, nachdem sie sich in der zweiten Klasse Latein mit deinem alten Buch beigebracht ...»

«Sie hat sich selbst Latein beigebracht», sagte ich tonlos.

«Und Griechisch», sagte Großmutter, «aber

Griechisch war wohl schwieriger, da mußte Lina ihr beispringen.»

«Beispringen», sagte ich, das Weckerticken drang hinter meine Stirn, und dann wußte ich, woran es mich erinnerte. Großvater, wie er tot in seinem Bett lag, ein Bein, das ich hochhob, damit Großmutter die untere Seite der Wade abwaschen konnte. Sein Geschlecht, die schlaffen, grauen Hoden, das Wasser im Eimer, gelblich, als würden sich die ersten Fetzchen der Haut schon lösen. *Totenbouillon*, hatte ich gedacht, *Sterbesuppe*, mein Magen ein Eiskübel, die nassen, schweren Bewegungen, mit denen der Waschlappen unter meinen Händen über seine Beine glitt. Ich habe ihn tatsächlich gewaschen, dachte ich, das hatte ich ganz vergessen. Seine Schultern, die Falte zwischen seinen Hinterbacken, die schwarzen Haare, die darin klebten, sie zogen sich wie Fäden über das Weiß seiner Haut.

«Weißt du, Joa», sagte Großmutter und redete. Meine Augen taten weh, wahrscheinlich waren das fossile Tränen, ich war wie Großmutter, eine mit ewig trockenen Bindehäuten. «Warum hast du mich eigentlich mit Großvater in der Kammer alleingelassen?» fragte ich. «Kammer? Allein gelassen?» sagte sie betreten, als hätte ich eine unanständige Geste gemacht. «Ja», sagte ich, «warum hast du mich damals die Leiche waschen lassen?»

«Joa!» sagte sie zurechtweisend. «Welche *Leiche* denn?»

«Nun», sagte ich, und dann nichts mehr, weil ich

begriff, daß sie keine Ahnung hatte, wir schwiegen uns am Telefon an, ein teures, gedehntes Schweigen. Dieses Gespräch beendete ich mit Floskeln. Ich hatte genug zur Verfügung, ich atmete Floskeln, ich segnete sie, und ich aß sie auf.

Morgens fühlte ich mich gerädert, als wären Hundefänger hinter mir her. Früher hätte ich das aufgeschrieben, aber das Schreiben hatte ich längst aufgegeben, oder anders, das Schreiben hatte sich entschlossen, von mir fortzugehen. Manchmal kaufte ich mir in den teuren Papiergeschäften noch voller Hoffnung Kladden mit Ledereinband, wunderlichen Mustern, geschnörkelten, geheimnisvollen Schlüsseln. Ich sammelte sie und besaß sogar eine eigene Schublade dafür, aber die Hefte waren alle leer.

Als Rebekka mich für ein paar Tage besuchte, war sie zum zweiten Mal schwanger. In meinem Schreibtisch suchte sie nach einem Blatt Papier und fand statt dessen mein Fach für die nutzlosen Kladden. Sie nahm eine heraus, ließ den Zeigefinger über die Seiten gleiten, betrachtete den Einband. «Joa», sagte sie, «was ist denn das für eine wundersame Sammlung, schreibst du denn gar nicht mehr?»

«Nein», sagte ich, «ich versuch es schon hin und wieder, aber es ist mir abhanden gekommen.» Ich lächelte munter und hoffte, daß sie es dabei bewenden ließe. «Irgendwann ist man ja wohl auch über das Alter hinaus, oder?»

«Ich hätte geschworen, wenn eine aufhört zu schreiben, bin ich es!» sagte sie genauso munter wie ich.

Elijah und ich bewohnten einen Altbau mit knackenden Dielen, dessen Herz in den Nächten schwirrte und schlug. Vor meinem Schreibtisch sah Rebekka so aus, als gehöre *sie* hierher, nicht ich, sie war die kultivierte, schöne Person, die sich für das Leben neben Elijah geeignet hätte. In einem Haus wie diesem mit alten, gelben Rosen vor der Tür. Das dachte ich und kam mir wieder wie eine Betrügerin vor, bis ich zittrig wurde und Rebekka nicht mehr ansehen konnte. Mit ihrer Frage nach den Gedichten hatte sie meinem Leben einen Namen gegeben: Joa Leghorn, das Nichts. Es befriedigte mich ungemein, beim Anblick von Rebekkas Haarwogen und ihrer kurzen, geraden Nase mein Mantra vor mich hin zu denken, Joa, das Nichts, der Fehlgriff, Joa, Joa, das Nichts.

Als Rebekka schließlich abreiste, hatten wir wenig geredet und uns oft nur angesehen, und so fuhr sie in die Antarktis, nach Alaska, Atlantis, sie fiel einfach aus meiner Vorstellung heraus. Dabei reiste sie nur nach Hause, wo ihr erstes Kind, ein Junge namens Ivo, gerade im Otsch schwimmen lernte. Ihr zweites Kind wurde ein Mädchen, Danae. «Danae», sagte Großmutter, die gefragte Namensgeberin, «meine Güte, Danae! Das ist fast so gut wie Joa!»

Ich wurde Oberärztin wie andere Leute Kinder kriegen, ganz selbstverständlich, weil mich mein Chef, Prof. Dr. Walter Larch, für eine wahre Tochter Äskulaps hielt. Unter seinem aufdringlichen Schnurrbart flutete von Anfang an Zuneigung hervor, genauso unerschöpflich wie sein Dialekt, in dem alle Vokale zu Os gerannen. Wenn ich wollte, durfte ich jetzt nach Herzenslust operieren. Er selbst widmete sich lieber den Frauen und der Forschung, die ich in Gesprächen mit Elijah DF abkürzte, weil auch Walter Larch das tat. DF verschaffte uns beiden immer wieder gewisse gemeinsame Höhepunkte. Bald belegte auch ich DF mit derselben libidinösen Energie, die er in seine gewaltigen Lederjacken, Ray-Ban-Brillen und in die Blondine steckte, die er oft mit sich führte. Sie schien ihre Haare mit der Rasierklinge zu kürzen, und ihren Namen konnte ich mir nicht merken.

Bei einem Empfang führte ich Jennifer, Patricia oder Doreen zum ersten Mal Elijah vor. Neben Walter, den sie um die Höhe einer Colaflasche überragte, tanzte sie wie eine aufgeregte Stute herum, und ihr Fußkettchen klimperte, wenn sie von einem Bein aufs andere stieg. «Hellblaue Jeans mit Straßsteinen, du liebe Güte!» sagte ich düster, aber Elijah fand es nicht weiter bemerkenswert, er betrachtete Jennifer nur von der Seite und sagte schließlich «Aha!». Mein Chef steuerte auf mich zu, und nachdem ich alle einander vorgestellt hatte, erzählte Jennifer eine umständliche Geschichte von ihrem letzten Karibikurlaub, in dem ein *wirklich ausgezeichnetes, sehr teures Frühstücksbüffet* die Hauptrolle spielte. «Wahrscheinlich trägt sie ihre Klunker sogar über dem Bikini», sagte ich später zu Elijah. «Dir kann es auch keine Frau recht machen», sagte er. «Erlaube mal», sagte ich, «das ist nun wirklich eine grauenhafte Person!»

«Aha», sagte er wieder, als er ihr hinterhersah, mit einem inbrünstigen Ausdruck im Gesicht, und mir war klar, daß mir genau dieser Ausdruck einfallen würde, wenn er das nächste Mal mit mir schlafen wollte. «Bewunderst du nicht C. G. Jung?» sagte ich. «Und ist das etwa der, der vorschlägt, der wirklich reife Mann solle den Muttertypus heiraten und die erotische Herausforderung anderswo suchen?»

«Genau», sagte Elijah verständnislos.

«Wahrscheinlich ist es einfach ein Irrtum», sagte ich, «anzunehmen, daß die Faszination für ausgeprägte Geschlechtsmerkmale in dem Maße abnimmt, in dem die Intelligenz des Gegenübers steigt.»

«Was willst du damit sagen?» sagte er, aber ich verschwieg ihm, was ich genaugenommen ausdrükken wollte. Daß sie alle auf Brüste versessen waren. «Gefällt sie dir denn?» fragte ich statt dessen. «Ach, Joa, was denkst du», sagte er, als hätte er die Freundin meines Chefs bereits vergessen. Aber später im Bett faßte er mich zum ersten Mal hart an. Schon als ich im Badezimmer stand und mich abschminkte, drehte er mich an den Hüften herum und fragte: «Was willst du eigentlich von mir, Joa

Leghorn?» In seinem Gesicht fand ich keine Erklärung, ich stieß nur auf Disziplin. Also standen wir uns vor dem Waschbecken wie Ringer gegenüber. «Ich will, daß wir zusammen zufrieden sind», sagte ich, «genau das will ich.»

«Meine Theorie ist, daß du das gar nicht willst, Joa. Ich glaube, du hast das Wollen aufgegeben.» Ich stutzte, weil sein Ton sich nach Begräbnisrede anhörte, nicht nach der Geschichte, die ich für unsere gemeinsame hielt: Ich habe einen Mann, ich habe eine Frau, wir lieben uns. Übergangslos legte er seine Hände auf meine Brüste, und tatsächlich hatte ich nichts Besseres zu tun, als an Jennifer zu denken, an seine Blicke auf ihrer bläßlichen Haut. Sie war wie Timpie, makellos jung, mit schmalen Hüften, sie wußte, was sie wollte und wie man es bekam. Meine Erregung war echt, als er meine Nippel rieb, die für ihn vielleicht ihre waren, aber ich fühlte mich gleichzeitig distanziert, als ob Elijahs Worte einen maßgeblichen Teil von mir eingeschläfert hätten. «Hast du eigentlich nie Angst gehabt, verrückt zu werden?» fragte er und berührte meine Schläfe, strich über den Knochen, während die andere Hand weiter meine Brustwarze hielt. «Du leidest an Kontrollzwang, Elijah», sagte ich schnell, «du willst alles und jeden kontrollieren und jetzt auch noch mich, es ist eine verdammt üble Angewohnheit von dir.»

«Ich hasse es, deine Flüche zu hören», erwiderte er sachlich, nahm mich am Arm, löschte ein paar Lampen und führte mich ab, zum Bett. Als er mich auf die Steppdecke drückte, ließ ich mich fallen. «Siehst du, Joa, das meine ich», sagte er und strich über meinen bekleideten Körper, «du liebst das, aber du würdest es nie verlangen.» Er zog mir die Schuhe von den Füßen und hielt eine Weile meine Zehen fest, bis ich mich wegrollte und steif an der Bettkante liegenblieb. Der Impuls, die Hüften zu bewegen, wurde sehr stark, aber ich rührte mich nicht einen Millimeter. «Das meine ich auch», sagte er spöttisch, und seine Finger drückten mir die Beine auseinander. «Es ist jemand gestorben», sagte er, «so ist das. Leider bestehst du darauf, Joa, daß das Gestorbensein dir geschehen ist.» Die Erregung des Aushaltens, des Stillseins, bis Elijah plötzlich mit kühler Stimme fragte: «Soll ich dich schlagen? Das wollte ich dich schon lange fragen. Ich meine, Joa, wäre es dir lieb, wenn ich dich schlüge? Würde dir das gefallen?»

Meine Seufzer gelangten bis in die Kehle und verschwanden dann wieder in mir, Blut klopfte in den Schlagadern über meinen Oberschenkeln, Elijah bewegte die Hand zentimeterweise über meinem Geschlecht, gleich, dachte ich, jetzt, gleich, gleich. «Ich denke», sagte er liebenswürdig, «du hättest gern, daß ich dich schlage, damit du dich wieder spürst. Und ich denke, daß du es nicht zu sagen wagst. Deshalb biete ich es dir an. Bevor du dir jemanden suchst, der es an meiner Stelle für dich tut.»

So eine bin ich nicht, dachte ich, nie werde ich so eine sein. «Sagst du nichts dazu?» sagte Elijah.

«Nein», sagte ich, während ich die Wand anstarrte, aber ich dachte ja, ja. Danach werden wir beide nackt dasitzen, Elijah, nackt mit nackten Gesichtern, nichts wird das Schlechte mehr decken. Die Wahrheit, dachte ich, beendet stets die Geschichte, danach werden wir uns nicht mehr lieben wollen, so einfach ist das, wenn man sich die Wahrheit nicht verzeiht. Elijah rutschte an mir herunter, befeuchtete meine Klitoris, leckte mich, küßte, er wollte, daß ich mich schmeckte, ich konnte es nur durch ihn. «Ich würde dich ja schlagen, Joa», sagte Elijah, «wenn ich nur wüßte, daß es hilft.»

Dann tu es endlich, dachte ich, ich will es *hören*, aber da war in seinen Augen schon etwas zugeklappt. Er atmete nur wenig schneller, dann war er in mir, und das, was er tat, war hoch emotional und brutal, zum ersten Mal befriedigte er sich an mir. «Weißt du, Joa, daß du eine Masochistin bist? Und weißt du auch, wie das kam?» Was sollte ich sagen, ich bewegte mich nur schneller und dann noch schneller. Nachher starrten wir beide in die Luft. «Sieh an, Joa», sagte er, «da bewegst du tatsächlich deinen bequemen, kleinen Hintern! Du willst mich, ausnahmsweise, wo du sonst so kalt bist, ein Ausbund an Zurückhaltung!»

«Ich liebe dich doch», sagte ich in sein Gesicht. «Sicher», sagte Elijah, «lieber liebst du mich ein bißchen, als mir zu sagen, was du wirklich willst. Lieber faßt du mich mit spitzen Fingern an, als ein Risiko einzugehen. Du machst dich mundtot, Joa. Du verleugnest dich. Du läufst deiner Vergangenheit fort.» Es klang bestimmt, als er sagte: «Gut! Jeder Mensch hat schließlich die Wahl.»

Ich publiziere, nannte Dr. Walter Larch seine empirischen Erhebungen in dem bescheidenen Ton, den nur Genies anschlagen oder echte Dummköpfe. Um sich der Konkurrenz zu entziehen, bevorzugte er abseitige Themen, aber weil er faul war, erledigte immer ich seine Hintergrundrecherchen. Manchmal mußte ich auch öffentlich auftreten wie bei dem Kongreß, wo ich einen Vortrag über den *Einfluß der Vitaminsubstitution auf das Burning-Feet-Syndrom* halten sollte. Als ich auf der Karte den Weg suchte, sah ich, daß ich die Straße durchs Otschtal nehmen mußte.

Auf der Hinfahrt hoffte ich, daß Großmutter nicht gerade in dem Augenblick vor die Tür treten würde, in dem ich vorüberfuhr. Blind steuerte ich die Serpentinen der Drachenschnauzen entlang, wo das Grün gleißend fett war, wie ich es kannte, dann strauchelte das Haus vorbei, und ich passierte im Frühdunst die Brücke über den Otsch. Kurz vor Rebekkas Haus beschloß ich, eine Pause zu machen. Aufgeregt stürzte sie zur Tür und hastete dann mit Danae auf der Hüfte um mich herum, es war ein reichlich dickes Kind mit kritischem Blick. Als sie sich mit selbstgebackenen Brötchen und Krapfen in die Hollywoodschaukel setzten, fragte ich mich, wie Rebekka es fertigbrachte, das Landhaus zu bestellen, wo doch Ivo und ihr dickes Baby ununterbrochen quengelten. Ihr Dasein erschien mir eindrucksvoll, aber nicht erstrebenswert. Dabei wirkte sie glücklich, pustete sich ständig rote Haarsträhnen aus der Stirn und fragte mit fettigem Mund, warum ich Timpie nicht eine Zeitlang bei mir wohnen ließe.

«Haben sie dich gebeten, mich zu fragen?» Sie lachte und schüttelte den Kopf. «Nein, aber warum machst du es nicht?»

«Weil ich sie nicht leiden kann», sagte ich. Sie drückte Danae an sich, die mich mit ihren schwimmringgroßen, blauen Glubschaugen fixierte. «Timpie erinnert mich zu sehr an Mutter», sagte ich, «in jeder Hinsicht Rose Marie.»

«Sie ist doch erst siebzehn», sagte Rebekka und setzte Danae neben ihrer Milchflasche ab, «sie könnte eine Schwester gebrauchen.»

«Im Gegensatz zu mir», sagte ich milde, «ich bin erst dreißig und habe vor, meine Jugend zu genießen.» Falls Rebekka andeuten wollte, daß Timpie Leghorn Schwierigkeiten hatte, wollte ich davon nichts hören. Jeder hat Schwierigkeiten, frag einen beliebigen Arzt, Rebekka, er wird dir das Entsprechende erzählen. «Timpie hat sich innerhalb von zwei Jahren ein Diplom in Psychologie, nette Freunde und offenbar auch wieder einen Vater angeschafft», sagte ich, «und sie studiert verschiedene weitere Fächer, unter anderem Chinesisch. Das sollte doch reichen!»

Rebekka aß noch einen Krapfen und betrachtete Danae, die monolithisch auf der Erde saß, im Wind schwankte und keinen Finger rührte, während Ivo mich schmelzend von der Seite musterte. «Zuckerstückchen», gurrte Rebekka, «Sandäpfelchen», und die Kinder kicherten, ich nicht. Als ich abfuhr, drückte sie mir vorm Auto Danae in den Arm, Danae mit ihrem Milchatem, den roten Locken, der tiefen Falte zwischen Unterarm und Handrücken. Sie sabberte mir auf die Schulter, stemmte sich weg und bedachte mich mit einem abschätzigen Kinderblick. Die durchweichte Tüte mit den restlichen Krapfen, die mir Rebekka aufgedrängt hatte, unter dem Arm, gab ich Danae einen Kuß. Ivo versteckte seinen runden Kopf hinter Rebekkas Schenkeln, und sie griff ihm mit einer beiläufigen Bewegung ins Haar, die mich rührte.

Es war Juli und heiß, und niemand interessierte sich für das Burning-Feet-Syndrom, deshalb wurde der Vortrag auch ein Reinfall. Die eigentliche Forschung fand an den drei Abenden in einem China-Restaurant statt, wobei der Umgang miteinander dem ersten Grundsatz Äskulaps entsprach: Wir sind Ärzte, wir sind in allem schlimmer als andere. Der zweite hieß: Wir tragen Weiß, weil wir immer unschuldig sind, und in seinem Sinne gestaltete sich die abendliche Unterhaltung. Als der Alkohol mir seine warmen, honigfarbenen Einsichten gewährte, stellte ich fest, daß meine Kollegen ausgekocht und feige waren, abgehärtet von all den Schädelbrüchen, Lungenkarzinomen und geplatzten Aorten. Weil das Leben scheinbar das beste Gegenmittel für dauerndes Sterben war, wollten sie auf der Veranstaltung auch nur Sex. Als sich die Podiumsteilnehmer in die Hotelbar mit ihrem plüschbezogenen Ambiente begaben, um sich dem zweitbesten Gegenmittel, dem Alkohol, zu ergeben, war ich bereits sterbensmüde. Rund um Aperitifgläser und Erdnüsse verbreiteten sich die verschiedenen Stadien der Sehnsucht. Der Pianospieler war begabt, aber betrunken, und die Bedienung schwarz, eine schöne Frau. Seine Muse Jennifer fehlte Prof. Dr. Walter Larch, der sich gezwungen fühlte, für Ersatz zu sorgen, und die Servierkraft mit sexuellen Witzen zu attackieren begann. Einer der Gynäkologen sagte: *So was wie die hab ich täglich auf dem Finger!*, während Prof. Walter Larch mit mir Brüderschaft trank. *Ich heiße übrigens Walter*, sagte er, und ich simulierte Überraschung.

Spätnachts begann er zu philosophieren. «Die Zeremonien, meine liebe Joa, die der Erfolg verlangt, kannst du Feinabstimmung oder Lüge nennen!» Weil ihm gefiel, daß ich nicht widersprach, tätschelte er mir das Knie, überzeugt davon, daß unser Akt der Konvention Annäherung bedeutete. Unter Alkoholeinfluß einigte ich mich allerdings später mit ihm auf Freundschaft, einen Begriff, hinter dem die ganze Liturgie der Demütigung steckte, für alle Beteiligten. Der Pianospieler spielte die sicheren Zugpferde, *Yesterday*, *Candle In The Wind* oder *My Way*. Das Licht war gelb und berückend, mein Chardonnay kühl, vereinzelt wurde mitgesummt, und die drei Ärztinnen, die außer mir anwesend waren, gingen wie Mädchen gemeinsam aufs Klo. Im Barspiegel wirkten meine Lidstriche verschmiert, als hätte Baby Danae Hand an meine Augen gelegt, Walters Kopf neben meinem war ungebührlich klein, mausig, der Schnäuzer so groß, als gehöre er einem Polizisten. Einer der Hautärzte deutete mit beiden Händen die Größe eines Kaposi-Sarkoms an. «Wenn der Typ», sagte er, «von dem er es sich geholt hat, einen genauso großen Schwanz hatte, dann hat er immerhin vorher noch mal richtig Spaß gehabt.»

Schlampe, sagte mein neuer Duzfreund Walter böse zur Bedienung, *Schlampe!* Die anderen pflichteten ihm bei, und der Hautarzt griff einer der Ärztinnen in den Bund ihres Rockes, worauf sie freundlich lächelte. «Wenn meine Schwestern nicht spuren», sagte Walter, «dann wissen die bald, daß Hundefutter auch Fleisch ist!» Der Pianospieler nickte, und mir war schwindelig, weil ich die Trinkerei nicht vertrug. «Aber unsere Joa hier», sagte Prof. Dr. Walter Larch, «ist eine gute Frau, eine wirklich gute Frau, Hände wie Drahtseile, bombenfest.» Ich absolvierte den Abend nickend und plaudernd und saß bis zur Morgendämmerung mit zusammenbrechendem Kreislauf am Fuße der Toilettenschüssel, die Frau, die alles mitmachte und den Mund hielt. Alle meine Kollegen hatten Sex miteinander, dachte ich, nur ich hatte keinen, eine Einsicht, auf die sich in dieser Nacht mein Leben reduzierte. Ich kotzte, ich verachtete mich, ich hatte nicht mal zwei rothaarige Kinder mit merkwürdigen Namen zustande gebracht.

Der Brief lag auf meinem Flurteppich mit dem schwarzweißen Schachbrettmuster, und mein Vater schlüpfte durch einen Spalt herein. Mir klapperten die Knie, denn mein Fleisch hatte die Erinnerung an Caleb konserviert. *Wie geht es Dir? Ich arbeite zur Zeit an einer Schule für Behinderte. Es ist anstrengend, aber auch befriedigend. Wenn ich manchmal sehe, wie dankbar sie sind, dringt mir das bis in die Seele.* Keine Ahnung, wer mir das schrieb, warum er es tat und was er sich dabei dachte. Als vor meinen Lidern die Dunkelheit zu schwingen begann, fragte ich mich, wie es sein mußte, Caleb Leghorn zu sein und einer Tochter zu schreiben, die man hundert Jahre zuvor in einem Zimmer zurückgelassen hat. In einem Zimmer, an dessen Fenster gerade ein zweites Kind das Fliegen lernt. *Wie ist das, Caleb, wie ist das.* «Er will mich treffen», sagte ich am Telefon zu Elijah, den ich aus einer Sitzung mit einem Klienten holte. Er klang immer eisern, wenn er arbeitete. «Wie lange hast du ihn nicht mehr gesehen?» Ich rechnete, fünfzehn Jahre, das schien mir beängstigend. «Dann sag ihm ab», sagte Elijah bestimmt. «Es sei denn, du bist sicher, daß du ihn ertragen kannst.» Sicher, dachte ich, lieber Himmel! Sicher ist das falsche Wort. Mir war, als sei ich mit einem Fallschirm am Himmel unterwegs und es näherte sich der

Moment, in dem ich springen sollte. «Du mußt dir sicher sein, Joa», beharrte Elijah, «sonst laß es lieber.» Aber ich betrachtete die Erde schon durch die offene Luke, ich sah meine Füße, sie waren genauso unwirklich wie der Boden, ich drehte mich rückwärts, und dann sprang ich, da ich in die Erde verliebt war. Elijah mußte verstehen, daß ich keine Wahl hatte. Natürlich würde ich Caleb sehen, Caleb Leghorn, den Lehrer, den Vater.

Diesen Sommer hatte jemand für eine Geschichte erfunden, Wiesenschaumkraut, Krickenten, die in dem kleinen Heidesee unweit des Otsch brüteten, Hundsrosen und Berberitzen und im Wald die Betten aus Frauenfarn. An dem Tag, an dem ich Caleb treffen sollte, war es heiß in der Stadt, und ich zog das weiße, seidene Kleid an, das zu kurz war und zerknitterte, sobald man sich setzte, es war auch zu arglos für mich. Ich wollte aber dieses Kleid. Es würde Caleb gefallen.

Als ich ihn angerufen hatte, um einen Termin auszumachen, sagte er auf eine Weise *Hallo*, die mich abschreckte, weil er wie der Zahnarzt klang. Das Gespräch war kurz, weil ich es kurz hielt. Er hätte wenig zu tun, sagte er, als würden wir ein Geschäft abschließen, dieses Geschäft hieß Familie, und einer zog immer den kürzeren dabei. Wir zögerten sogar, was die Zeit anging, stocherten in ihr herum, fünf Uhr, sagte er schließlich, fünf Uhr ist eine gute Zeit. Irgendeine Zeit, dachte ich. Elijah verlangte, ich sollte mir überlegen, was ich tat, aber ich sah mich dazu nicht in der Lage. Ich beneidete Timpie, die in ihrem Otschtal-Paradies lebte, wo sie ihr inzwischen mein Zimmer per Durchbruch verfügbar gemacht hatten. *Schließlich braucht sie Platz für ihre Bücher*, schrieb Großmutter in dem Brief, der mich auch davon in Kenntnis setzte, daß Lina Calvi fort war. Kein Wort von Streit, keine Erklärung. Nur *Frau Calvi ist endgültig weg*. Der Gang der Dinge, unvermeidbar wie Staupe oder Schafblattern. Auch darum beneidete ich Timpie, daß sie L. Calvi hatte gehen sehen. Was Großmutter mir sonst noch pflichtschuldigst mitgeteilt hatte, erzählte ich Elijah nicht. Daß Caleb geradezu besessen war von Timpie, der Frucht seiner eiligen Samen. *Er hat sie liebgewonnen*, sagte sie schlicht, zu alt, um zu begreifen, daß das nicht stimmen konnte. «Vermutlich feiert er sie nur, um sich zu feiern», sagte ich zu Rebekka, die mich anrief, um mich mit traurigen Timpie-Geschichten aufzurütteln. «Er feiert sich und seinen Anteil an ihrer hochbegabten DNA!» Rebekka sagte etwas über Eifersucht, ein Muttertier, dachte ich mitleidig, das inzwischen nur noch in einer Welt der ödipalen Abgründe lebte.

Die Straße lag da und wartete auf jemanden, der vorbeikam und eine Pistole zog. Vor dem Café standen Eisenstühle, weiß angepinselt, Stühle, die auf schmerzhafte Weise scharrten, wenn man sie über das Pflaster zieht. Ich rührte in meinem Becher, in dem zwei Eiskugeln sanftmütig zerliefen, der

Himmel eine Metallschale über mir, hellblau und diesig, und unter meinen Sohlen schäumte der Teer. In der Seitengasse mit den spitzgiebeligen Häusern hörte man keinen Verkehr, beide Bürgersteige breit und leer, eine Filmkulisse. Vor den Schaufenstern waren rotweiß gestreifte Markisen gespannt, der Stoff von Kinderhemdchen am Strand.

Die anderen Gäste sahen aus wie in Wassereimer getaucht, die Kleider voller Schweißflecken; der Wetterbericht vermeldete im Autoradio ein Hoch von Süden, das einen schweren, staubigen Wind mitbrachte. Ich sah auf die Uhr, weil Caleb nicht kam, Caleb würde auch nicht kommen, das wußte ich. Trotzdem suchte ich ihn in allem, was sich bewegte. Die mittelgroße Frau mit Hut und Schirm schied aus, die immer wieder nach dem Bügelschloß ihrer Tasche tastete, in der etwas krabbelte, ein Hund oder ein Kaninchen. Dann ein Mann mit Kind, mit einem sehr kleinen Kind, ich verengte die Augen, nein, so weit würde er nicht gehen, selbst Caleb Leghorn nicht. Was sollte das auch für ein Kind sein.

L. Calvis Uhr zeigte zwanzig nach vier. Zwanzig nach vier, dachte ich ungeduldig, dann ging mir auf, daß wir uns erst für fünf Uhr verabredet hatten. Sofort raffte ich meine Sachen zusammen, ich warf einen Schein auf den Tisch und flüchtete in einer Wolke aus Geräuschen, die meine Absätze auf dem Kopfsteinpflaster machten. Beschämt rannte ich davon, mit dem Gefühl, jeder könnte mir den lächerlichen Irrtum ansehen. *Seht, da geht Joa Leg-*

horn, wie eifrig sie ist, so eifrig, daß sie Stunden auf ihren Vater wartet. Auf ihren Vater, der dann doch nicht kommt.

Vor dem Buchladen unter den Arkaden betrachtete ich mich, den eleganten Umriß einer erwachsenen Frau in einer Scheibe. Dann würde ich mir eben einen Roman kaufen. Im Geschäft umgab mich sofort der langsame Atem der Bücher, in deren Reichweite alles an Bedeutung gewann. *Was hat sie nur*, sagte Großmutter, *nun, unsere Joa war schon als Kind so verdreht, und manchmal denk ich, groß kriegt man sie wahrhaftig nicht.* Jemand hatte auf ein Schild LYRIK geschrieben, in gotischen Buchstaben, kindskopfgroß, mißlungen, vermutlich hatte er LYRIK für einen polnischen Fleischgrossisten gehalten. Mit einem Mal mußte ich über mich selber lachen, die milden, abgelegenen Mienen der Gedichte beruhigten mich immer, zuverlässig, dachte ich, berechenbar, zufrieden. *Und in der Wendung sah ich so deutlich eines Kindes vergessenen Morgen.* Dylan Thomas. *Als es mit der Mutter den Gang durch die Parabeln des Sonnenscheins ging und durch die Legenden der grünen Kapellen.* Ich legte den Band wieder hin, stöberte, bis ich auch die von Ezra Notten so *sehr geschätzte Dichterin* fand, ihre traubigen Sätze wie Wolken, aus denen das Paradies sich abregnet. Unter Pablo Neruda schließlich stieß ich in einem wackeligen Stapel auf einen knallroten, dünnen Band. So liest man Bücher, dachte ich, man sieht nicht auf den Titel, man schlägt sie in der Mitte auf und läßt sich anspringen. Oder eben nicht. *Ich habe ein Kind geboren, das wilder ist als die wilden, wilden Winde des Ostens und süßer denn der Mond in seiner Verwirrung. Dies sind nicht die Worte der Liebe, denn die Liebe ist vor dem, was du bist.* Warte, warte, das kannte ich, immer hatte ich ein fabelhaftes Gedächtnis für Worte gehabt, und sofort stand sie mir vor Augen: meine Schwester Timpie Leghorn in Rose Maries großen Schuhen, der Geistliche über seinem schuppenbedeckten Kragen fahl. *Damit du mir bliebest und ich nicht ginge: Wege, mit zerstoßenen Füßen, vor dir.* Da war es tatsächlich, das Gedicht, das Timpie zu unserer Hochzeit vorgetragen hatte, die welkenden Malven, keiner hatte Lilly gesagt, daß ich Malven nicht vertrug. Damals hatte ich Timpie nicht nach dem Autor gefragt, ich hatte mir ersparen wollen, wie sie ins Dozieren verfiel, das Ochotskische Meer, zwölf Jahre alt, unangreifbar. *Dies sind nicht die Worte der Liebe*, dies ist nichts, Timpie Leghorn, dachte ich, was man bei einer Heirat vorträgt, es sei denn, man haßt einen der Beteiligten. Seltsamerweise war ich nicht wütend auf sie gewesen. Ich drehte das Buch um. *Eins* hieß es, und auch der Name der Autorin war mir bekannt. Sie hieß Sophie Leghorn. Das las ich noch mal, Buchstaben für Buchstaben. Ich starrte diesen Namen an. Thymia Sophie Leghorn. Ein Name, sagte Großmutter, wie ein Schlag vor die Brust. Thymia Sophie, meine Schwester.

Und ich schrieb, und ich schrieb, schrieb Timpie, *und hinten in meinem Hals klopfte wie eine Erinnerung dein schöner Name*. Ich weiß nicht, warum ich es nicht einfach weglegte und hinausging, zu Elijah, zu meinen Möbeln und meinen fügsamen, dickblättrigen Blumen. Ich weiß nicht, warum ich nicht die Stille schätzenlernen ging. Statt dessen starrte ich das Büchlein an, den Beweis dafür, daß Thymia Sophie Leghorn ein Buch geschrieben hatte. Ein Bändchen mit Gedichten. Dieses Buch, den Druck der letzten Jahre. Genausogut hätte ich meinen Namen hineinschreiben können, es gehörte mir, wie ich ihm gehörte. Es paßte in meine Hand.

Unablässig kaute ich mir auf der Wange herum, als ich den Laden verließ, ertastete eine Blutblase, und draußen wußte ich nicht mal, ob und bei wem ich am Ende bezahlt hatte. Ich sah auch nicht, wohin ich ging, mein Kopf schepperte, der Auspuff war endgültig hinüber. Immer nur eingießen, nie ausschütten, unrein, von Thymia Sophie, von dieser fremden Timpie Leghorn beschmutzt. Mir grauste vor den Rezensionen in der Umschlagklappe. Dann saß ich plötzlich wieder im Café, ich wußte nicht, wie ich dorthin gekommen war, spürte das rote Buch in meiner Tasche, durfte nicht lesen, ich verdammte Caleb dafür. Dabei wollte ich jedes Wort zerlegen, wissen, welches von mir handelte und wie jene heftigen Bilder von mir zu ihr gelangt sein konnten. Meine Gedichte hatten mich verlassen, dachte ich, und sie waren in Timpie Leghorn eingedrungen, Osmose, ein undurchschaubarer Sickerprozeß. Es erschien mir lebenswichtig, zu entdecken, wie ihr das gelungen war.

Caleb sah so alt aus, wie er war, fast fünfzig, mit buschigen, weißen Augenbrauen, die er oben zu kämmen vergessen hatte. Lieber Himmel, dachte ich erschöpft. Dann griff mein Vater plötzlich nach meiner Hand, ich zog sie weg, und er drehte sich zu der Kellnerin um, als ob nichts passiert wäre. Als er Remy bestellte, wollte ich dasselbe trinken. «Hallo, Joa», sagte er.

«Hallo, Vater», sagte ich in Gedanken, aber ich brachte es nicht über die Lippen. Das Eiscafé war noch dasselbe, aber alles andere hatte sich geändert, die Feier war ein Richtfest, der Galgen hochgezogen, ich sah nur das Buch. Caleb redete irgendwelches Zeug, daß ich groß geworden sei, *groß geworden*, seine Schule, meine Stelle, Nichtigkeit war nur gegen Nichtigkeit zu haben. Wenn ich erwartet hatte, ich würde ihn lieben, dann war das der gleiche Blödsinn wie die Vorstellung, Caleb könnte endlich ein diamantener, großer König geworden sein. Er war Lehrer, das Haar am Scheitel aschfarben, und seine tastenden Handbewegungen in meine Richtung verstörten mich. Beim Trinken legte er den Kopf zurück, als könnte er nicht schlucken, und ich wartete darauf, daß mich jemand auffordern würde, zu gehen, etwas zu sagen, eine Geste zu machen. Schließlich schaffte Caleb es doch, seine Hand auf mein Handgelenk zu legen, sie war innen rauh. «Joa», sagte er, «ich wollte mit dir über etwas reden.» Ich nahm mein Glas in die Hand und sah hinein. «Nach all den Jahren», setzte er hinzu.

Falls er vorhatte, sich bei mir zu entschuldigen, würde ich einfach gehen, ja, ich war mir sicher, daß er gekommen war, um sich zu entschuldigen. Vor gut einer Stunde noch hätte es funktioniert. Aber wo die Ordnung in all ihrer Komplexität gewesen war, standen nur noch Fragmente. Timpie hatte ein Buch geschrieben, mein Buch.

«Was willst du denn?» fragte ich Caleb, das Sesam-Öffne-Dich, er hatte nur darauf gewartet, sich zu leeren. Caleb Leghorn, der Lehrer und Vater, war am Ende. Darum kam er auch zu mir, seiner letzten Blutsverwandten, wie er sich ausdrückte. «Du vergißt Timpie», sagte ich und spuckte ihren Namen aus. «Eben nicht», erwiderte er. Was bedeutet kryptisch, sagte Timpie in meinem Kopf. Caleb saß vor seinem Schokomint-Eisbecher mit einer glänzenden Amarena-Kirsche und redete in einem fort, und als ich seine verwickelte Geschichte endlich verstand, wollte ich sie nicht begreifen.

Kurz zuvor war mein Onkel Zack unangekündigt an Calebs Schule aufgekreuzt. Caleb war erstaunt gewesen, voll des schlechten Gewissens. Zur Entschädigung für alles, sagte Caleb, hätte er Zack zu Kaffee und trockenem Mensakuchen in den Innenhof der Universität eingeladen. «Er wollte gar nicht aufhören zu reden», berichtete mein Vater klagend. Kein Wunder, Zack hatte ihm nämlich zweierlei zu sagen. Einmal, daß er Caleb immer noch für einen Versager hielt. «Soweit war mir das nicht neu», kommentierte Caleb, «aber ich ahnte, daß er mir deshalb keinen Kaffee spendierte.»

«Ich dachte, du hättest ihm den Kaffee spendiert.»

«Na ja», sagte Caleb, «nicht direkt.»

Dann hatte Zack endgültig Calebs Träume zertrümmert, er machte es kurz und hart und gründlich. «Timpie ist zwar ein feines Mädchen, hat er gesagt, aber leider nicht deine Tochter!» Theatralisch legte Caleb das Gesicht in die Hände. «Was?» sagte ich, tastete nach dem Buch und schlug mit einer Hand sogar ein paarmal gegen meine Tasche. «Ja», sagte Caleb, «genau das habe ich auch gesagt.»

«Aber was soll das», fragte ich, «ist er durchgedreht? Ich meine, er hat gesagt, daß du nicht Timpies Vater bist? Oder was soll das heißen?»

«Joa», sagte mein Vater, «frag mich nicht. Frag deinen Onkel!»

«Und was hast du getan?»

«Ich habe ihm die Meinung gesagt. Ordentlich. Das war ja abstruses Zeug, was er da redete. Andererseits, du weißt nicht, was für ein lockerer Vogel Rose Marie sein konnte. Wir haben dich ja immer herausgehalten!» Ich drückte mich tiefer in meinen Stuhl. «Ich will dich jetzt auch gar nicht damit langweilen», sagte er und erzählte quengelnd, Zack hätte sich dann auch noch Apfelkuchen bestellt. «Apfelkuchen», sagte Caleb, «ausgerechnet, du weißt, wie ich Apfelkuchen hasse.»

«Ich hatte keine Ahnung», sagte ich.

«Und danach dann», sagte mein Vater, «die

ganze miese Geschichte. Ich wußte natürlich, daß deine Mutter vor Timpies Geburt diese Affäre hatte. Ein Kerl von der Bezugs- und Absatzgenossenschaft, muskelbepackter Bursche, rein körperliche Angelegenheit. Nun erzählt mir Zack, daß der es war. Sie wollte abtreiben, aber es war schon zu spät. Also hat sie mir die Sache angehängt. Das war natürlich Pech.»

Ich atmete so tief, daß meine Hände stachen. «Du hyperventilierst ja», sagte Caleb interessiert und nippte an seinem Glas. Ich winkte der Kellnerin, um noch einen Remy zu bestellen. «Der Schweinehund!» sagte er. «Da hat Zachariah doch die Stirn, zu behaupten, sie hätte eben Trost gebraucht! Stell dir das vor, Joa, endlich hat er eine gute Entschuldigung dafür, daß er meine Frau gefickt hat.» Ich starrte ihn an. «So ein Idiot», sagte er wie ein störrischer Junge, «nicht meine Tochter! Was soll denn das? Ich *liebe* dieses Kind!» Schmierenkomödiant, dachte ich, Versager, Feigling. Über uns läuteten die Glocken, vielleicht heiratete jemand, vielleicht beerdigten sie einen. Aus einem der geöffneten Fenster wehte ein alter Schlager, die schöne Schürze der Kellnerin sah mittlerweile aus wie ein Spüllumpen. «Meinst du, das stimmt?» fragte ich sachlich. «Ich bin mir sicher», sagte er.

«Aber sie sieht aus wie du», wandte ich ein. «Sie sieht auch aus wie Rose Marie», sagte er, «jeder sieht wie jeder aus, wenn man nur möchte. Vererbung ist ein Konstrukt. Alles Einbildung, Joa. Warum sollte er mich anlügen?»

«Weil», sagte ich. «Nein», sagte Caleb, «sie war natürlich eine gute Mutter, aber als Frau war Rose Marie kein Kind von Traurigkeit. Sie hatte so starke Bedürfnisse.» Das klang wie eine Geschlechtskrankheit, aber da die Dämmerung nicht wählerisch war, schluckte sie alles, was er ihr anbot. «All die schönen Gedichte», sagte er trübsinnig, «dieses ganze, fabelhafte Talent.» Sein Schätzchen, sein Herz, dann änderte sich seine Stimme. «Ich wollte natürlich sofort den Kerl ausfindig machen, ihren richtigen Vater. Weißt du noch, Joa, der Tag, an dem Dr. Lennart mir wegen Timpie die Hölle heiß gemacht hat? Deprivation, Mißhandlung etc. pp.? Weißt du das noch?»

«Sicher», sagte ich.

«Dann weißt du auch, wie ich damals losgezogen bin, wie ich Feuer gespuckt und deinem Onkel die Fresse poliert habe!»

Ich hielt es nicht für nötig, ihn zu berichtigen. «Du kennst doch das Gefühl», sagte mein Vater, «wenn einem der Hut hochgeht?» Offenbar erwartete er eine Antwort, denn er fixierte mich voller Eifer. «Kennst du das?»

«Klar», sagte ich, «sicher doch.» Dabei verstand ich kein Wort. «Ich also los», fuhr er fort, «zur Bezugs- und Absatzgenossenschaft, ich hab ihn mir vorknöpfen wollen, ehrlich, und dann stehe ich vor der Tür, als mir folgendes einfällt, Joa: Was, wenn die mich für einen Idioten halten? Nach Jahren kommt der Volltrottel an und will Genugtuung?» Voller Verwunderung sah er mich an, als begriffe er selbst nicht mehr, wie er so dumm hatte sein können. «Also gehe ich nach Hause, trinke in aller Ruhe Mokka und denke, Schwamm drüber, Caleb, der Mann hat auch nicht gewußt, worauf er sich einließ, als er sich mit Rose Marie eingelassen hat. Wer kommt denn auch auf die Idee, daß sie keine Vorsorge trifft? Stimmt's?»

Als ich nicht antwortete, sagte er gewichtig: «Ich denke, das war die *logischere* Entscheidung. Leider habe ich seitdem Depressionen.»

«Und?» fragte ich nur. «Sagst du's ihr?» Caleb wurde bleich wie ein Sack Mehl. «Du lieber Himmel», sagte er gedehnt, «Timpie? Bloß nicht. Was soll sie denn von ihrem Papa denken?» Oh, dachte ich, nichts Besonderes.

Mein Vater erhob sich schwankend. «Ich gehe pinkeln», kündigte er an, angenehm, dachte ich, während der Cognac mir die Brust weitete, und als Caleb wiederkam und noch mal nach meiner Hand langte, griff ich schließlich doch zu. Da saßen wir, Vater und Tochter. *Jetzt hab ich nur noch dich*, sagte er, bevor er sich wieder faßte. «Du bist so schön geworden, Joa!»

«Ja», sagte ich, obwohl ich nur halb verstand, warum er Timpie jetzt nicht mehr hatte. Wichtiger als das war allerdings, die Alkoholmoleküle möglichst schnell aus mir zu entfernen, um zu erkennen, was ich tun sollte. Wollte ich einen Vater oder einen aufrichtigen Menschen? Da Caleb aufrichtig nicht war, dachte ich, würde ich mich eben für den Vater entscheiden müssen. «Warum», hörte ich jemanden mit meiner Stimme sagen, «warum war denn Mutter bloß so?»

«Ach, Gott», sagte Caleb wegwerfend und rollte sich die Ärmel seines Hemdes auf, «Erziehung wahrscheinlich, ist doch egal, bohr irgendwo in der Wüste, dann stößt du auch auf Öl. Vielleicht lag's auch an mir, vielleicht an dir, du warst verdammt anstrengend als Kind, kann ich dir sagen!» Glücklich über die Fülle seiner Erkenntnisse blinzelte er mir zu. «Anstrengend?» sagte ich, sein Echo. «Na, du wolltest ständig Aufmerksamkeit, das war schließlich Knochenarbeit, was!» Zustimmend nickte ich, denn dank des Cognacs hatte der Dämmer eingesetzt, ich war gewillt, Caleb alles zu glauben, nicht zu widersprechen, meinen Anteil zu übernehmen, Buße zu tun, für ihn den Rosenkranz zu beten, in dieser Reihenfolge. Ich war anstrengend gewesen, schuld daran, daß Rose Marie schuld war, so schlimm war das nicht, darauf konnte man sich einigen. Als die Vögel über den Spitzgiebeln zu schreien begannen, bestellten wir noch einige Schnäpse, in Horden zogen die Rabenkrähen über das Café hinweg. Das Licht wurde eingeschaltet, wir waren die einzigen, die im Dunkeln saßen.

«Vermißt du manchmal den Otsch?» fragte ich, und meine Oberlippe fühlte sich so steif an, daß ich Mühe hatte, nicht zu nuscheln. «Es gibt Dinge, die fangen an», sagte Caleb, «und es gibt andere, die sind vorbei. Das Leben da unten» – er zeigte auf seinen Fuß – «war schon vorbei, bevor es dich und mich gab. Mir tut's nur leid, daß mir das nicht früher klargeworden ist.» Mit früher meinte er die Zeit, bevor Timpie und ich geboren waren. Wir stießen an. Die Zeit, bevor er geheiratet hatte. Er hätte uns vermeiden können, das meinte mein Vater. Was hätte aus uns werden können! Eine glückliche Frau aus Rose Marie, aus Timpie und mir nichts. Körperlos wären wir gewesen, frei, höchstens eine Idee, ein einmaliger Gedanke, gedacht von einem ungebundenen Mann, in den leer geräumten, sauberen Zimmern am Otsch, wo die Leghorns immer schon zusammengehalten hatten.

«Was kann man im Leben erreichen?» fragte ich Elijah, als ich nach Hause kam. Besorgt umrundete er mein Bett, brachte Earl Grey, Haferkekse und ein Valium, hell wie eine winzige Oblate. «Man kann sich den Suff ersparen», sagte er streng. Aber ich winkte ab. «Man kann», sagte ich, «seine Mutter umbringen und hochsensible Gedichte schreiben. Oder gediegener, man kann hochsensible Gedichte darüber schreiben, daß man seine Mutter umgebracht hat.» Er goß mir Mineralwasser in eins seiner guten, geerbten Gläser. «Laß das», sagte ich, «nimm gefälligt ein Senfglas dafür.»

«Du hättest wirklich verdient, daß sie es dir schonender ...»

«Was? Was meinst du mit schonend? Bin ich krank? Bin ich die, die eingesperrt gehört, meinst du das mit schonend, Elijah?»

«Ich meine nur, daß in eurer Familie ein zivilisierter Umgang nicht schädlich wäre.»

«Du findest uns also brutal? Brutal und verdorben, stimmt das? Nun sitz nicht da und starr mich an, stimmt das, so findest du uns?»

«Ja», sagte Elijah befreit.

«Sag mir eins, Elijah», sagte ich, «ist das denn gerecht, daß jemand, der seine Mama mit der Stickschere traktiert, auch noch Bücher schreiben darf?»

Mitgefühl floß aus jeder seiner Bewegungen wie ein weicher, weißer Strom. Aber im Grunde wußte mein Mann nichts mit mir anzufangen. Es war der eine, klarsichtige Moment unseres Lebens. Er hatte die falsche Entscheidung getroffen, ich war ein Ungeheuer, eine betrunkene Bestie. Daß er mich haßte, sah ich ihm an, und daß er mich liebte; so ist das, Elijah, dachte ich, hat dir deine Mutter nicht beigebracht, welche Art Frau man besser auf der Straße stehenläßt, wenn sie einen Reifen gewechselt haben will? Ich dachte an die breitmundige Lilly, die auf ihrer Terrasse saß und sich zur Unterhaltung die Namen der Fixsterne aufsagte. «Das kann ich dir nicht bieten», sagte ich, «mit Fixsternen kenne ich mich nicht aus.» Elijah verzog den Mund. «Hör mir zu», sagte ich, dann fiel ich seitlich über mein Bett, denn ich war sehr betrunken.

Als ich am nächsten Tag aus der Schwere des Alkohols auftauchte, lag Timpies rotes Buch auf meinem Nachttisch, weil Elijah hilfreicherweise meine Handtasche ausgeräumt hatte. Die Balkontür stand offen, mein Moskitonetz wehte, unten hörte Elijah die Goldberg-Variationen. Sie donnerten in meinen Schläfen. Kein Gedanke drang zu mir durch.

Elijah analysierte beim Frühstück die Geschichte von Caleb und Zack. Neid, sagte er, blanker Neid, und Zack habe Caleb desillusionieren müssen, weil er ihm sein Leben in der Stadt nicht gönnte, den Luxus, frei zu sein. Kain. Zack brauchte nicht mal ein Werkzeug, keine Messer, Steine, er hatte die Vergangenheit. Als ich mit Rebekka telefonierte, sagte sie, schon lange habe man Calebs Selbstgerechtigkeit nicht mehr ertragen können, die Attitüde, mit der er Timpie im Dorf herumreichte. Seht her, eine Chinesischstudentin, hochbegabt, Dichterin, Calebstochter. «Er ist herumstolziert wie ein Gockel», sagte sie und sprach dann doch noch von Moral, sie wurde heftig und verurteilte, was Zack getan hatte. «Die arme, liebe Timpie», sagte sie, «sitzt da und weiß von nichts.»

Aber das stimmte nicht. Noch in derselben Nacht hatte Caleb in einem Anfall von Wahrheitsliebe Großmutter angewählt, Timpie verlangt, ein paarmal in den Hörer gestöhnt und sie angefleht, ihm zu verzeihen. Als er nicht fähig war, ihr zu erklären, was sie verzeihen sollte, hatte sie aufgelegt. Sie war immer eine praktische Person gewesen. Aber er rief noch mal an, und stöhnte erneut, bis sie alles begriffen hatte. Diesmal legte er auf und ließ sie einfach stehen, verwirrt, den Hörer in der Hand.

Ich knirsche mit den Zähnen, wenn ich daran denke, was Zack mir später erzählte. Hundertmal habe ich es mit Elijah durchgekaut, er kennt jede Formulierung auswendig. Jetzt schweige ich lieber und kratze mir die Unterarme auf. Die Ärzte hier mögen Autoaggression, weil sie sichtbar ist, aber Elijah kann meine Anfälle nicht ertragen. «Schlag doch mich, wenn es sein muß», sagt er und entblößt seine Arme, «hier, Joa, kratz das auf, hier und hier!»

Immer denke ich an Zack, wie er aussah, als er von Timpie sprach, Timpie, die am selben Abend noch über den Flur zu ihm gekommen war. Wie sie sich neben ihn gelegt hatte, in den Halbkreis, den sein langer Körper bildete, ihr runder Po, und wie Zack erwacht war, ein paar Minuten ließ er es zu, daß sie sich an ihn drückte, dann machte er Licht, sah Timpie ernst an und zog sie augenblicklich an der Hand aus seinem Bett. Sie mißverstanden sich gründlich. Er wußte nicht, daß sie Bescheid wußte. Darum schloß er auch die Tür hinter ihr ab, sein Herz, sagte er, habe ihm in den Augen geklopft, als er sich hinlegte. Vorsichtig legte er sich an den äußeren Kissenrand, er fand diese Nacht poetisch, *poetisch*, das begriff ich nicht.

«Dabei habe ich genau das gewollt, als ich zu Caleb gegangen bin», sagte er, «ich wollte, daß Timpie irgendwann meine Tür öffnet und daß mir das Herz in den Augen klopft, einmal wollte ich das fühlen, nur fühlen, nichts tun.»

Ich weine: sein Ohr auf dem Abdruck ihres

Kopfes, auf seinem Kissen, Timpie hat er gewollt. Zack, der die Wahrheit so lange für Caleb aufbewahrt hatte.

«Er hat Timpie durch sein Wissen Caleb abgekauft», sage ich.

«Ausgleichende Gerechtigkeit», sagt Elijah.

Zack mochte Frauen wirklich, nur nicht die, mit denen Elijah und ich gesellschaftlich verkehrten, Frauen mit roten Brillen und Schlauchkleidern, die über Bücher und Bilder redeten. Aber gerade die waren besonders verrückt nach meinem Onkel. *Bücher und Bilder*, sagte er, *frag sie, was sie im Sarg zu Büchern und Bildern zu sagen haben*. Er bevorzugte L. Calvis Typ, Persönlichkeiten, unzerstörbar, eigensinnig. Auf einer Vernissage in Elijahs Praxis schlenderte Zack bestürzt an Sekt und minimalistischen Installationen vorbei und stellte nach einer Weile sein Glas auf dem nächsten Vorsprung ab, der leider zu einer der Installationen gehörte. Die Frauen in den Schlauchkleidern bedachten ihn mit maßlosen Blicken. «Schafft ihn hier raus», sagte Lilly, die ihn nicht aus den Augen ließ, «er begreift nicht, daß er im Zoo ist. Leider auf der falschen Seite, gleich werden sie anfangen, ihn zu füttern!» Zack lächelte freundlich, als eine eckige Blondine ihn in ein Gespräch verwickelte. «Du liebe Güte, Joa», sagte Lilly, «wenn du ihn läßt, sagt er noch die Wahrheit! Eine Weile werden sie ihn Jesus sein lassen und ihn dann steinigen.» Elijah, der die letzten Worte gehört hatte, lachte, und ich schnappte auf, wie Zack der Frau erklärte, daß er keine Lust habe, diese Art Kunst zu verstehen. «Lassen Sie sich doch ein!» sagte sie. «Einlassen?» Er grinste, und sie antwortete ihm mit einem verklärten Blick. Dann ging mein Onkel Zack. Er ging immer, wenn ihm Dinge, Situationen oder Menschen egal waren.

Als meine Schwiegermutter mich vor der Hochzeit über Zack ausfragte, wußte ich, unzivilisiert wie ich war, nichts über ihn zu sagen. Für mich gab es kaum Unterschiede zwischen den Menschen und Dingen um mich herum, nur daß mich die Dinge weniger störten. Später entwickelte ich dank Lilly Gefallen an schönen Gegenständen. «An dir», sagte sie, «zeigt sich präzise das Wesen der Kultur, erst bist du der Mensch, dann der Mensch in der Welt. Dann der Mensch als Schöpfer der Welt. Ein Kunstobjekt, wenn du dich entsprechend vermarktest. Du brauchst nur noch jemanden, der dich kauft und in einer Arztpraxis ausstellt.» Den Käufer hatte ich in Elijah gefunden.

Lilly fand Zack naturbelassen mit seinen weißen, gebogenen Reißzähnen. «Ich beneide nicht die Frau, die den mal kriegt», sagte sie, «er ist ein Archetyp, und sich mit Archetypen einzulassen bedeutet für eine Frau scheitern.» Sie saß mit mir in ihrem Wintergarten und öffnete sich wie eine Sonnenblume, die kultivierteste Frau, die ich kannte. Ihren Tee importierte sie aus einem speziellen Dorf in Indien. Immer hatte ich ein schlechtes Gewissen, wenn ich ihn trank, stets gab es dünne, blättrige

Zimtsterne dazu. In ihrem Haushalt stimmte alles. «Ich meine, warum tut ein Mann das», sagte sie, «zieht die Kinder seines Bruders auf, kleidet sie, nährt sie, ist er ein Heiliger? So etwas tut man nur für Tote.»

«Caleb ist für ihn tot», erwiderte ich, und ich sah ihr an, daß sie mich genausowenig verstand, wie ich Zack verstand. Nachdem er Caleb die Wahrheit über Timpie gesagt hatte, versuchte ich herauszufinden, warum er es wirklich getan hatte, aber meine Vorstellung versagte. Ich begriff Zack nur in dem, was er von Frauen wollte. Er liebte, nahm ich an, ihre Möglichkeiten. Er liebte die Frauen, um in sie hineinsehen zu können, er mochte es, wenn mit Gegenständen geworfen wurde, die krassen, satten Töne der Zerstörung und der Erneuerung. Das war sein Angebot. Zack konnte aushalten, was er sah.

An den erstaunlichen und erfreulichen Nachmittagen im Eiscafé begann Caleb mich über unsere Ehe und meine Haltung zu Kindern zu befragen. Ich genoß, wie er sich mir näherte und um mich buhlte. Joa, das Lotterielos, der Gewinn. Dabei gab er sich dosiert, ein paar Begebenheiten aus seinem Unterricht, murmelndes Geplauder, Philosophie seines Alltags, *Sein ohne dazusein, Joa*. Ironie war nicht sein Fall, angestrengt, aber gut gemeint, ich lauschte und durfte dafür die Regeln bestimmen. «Lehrer brauchen das», sagte Elijah, «Publikum!»

Wir tranken Cognac, unser Premierengetränk. Als Caleb anfing, über Kinder zu reden, war ich unvorbereitet, denn ich hatte nie einen Kinderwunsch gehegt. Aber er tastete sich vor, begann hartnäckig über Kindheiten zu reden, seine, unsere, die Kindheit schlechthin. Möglicherweise war er in einer Krise, vielleicht brauchte mein Vater ein neues Kind; ich konnte es nicht beurteilen. Allerdings begann ich selbst, dann und wann über Babys zu philosophieren, über Bedürfnisse. Es war wie ein Heiratsantrag, als Caleb vorschlug, zusammen mit Elijah essen zu gehen, plötzlich konnte ich kaum erwarten, ihm meinen Mann vorzustellen. Wir trafen uns in einem zu teuren Lokal, die Musik war zu leise, die Ober zu distinguiert, Caleb trug einen unmodernen Smoking, alles war falsch. Elijah und er konnten sich nicht verständigen, was den Wein betraf, und als Caleb seinen kalifornischen Weißwein mit einem Eiswürfel verlangte, stand Elijah bereits unter Schock. Sie benahmen sich zänkisch wie Passanten am Gemüsestand.

Bis Caleb sein Lieblingsthema anriß, war es ein unschöner Abend; dann der Salto mortale, mein Vater sprang, und Elijah fing ihn auf, obwohl wir die Kinderfrage nie erörtert hatten. Caleb erzählte ein paar Anekdoten und skizzierte sogar ausgedehnte Phasen meiner Kindheit, in denen er gar nicht am Otsch gewesen war. Darum konnte ich mich wahrscheinlich auch nicht an die lustigen Erlebnisse erinnern, die er zum besten gab. Timpie erwähnte er nicht. Elijah hörte aufmerksam zu, berichtete, daß Lilly immer mehrere Kinder gewollt hatte, *eine weibliche Frau*. Unter dem Tisch griff er nach meiner Hand und drückte sie, als wollte er sagen *Was für einen patenten, sympathischen Vater du da hast.* Die beiden verursachten turbulenten Seegang, und mein Boot dümpelte ohne Segel in den Bugwellen, im flachen Gewässer, ich war erheitert, froh, daß sie sich umeinander bemühten. In dieser Nacht ließ Elijah das Kondom weg.

Er nahm meine Hand und führte sie an seinen Penis, statt sich auf mich zu legen. Zuerst war ich überrascht und wußte nicht, was ich tun sollte, aber dann begann ich ihn zu reiben. Elijah sah mir interessiert zu, als wäre es ein medizinisches Experiment. So hatte ich ein paarmal Ezra Notten befriedigt, erstaunlich, daß es bei Elijah, den ich liebte, genauso funktionierte. Dann kam er, zwischen uns wallte der Geruch von Sperma auf. Elijah hielt mich sehr fest, als er mich danach auf seine gewohnte, geruhsame Art liebte; ich entspannte mich und genoß seine langsamen, tauchenden Bewegungen.

Rebekka brachte Danae und Ivo mit in die Stadt. Beide trugen niedliche bunte Anzüge mit Folkloredrucken, die Rebekka bei Marx & Berner bestellte wie damals Rose Marie. Zwei Bilderbuchkinder, sie hingen wie reife, dunkelrote Kirschen in den Bäumen. Niveaseife, Gras, ein sauberer Geruch nach Liebe. Als sie auf dem Bürgersteig Himmel und Hölle spielten, teilte ich Rebekka mit, daß ich ernste Absichten hatte. «Verhütet ihr nicht?» fragte sie. Nach über einem Jahr stillte sie Danae immer noch, ihre Brustwarzen waren schwielig und rauh, aber Rebekka behauptete, erfüllt zu sein. Trotzdem hörte sie gerne Geschichten aus der Welt der Nichteltern. Sie war fassungslos darüber, daß ich es Elijah in all den Jahren noch nie mit dem Mund gemacht hatte. «Das sind aber doch die Dinge», sagte sie, «mit denen man sich die Kinder, das Auto und den Hund erkauft. Wer dir das Gegenteil erzählt, hat gelogen.»

«Es wird wohl auch Menschen geben», sagte ich, «die Sperma für eine Delikatesse halten.»

«Natürlich, mein Herzblatt, ein paar! Menschen, die Fußball spielen zum Beispiel. Sie sehen auch in vierzehnstündiger Bürotätigkeit eine erhebende Erfahrung. Man nennt sie Männer, Joa.» Ich lächelte, aber im Grunde fand ich Rebekka unmodern, wie sie den Blick auf Ivos und Danaes tomatenroten Haaren ruhen ließ, rückständiges Zeug redete und ihren Bauch tätschelte. «Übrigens hab ich's auch wieder geschafft, in sechs Monaten bin ich dran. Sie soll Malvina heißen, hoffentlich nicht wieder rothaarig.» Als ihre Hand kühl in meine glitt, rutschte mein Kuß an ihr ab, an dem schimmernden Guß, von dem sie überzogen war. *Babyland* nannte sie den Ort, an dem sie sich zehn Monate lang aufhielt, unnahbar. Wenn ich sie danach fragte, lächelte sie geheimnisvoll. «Das siehst du dann, wenn du es siehst», sagte sie. Ich hielt das für arrogantes Getue. Mein Kuß war ein Judaskuß, denn nach der korrekten Reihenfolge gehörte das Kind in ihrem Bauch mir. Einsilbig starrte ich auf das Leinen ihres Kleides. Ich glaube, daß ich an diesem Nachmittag beschloß, sofort schwanger zu werden.

Was die gynäkologische Fachliteratur hergab, brachte ich fortan in meiner Aktentasche nach Hause. «Jetzt mache ich für uns ein Kind», sagte ich Elijah, «das sollte für eine gute Ärztin kein Problem sein.» Skeptisch nahm er mein neues Credo auf: Schleimbestimmungen, Temperaturmessungen, die farnförmigen Fäden des Cervikalsekrets, das ich auf die Träger gab und ihm unter dem Mikroskop zeigte. «Joa», sagte er, «nicht so stürmisch», und ich schaltete einen Gang höher. Ich glaube, dachte ich, an die Hormone, an die Fähigkeit meines Körpers, einen Eisprung anzuzeigen, und an die Möglichkeiten der Medizin, sich so um verschlossene Eileiter zu kümmern, daß sie durchlässig werden. Nur litt ich gar nicht daran, ich litt an nichts, außer an einem grundlos unerfüllten Kinderwunsch.

Wenn ich mit Elijah im Bett gewesen war, verschloß ich mich mit einem Tampon, um seinen Samen nicht zu verschleudern, und behauptete, Yoga zu üben, wenn er mich in Kerzenstellung auf der Toilette antraf. Ich war Gott und betrieb das Geschäft der Schöpfung, eine sinnvolle Beschäftigung, doch nichts geschah. Da waren die Kinder, die sie im Sommer zeugten und im Frühjahr in weiße Krabbeldecken gehüllt auf die Straßen schleppten, zusammen mit jungen Hunden, Weidenkätzchen und Maiglöckchen. Einmal, als Großmutter mir am Telefon erzählte, Rebekkas neue Tochter Malvina sei da, weinte ich lautlos, während sie über Papierwindeln und elektrische Sterilisatoren plauderte. Als Rebekka mich dann selbst anrief und ihre Mutterstimme wie übersättigte Zuckerlösung aus dem Hörer lief, hörte ich das Baby im Hintergrund wimmern und war nicht mehr in der Lage, eine normale Frage zu stellen. Das Schicksal erledigte mich, behandelte mich wie altes Zeitungspapier. Darum mied ich in meinem Krankenhaus die Wöchnerinnenstation, als lägen dort Pestkranke, und umlagerte mich mit Aktenstapeln, während ich freiwillig seitenlange, langweilige Berichte schrieb. Ich hatte die Konsistenz einer Feile.

Caleb vergaß seine Versuche, sich zum Großvater zu machen, so übergangslos, wie er damit angefangen hatte. Störrisch versuchte ich, ihn weiterhin zu treffen, aber er lud mich immer seltener in unser Café ein. Nur einmal zeigte er mir das Haus, in dem er wohnte. Auch Anrufe waren für ihn tabu. Nicht umsonst war er von uns fortgezogen, absolute Ruhe war ihm heilig, wenn er Arbeiten korrigierte, und Telefone konnte mein Vater nur ertragen, wenn er in Stimmung war. Darum wanderte ich manchmal heimlich zu seinem Haus.

Neben der massiven Tür in mattem Hellblau stand ein Fliederbusch, unter dem ich erblindete und ertaubte. Das Ziehen in meinem Magen wurde faßbar: Ich hielt mich wieder an dem weißen Zaun zu Hause am Otsch fest, drinnen schrie Timpie, und es war Freitag. Im Fliederdunst wartete ich darauf, daß Caleb käme. Blüten regneten auf mich herab. An jenen Abenden, an denen ich lange, einsame Spaziergänge machte, wanderte ich Häuserblock für Häuserblock weiter, ich hörte das sanfte Plopp der Bierflaschen und die Sportkommentatoren der Fernsehsender aus den Fenstern. Am schlimmsten waren die zähen Samstage, wenn ich freihatte. Ich ging früh los, und immer landete ich bei ihm. Mag sein, daß ich ihn nach wie vor für Gott hielt. Zu Fuß brauchte ich eine Stunde. Einmal kam Elijah mit dem Wagen hinter mir her, mit unserem schönen, blendendweißen Civic. Sein Arm hing aus dem offenen Fenster, als er mir riet, mit einem seiner Kollegen zu sprechen. Er fuhr aufdringlich nah an mich heran, und ich wies ihn erschöpft und unwirsch ab. «Lieber gehe ich freiwillig zur Beichte als zur Therapie, die Katholiken sind die größeren Profis!» sagte ich, während er mich im Schrittempo verfolgte und ein paar Halbwüchsige auf der anderen Seite kicherten und grölten. «Geh bloß weg, Elijah», sagte ich, «laß mich bloß in Ruh!»

Als ich wieder einmal unter Calebs Flieder stand und rätselte, in welchem Stockwerk er lebte, sah ich plötzlich seine Wohnung, den Bosch-Kühlschrank und das Rattanbett vor mir. Das Bett verwandelte sich in eine Kinderwippe, über die sich ein Mobile schob, Sternchen aus Strohhalmen, eine Spieluhr. Deutlich hörte ich das Lied, das Zack nach Timpies Sturz aus dem Fenster gesungen hatte. *Wenn der Wagen keine Räder mehr hat, bist du doch das liebste Kind in der Stadt.*

Da kam auf einmal Caleb aus dem Haus, eine blonde, dickliche Frau untergehakt, die ein Schürzenkleid trug. Ihr gerötetes Gesicht sah aus, als hätte sie gerade geduscht. Auf der Treppe stolperte sie, und er brachte sie ins Gleichgewicht zurück. Sie lachten nicht miteinander, sie gingen einfach nebeneinanderher die Straße hinunter und bogen nach rechts ab. Ich versteckte mich nicht, trat nicht mal ein Stück in den Schatten zurück. Nein, ich wollte sogar, daß er sich umdrehte. Das Mädchen am Zaun wollte das, er sollte es sehen, grüßend den Kopf heben, lächeln, *das ist meine Tochter Joa* sagen.

Auf dem Heimweg berührten Nachtfalter meine Stirn, und ich lutschte Traubenzucker, damit ich nicht umfiel. Danach entschied ich, daß es ein Ende haben müßte, ich wollte, daß ich kein Kind mehr wollte, dann wäre auch mein lemminghaftes Benehmen vorbei. Die Wanderungen zu Calebs Haus hätten ein Ende. Ich konnte mich nicht entsinnen, jemals so überanstrengt gewesen zu sein. Elijah bezeichnete es als Erniedrigung. Dann rief Caleb doch wieder an. Es war eine mühsame Zeit. Ich war empfindlich, offen wie eine Tür, deren Schloß kaputt ist. Und dann besuchte mich eines Tages Timpie.

Sie trug einen Hut, einen altmodischen, strohfarbenen Schutenhut mit Bändern, darunter ein Kleid, das geschnitten war wie ein Futteral. Sie konnte es tragen, Frauen wie sie gewannen dabei. Timpie reichte mir ein dünnes Päckchen in einem Papier, bedruckt mit Heckenrosen, Spinnennetzen und Noten. Ich bedankte mich, obwohl ich wußte, was es war. Ihr Buch. «Ach, Joa», sagte sie, «ich dachte, ich schaue einfach mal rein.» Meine Schwester hielt die Zeit für gekommen, also unterwarf sich die Zeit. «Komm», sagte ich, hielt ihr die Tür auf, und diese erwachsene Frau betrat unseren Flur mit dem seidenen Teppich, auf dem die Rosen rauschten. Dann schnüffelte sie in meine Richtung. «Neroli», sagte sie zufrieden. «Der Duft da an dir, Neroli, Orangenblüte, gehört zu den Rutaceae, Rautengewächsen. Man hat es schon im sechzehnten Jahrhundert hergestellt, da gab es eine Herzogin, die damit ihre Handschuhe parfümiert hat.»

«Aha», sagte ich, «irgendein Parfum eben, ich benutze das immer.» Timpie nickte, schob die Unterlippe vor und fixierte den Punkt zwischen meinen Augenbrauen. «Sie destillieren die Blüten», sagte sie, «anders als bei Zitronenöl, da gewinnen sie die Öle durch Kaltpressung. Das Wasser, das bei der Destillation übrigbleibt, kann man Kindern gegen Blähungen geben!» Hör doch auf, dachte ich. «Mutter hat das auch immer getragen, ich fand den Duft so besänftigend. Köstlich, der Geruch der Mutterwelt, alle Kinder haben so was, oder?»

«Aha», sagte ich. «Ja. Willst du dich setzen?»

Hastig dachte ich darüber nach, wie ich am schnellsten ins Badezimmer käme, um mir diesen Geruch von der Haut zu reiben. Duft der Mutterwelt, um Himmels willen. Sie kam mir in mein

Zimmer hinterher. «Du mußt genauso geruchsempfindlich sein wie ich», sagte sie, «aber ich bin auch erst darauf gestoßen, als ich letztes Jahr in Spanien war.» Während sie redete, sah sie sich ununterbrochen um. «Spanien, da stellen sie es her, ich habe in so einem Orangenhain ein paar Milliliter für unglaubliches Geld gekauft. Eines der teuersten Öle. Mutter nahm manchmal auch Jasmin, das ist ein Öl, das wärmt. Paßt doch, oder?» Ergeben nickte ich und setzte mich auf einen Stuhl, während meine Schwester mitten im Zimmer stand und meine zusammenschlagenden Knie beobachtete. Sie dozierte darüber, daß es für Jasmin früher ein kompliziertes Herstellungsverfahren gab, die Blüten wurden auf eine Fettschicht gelegt, die den Duft heraussaugte, und dann wusch man die Pomade mit Alkohol aus. «So haben sie das Fett rausbekommen», sagte Timpie, «wie man Flecken ausreibt, verstehst du, dasselbe Prinzip. Ist das nicht wunderbar?»

«Timpie», sagte ich. «Jasmin», sagte sie verträumt, «ich glaube, daß sich Rose Marie eigentlich als Lieblingsfrau des Herrschers sah.» Ihre kleine Unterarmtasche aus Stroh fiel auf den Boden, und Timpie sank hinterher, eine große, rote Blume auf meinem glänzenden Parkett. «Die erste Haremsfrau mußte bei den Arabern immer in Jasmin baden, sie waren durchtränkt davon, jede Pore damit verschlossen. Kannst du dir das vorstellen, lauter kleine, runde Jasminseen?»

«Darf ich dir etwas anbieten?»

«Neroli und Jasmin, das, was sie nie ausdrücken konnte, verstehst du? Beides übrigens antidepressive Öle, sie wird es nötig gehabt haben, oder? Was denkst du, Joa, war Rose Marie depressiv?»

«Bist du deshalb da?» fragte ich. Plötzlich war mein schönes Wohnzimmer von einem stechenden Geruch durchzogen, dem Geruch der Vergeltung. Denk nicht so was, dachte ich, es ist verrückt, irrsinnig. «Willst du mit mir über Mutter reden, Timpie?»

«Ich hab es mir wenigstens vorgenommen.»

«Was soll das für einen Zweck haben? Willst du dir weh tun?»

«Wieso mir?» fragte sie zurück. «Ich will niemandem weh tun! Du willst mir doch auch nicht weh tun, wenn du nicht über Rose Marie sprichst!»

«Natürlich nicht», sagte ich ärgerlich. Ich hatte gehofft, sie würde eine Tasse Kaffee trinken und gehen. Vorher hätten wir noch plaudern können. «Schlafende Hunde», sagte ich, «du weißt schon, ich habe keine Lust auf Debatten. Und du warst damals auch zu klein.»

«Mein Kopf», sagte sie, «ist aber ein einziges Medaillon, und Mutter steckt drin.»

«Oh», sagte ich entsetzt, dann schwieg ich.

«Siehst du, Joa, das hast du nicht gewußt, was? Willst du mein Geschenk nicht aufmachen?»

«Nein», sagte ich und klammerte mich an das dünne Päckchen.

«Warum denn nicht? Magst du keine Geschenke oder nur keine, die ich dir mache?»

«Ich weiß, was drin ist. Dein Buch.»

Ihre Augen wanderten über meine Nase zu meinem Mund, und ich lockerte die Lippen, weil sie nicht sehen sollte, wie beunruhigt ich war. «Mir gefällt dein Zimmer», sagte Timpie Leghorn. «Das ist doch deins? Habt ihr getrennte Schlafzimmer? Vernünftig! Wenn es bei mir soweit ist, werde ich auch getrennte Schlafzimmer einrichten. Es sei denn, er will mich im Schlaf umarmen. Dann natürlich nicht. Hat dir das Buch gefallen?» Mein Nicken war undeutlich. «Es handelt von uns, hast du das gemerkt?»

Ja, dachte ich, aber hör jetzt auf. Siebenundneunzig, vierundneunzig, dreiundneunzig. «Es ist recht gut angekommen», sagte sie, «obwohl ich Angst hatte, sie würden mich für eine Spinnerin halten.» Während sie an meinen Bücherregalen entlangwanderte, stellte ich fest, daß meine Schwester größer geworden war als ich. Die Bewegung, mit der sie die Buchrücken streifte, erinnerte mich an Mutters Schwangerschaft. «Sie hat eine Zeitlang immer alles berühren müssen, was sie sah, ist dir das aufgefallen, Joa?»

«Wer?» fragte ich.

«Rose Marie», antwortete sie geduldig. «Sie war zwanghaft. Wie wir. Ihretwegen habe ich Psychologie studiert, kannst du dir das vorstellen? Wir treffen jede Entscheidung wegen eines anderen Menschen. Nur wissen wir leider nicht, daß der Entscheidung nie eine Wahl vorausgeht. Oder glaubst du, daß du die Wahl gehabt hast?»

«Oft», sagte ich unsicher, «natürlich.»

«Klar», sagte sie wegwerfend, «du hattest die freie Wahl, Joa zu werden. Ein Streichholz unter Streichhölzern.»

«Streichholz», sagte ich, «wieso Streichholz?» Timpies Stirn hinterließ an meinem Fenster einen fettigen Abdruck. «Erst haben sie uns gemacht», sagte sie liebevoll, «dann haben sie uns angesteckt. Streichhölzer, Zunderschwämmchen, liebe, kleine Zunderschwämmchen.» Ich trat hinter sie, weil ich sehen wollte, was sie aus meinem Fenster sah. Nicht viel, die Balkonbrüstung, zwei Blumenkästen mit Geranien, eine Windharfe, die man durch die Scheiben nicht klimpern hören konnte. Immer habe ich an Hügeln gewohnt. «Schön sieht das aus», sagte sie, «in der Nacht hast du bestimmt ein tolles Gefunkel.»

Wortlos verließ ich das Zimmer, um Tee zu machen, und nahm das Buch mit. Während das Wasser kochte, packte ich es heimlich aus und sah nach, ob sie etwas hineingeschrieben hatte, aber ich fand nichts, keine Zeitbombe, keine kariöse Stelle, ich hatte auch nicht wirklich damit gerechnet. Als ich mit dem Tee hinüberging, hörte ich sie hinter der Tür summen, dasselbe Summen, das sie als Kind ununterbrochen produzierte. Da stand sie am Fenster mit ihrem vielen Haar, einem Anschlag aus Haar, eine Frau, schauerlich, beklemmend. «Findest du mich makaber?» fragte sie unvermittelt.

«Warum?»

«Das frage ich dich, es kommt mir so vor.»

«Ach Timpie», sagte ich, «laß den Quatsch, wir trinken eine Tasse, du erzählst mir, was dein Studium so macht. Wie wärs, wenn wir nächste Woche einfach ...»

«Was?» fragte sie gehässig. «Einkaufen gehen? Eis essen? Die Leghornsche Gemütlichkeit? Caleb hat mich sonntags mit Eis gestopft wie eine Gans.»

«Entschuldigung», sagte ich.

«Wenn ich dich etwas frage, Joa, dann hoffe ich, daß du es ernst nimmst. Wie findest du mich also? Makaber?»

«Ja», sagte ich, «nein, was soll ich sagen, Timpie, du kreuzt hier auf, du bist gerade neunzehn und führst dich auf wie siebzig, redest abgehackt, stereotyp, kommst mit den ganzen alten Sachen ... doch, ja, ich finde dich seltsam, sicher!»

«Alt, jung», sagte sie, «das ist doch keine Kategorie! Im Grunde stecken wir immer nur in unserer Babyhaut fest, und die anderen sind böse zu uns. Bauchschmerzen, Durchfall, Langeweile, das ist das Prinzip, Mama muß es gewesen sein, nicht ich. Wenn ich es gewesen wäre, müßte ich es ausbaden. Vertrackte Geschichte, was?»

Meine Füße schliefen ein. «Oder andersrum», sagte sie, «Mama darf nicht schuld sein, immer nur Baby. Wenn Mama nämlich schuld hätte, stünde Baby ganz allein da und würde verhungern. Also spricht es Mama frei! Besser selber schuldig sein, als von Mama verlassen und tot.» Sie stemmte die Hände in die Hüften.

«Was redest du?» sagte ich.

«Ist das nicht ein Scheißleben, Joa? Randvoll mit Angst, egal wie Baby es dreht?» Sie war in einem Zustand, der jederzeit in Tobsucht umkippen konnte oder in katatonische Starre. «Trink erst mal», sagte ich. Timpie nickte. Was hatte ich erwartet? In meinen Gedanken waren sie verblichen und farblos. «Behaupte, was du willst, Joa», sagte sie schluckend wie ein Hühnchen, «wir *waren* Streichhölzer für sie, aus denen sie Häuschen basteln konnten, in denen sie sich verbarrikadiert haben. Damit haben sie Zahlen geformt, in denen sie ihre Wertschätzung ausdrückten, und gespielt haben sie mit uns nur, wenn sie Lust hatten, und wenn nicht, kamen wir eben zurück in die Schachtel. Caleb war darin ganz groß, und Rose Marie war Weltmeisterin im Abbrennen. Weißt du noch? Meine Hände?»

«Es ist doch vorbei», sagte ich, «ich weiß auch nicht, Timpie, warum du der Sündenbock warst. Wahrscheinlich gibt es keinen Grund. Aber es tut mir leid, Timpie, ehrlich.»

«Weißt du, wie lange ich in Therapie war, Joa? Und daß mir heute noch manchmal danach ist, den Dreck aus den Pflasterritzen zu lecken?» Dann hob sie die Hände, Panik schwamm in meinem Herzen wie Milch, in die man Zitronensaft gießt. Ihre Hände waren die Hände meiner Erinnerung, glatt, die Haut verdickt, furchenlos, narbig, aber das Schlachtfeld zog sich nun sogar die Unterarme bis zu den Ellbogen hoch, weiße Zickzacklinien, eine Landkarte. «Das war ich», sagte Timpie, «als Mama tot war und ich Mama gespielt habe.»

«Es tut mir leid», sagte ich, «wirklich.»

«Darum geht es nicht», sagte sie kalt, «ich will nur, daß du es bezeugst. Du bist die einzige, die dabei war, und deshalb mußt du leider aussagen, Joa. Meinetwegen nur vor mir. Kinderauschwitz, Joa, das war es doch. Damit will ich nicht mehr allein sein.»

«Also gut», sagte ich, «manchmal war es schrecklich. Was soll ich dir sagen, Timpie, sie hat dich gehaßt, ich kann's nicht wiedergutmachen, ich habe deine Schmerzen nicht erlebt. Ich. Bin. Nicht. Wie. Du.»

«Gott, Joa», sagte sie, «du wirst doch nicht alles vergessen haben? Du erinnerst dich nicht, was sie mit dir gemacht hat?» Mit mir, dachte ich und legte den Kopf schief wie ein Dackel. Was wollte sie mir sagen? «Wie sie dich eine Woche lang eingesperrt hat, nur weil du ihr ein Loch in ihre Kirchenbluse gebügelt hast?»

«Nein, du täuschst dich», sagte ich mitleidig. Elijah würde eine Erklärung dafür finden. Elijah würde es Projektion nennen.

«Oder damals zu Ostern, du warst keine sechzehn, du warst mit Zack im Wald gewesen, das paßte ihr nicht, wahrscheinlich, weil du frisch warst wie ein Pfirsich, und sie hat dir den Lippenstift mit dem Handrücken von den Lippen geschlagen. Es hat geblutet. Du hast den ganzen Flur versaut, aber sie hat dich nur an den Haaren in den Keller gezerrt. Weißt du, wie du geschrien hast: Mama, Ratten, Ratten?»

«Timpie», sagte ich, «laß gut sein! Du warst doch viel zu klein, da bildet man sich so was ein!»

«Warum wollten sie denn Caleb im Jahr nach meiner Geburt zurückholen? Dachtest du, weil ich so ein süßes Baby war? Nein, Joa, weil du versucht hattest, mir mit einem Steinguttopf den Schädel einzuschlagen. Weil Großmutter verlangte, er sollte euch beide endlich zur Räson bringen.»

Und da begann ich mich zu erinnern.

«Du hast doch ständig», sagte ihre Stimme, «Dinge getan, um mich wegzuschaffen, hast mich *zugedeckt*, mir ein Kissen auf den Kopf gedrückt, mich im Dorf stehenlassen im Kinderwagen. Für den Abflußreiniger in meiner Flasche hat sie dir die Seele aus dem Leib geprügelt. Bis ich dann dran war, groß genug, anderthalb Jahre alt. Kinderauschwitz, Joa. Da hast du begriffen, daß eine Schwester auch praktisch sein kann, ein ziemlich guter Stellvertreter.»

«Ich weiß es nicht mehr», sagte ich.

«Sie hat dich nie so gehaßt wie mich», sagte Timpie, «das stimmt. Ich war das Kind zuviel. Die lästige Wanze. Aber du kanntest das. Du kanntest das alles, Joa.»

Ich hörte die Käuzchen im Otschtal, Mamas Stimme. Ein glühender Duft, wenn wir aus den Brombeeren kamen, sie drückte mir eine Handvoll in den Mund, ich atmete Brombeeren, sie rief nach Timpie und nahm uns beide an die Hand. «Meine Joa», sagte sie sanft, «mein großes Mädchen!» Das Kopftuch, das sie mir umband, roch nach ihrem

Haar, und es regnete. Dann erinnerte ich mich, daß meine Waden blutig waren, voller Striemen.

«Weißt du noch, Joa», sagte Timpie nüchtern, «wie Mama uns geliebt hat? Das ist es, daß sie uns wirklich geliebt hat. Es wäre so einfach, wenn sie uns gehaßt hätte. Wir könnten sie begraben. Aber, Joa, ich begrab sie nie. Sie hat alle Schuld der Welt, sie hat uns beide mißhandelt, aber man kann ihr nicht vorwerfen, sie hätte ihre Mädchen nicht liebgehabt.» Mit der Hand hielt ich mir den Mund zu. «Ich glaube», sagte Timpie, «das war der Grund dafür, daß ich immer Dreck essen mußte. Weil sie ihre Mädchen so liebgehabt hat. Weil ich nicht begriffen habe, daß Haß und Liebe dasselbe sind!»

«Ich erinnere mich nicht richtig», sagte ich in den Hörer, Elijah am anderen Ende war ganz ruhig, «sie erzählt diese Sachen, und bei mir ist alles schwarz. Warum, verdammt noch mal», schrie ich ihn an, «sprechen wir immer nur am Telefon?» Er beschwichtigte mich gedehnt: «Mach dir vor allem keine Sorgen, Joa. Verdrängung ist *normal.*»

«Aber doch nicht bei mir!»

«Nein, doch, Joa, wir bringen das schon in Ordnung», sagte er, «ganz sicher tun wir das.» Keine Ahnung, wie er das bewerkstelligen wollte. Dann brach ich in Tränen aus. «Timpie sagt, ich wollte sie *umbringen*», schluchzte ich, «das kann doch nicht sein, Elijah. Die ganzen Jahre. Timpie wollte doch Mutter ertränken, das ist die Wahrheit, und jetzt ...»

«Du gehst sofort ins Badezimmer, im Medizinschränkchen steht im unteren Fach die Flasche mit Valium. Du nimmst zwei davon, hörst du, Liebling, zwei Stück, und ich komme gleich nach Hause.»

«Gar nichts werde ich tun», sagte ich, «Elijah, wenn das Hilfe ist, nimm dir selbst ein Glas Wasser, lös dir deine Hilfe auf und trink sie auf mein Wohl.» Dann legte ich auf und wischte mit beiden Händen immer wieder über meinen Kopf, der sich taub anfühlte. «Du mußt dir wirklich keine Sorgen machen, Joa», sagte Timpie. Ihr Hut saß wie angegossen, und sie war blaß wie Tau.

Wenn ich den Knauf an meinem Fenster drehe, sperrt es sich; wie Ruthie es vor ihrer Zeugung getan hat, weil sie wußte, welche Mutter sie auf der Erde erwartete. In den Scheiben spiegele ich mich und sehe Timpie Leghorn, wie sie sich als Autorin beschrieben hat, den Blick immer nur auf das Negative gerichtet. *So bin ich. Wie viele Schriftsteller. Kalt, weiß, krank*. Das hat sie gesagt, und es hat zu schwingen begonnen, es wächst in mir wie eine dünne Blume unter einer Laterne. Kalt, weiß, krank. Das bin ich. So bin ich immer gewesen. Das Fenster bleibt geschlossen, es ist nicht dazu gedacht, seine Flügel auszubreiten und fortzufliegen. Man könnte sich daranhängen und erlöschen, ein schwarz verbrannter Kerzendocht. Man könnte, Menschen könnten, Leute wie ich. In meinem Rükken schläft Elijah, er schnaubt, seine Arme umschlingen sich selbst. Ich weiß nicht, wie das alles passieren konnte. Hinter dem Fenster wartet das, was ich Ruthie zeigen wollte, Stiefmütterchen, Waldmeister mit den winzigen gesternten Blüten, Feuersteine. Gern würde ich einen Satz in einen Stein schreiben, so lange, bis der Stein sich ergibt oder bis meine Finger abgefallen sind, einen Satz, einen, den ich begriffen habe. Er wird mir einfallen, wenn ich nur lange genug in die Dunkelheit höre. Vielleicht kommen sie heute wieder, an diesen Ort, an dem ich warte, Timpie und Ruth, angelockt von meinem Schweigen im Dunkeln.

Eine Stunde nachdem die Erinnerung über mich hereingebrochen war, stand ich vor Calebs Haus. Fliederbaum, zweite Etage, eine glatte, metallische Eingangstür, daneben ein Schild. *Leghorn / Mormaid.* Mormaid, dachte ich, was soll das heißen? Was war Mormaid? Ein Untermieter, den Caleb aufgenommen hatte, weil Großmutters Mythos durchschlug, seine weichherzige Natur? Vor der Etagentür hing ein schwacher, aber deutlich wahrnehmbarer Geruch nach Zigaretten, und drinnen hörte ich ab und zu ein Gepolter und den gedämpften Fluß von Stimmen. Mein Vater schien Besuch zu haben. Der blasierte Gesichtsausdruck des Mädchens, das auf mein Klingeln öffnete, paßte zu ihren mausblonden Haaren. Vor den Wechseljahren würde sie sich das Blond wegfärben müssen. Jetzt stand es ihr noch, denn sie hatte ein hübsches Gesicht, und sie erinnerte mich an jemanden.

«Ja bitte», sagte sie genervt. Aus ihren hüftbetonten Hosen stachen die Knochen heraus wie Gabelzinken, sie war sehr dünn, fast ausgehungert, und ihr Bauch wirkte, als würde er nach innen wachsen, ein Streifen nackter Haut unter dem engen, kurzen Pullover.

«Ja! Bitte!» wiederholte sie betont. «Wie kann ich Ihnen helfen?» Die Förmlichkeit traf mich, ein Kinnhaken, und ich sah mich, abgewetzt, vor ihren kaltblütigen Augen. Sie war höchstens so alt wie Timpie.

«Ich suche», sagte ich. «Ja?» sagte sie. «Caleb Leghorn!» sagte ich schnell, und sie drehte ab ohne ein Wort, die Tür schwang zu, aber ich drückte vorsichtig dagegen. Küchengerüche und Wolken von Zigarettenrauch, ein langer, dunkler Flur, die Dekken abgehängt, die üblichen verblichenen Brücken, ein paar Drucke von Monet viel zu hoch an der Wand, lieblos. Aus einem der hinteren Zimmer hörte ich Lärm und Lachen. Er feierte eine Party, ich fühlte mich schuldbewußt, als hätte ich seinen Geburtstag vergessen, aber das konnte nicht sein, der war im Januar, und wir hatten August.

Jemand rief «Carla», in einem langgezogenen Heulton, danach ein noch lauteres Lachen. Mit den Armen schlenkernd, kehrte das Mädchen zurück, ihre Hüften schwangen beim Gehen aus wie der hintere Teil eines Sattelschleppers; ein Gürtel aus den siebziger Jahren, goldene Ringe, tiefgelegt. Hinter ihr kam mein Vater, das Nachbild eines breiten Grinsens noch auf dem Gesicht. Das Mädchen schaltete das Licht an, und Calebs Ausdruck änderte sich in Sekunden. Er fiel zusammen wie ein Wolkenkratzer, den man sprengt. Zeitlupe. Ich sah den Staub und darunter all die kaputten Steine. «*Diese* Frau», sagte sie. «Aha, aha», murmelte Caleb, die Augen glänzende, grüne Murmeln, mit denen er nach mir warf, «diese Frau, ach so, *diese* Frau.» Er ließ die Arme hängen; das Mädchen hatte sich halb vor ihn an die Tür gelehnt, als wollte es ihn schützen. «Ich habe», sagte ich, «also, ich habe ...» Ich hatte nichts, nicht mal Antrieb genug, meinen Körper aus der Schußzone zu manövrieren. Sie sah aus, als würde sie gleich auf mich anlegen, und er tat einfach nichts. Aber als Caleb meine Stimme hörte, erinnerte er sich, das blaue Dreieck um seinen Mund wich einer gesünderen Farbe, und er schob sich halb an dem Mädchen vorbei. «Nun», sagte er, «das ist schön, daß du kommst, aber wir sind gerade in einer kleinen, äh, ganz privaten Geburtstagsfeier.»

«Meine Geburtstagsfeier», nuschelte das Mädchen beleidigt, und ihre Gürtelglieder klimperten, als sie sie zwischen den Fingern auf und ab gleiten ließ.

«Wer ...», sagte ich und starrte ihm auf die Grube zwischen den Schlüsselbeinen.

«Ja», sagte Caleb, «das» – er machte eine einladende Bewegung zu dem Mädchen hin, und sein Halsansatz glitzerte, die Grube füllte sich mit Schweiß –, «das da ist meine Tochter, Carla Mormaid.» Carla Mormaid atmete hörbar aus. «Und das, liebe Carla» – er schob sich nun ganz zwischen uns beide – «ist Joa» – Pause –, «eine Kollegin von mir.» Carla Mormaid, er sprach es Moomäd aus, mit langem, offenem O, zog eine Augenbraue hoch, enttäuscht, vielleicht hatte sie den sich anbahnenden Skandal gespürt und sich mehr versprochen. «Na denn», sagte sie und stakste auf 10-Zentimeter-Absätzen durch den Flur, dahin, wo gerade ein Plattenspieler zu laufen begann. *Brothers In Arms*. «Feiert schön», rief Caleb ihr über die Schulter zu, aber ihr Rücken war gelangweilt, und sie drehte sich nicht um.

Caleb trat einen Schritt weiter in den Flur und zog die Tür hinter sich halb zu. «Joa», sagte er verhalten, «mein Gott, was *tust* du hier? Es ist wirklich» – er schob mich ein Stück weg –, «wirklich unpassend gerade. Sieh mal, ich will dich nicht wegschicken, ehrlich, aber … ich freue mich, daß du da bist.»

«Ja», sagte ich, «das sehe ich ja.» Dann lachte ich einmal laut auf. Meine Hände krampften sich zusammen, Tetanie, dachte ich, Kalziummangel, Streßtetanie, nichts Ernstes. Täglich spritzte ich kleinen, magersüchtigen Mädchen, die mit den Händen in Pfötchenstellung vor mir standen, Megadosen dagegen. «Was heißt das», fragte ich, «deine Tochter?»

«Nun, Joa», sagte er, «sieh mal, laß uns einfach reingehen!» Der Schweiß brach meinem Vater nun auch an den Schläfen aus, am Kopf, diesem Kopf, der das alles ersonnen hatte, *Zunderschwämmchen*, hörte ich Timpie sagen, *Streichhölzer*. Was würde sie sagen, wahrscheinlich würde sie herzlich lachen. Caleb lächelte auch, als er mich den Mund verziehen sah, anbiedernd, aber es war auch Hoffnung darin. «Eine Tochter verloren», sagte ich, «dafür kommt eine neue dazu, Caleb, ist das nun komisch oder erbärmlich, was ist das Caleb?» Natürlich erwartete ich keine Antwort, trotzdem bemühte er sich, erstickte fast an der Bemühung. Kein Wunder, es war ihm fremd, die Wahrheit zu sagen, oder, falls es die Wahrheit für ihn nicht gab, wenigstens die Tatsachen aufzuzählen, auf die sich die Mehrzahl der Beteiligten hätte einigen können. «Wie alt ist sie?» erkundigte ich mich sachlich. «Carla», sagte er würdevoll, «ist heute achtzehn geworden.» Jesus, dachte ich, ein Jahr jünger als Timpie. Es würde Zeit brauchen, das wirklich zu verstehen, vielleicht war ich nur deshalb so gefaßt. Carla mußte drei gewesen sein, als Timpie aus dem Fenster sprang. Frech, frühreif, mit Rattenschwänzen und unversehrt. Mit ihr besuchte er das Kinderkino, Dornröschen, Schneewittchen, die sieben Zwerge. Und als ich zum Studium ging und bei ihm einziehen wollte, lag sie mit einem Teddybären in seinem Rattanbett, und er brachte ihr mit den Überschriften aus der Sonntagszeitung Lesen bei.

«Wie heißt ihre Mutter?»

«Janet», sagte er schluchzend, und sein Gesicht barst, ich hatte ihn noch nie so gesehen. «Es ist keine neue Geschichte», sagte er, «wirklich, Joa, das mußt du mir glauben, mit Janet und mir läuft es schon eine Weile.» Völlig unlogisch, denke ich, er ist völlig unlogisch, natürlich muß es schon eine Weile laufen, wenn er eine erwachsene Tochter mit ihr hat. Er tut so, als hätte er mich betrogen. Was soll nur der Unsinn. Ich bin nicht seine Frau. Seine Frau ist tot. Und zwar schon lange. Auch das ist völlig unlogisch.

Aber wenigstens steht nun keiner allein da. Timpie hat ihre Intelligenz, ich habe Elijah, Caleb hat jemanden, der Carla heißt. Ich überlege ganz ernsthaft, ob dies alles gerecht ist. Das ist die Bedeutung, die diese Begegnung hat, an diesem Tag, der der Geburtstag meiner Schwester Carla mit ihren mausfarbenen Haaren sein soll. Wenn diesmal keiner gelogen hat. Ich komme zu dem Schluß, daß es gerecht ist. Niemand leidet, wir haben Schwielen, sind gegen das Unglück abgehärtet.

Im Türrahmen zuckt und strampelt mein Vater, er hat die Farbe von Bulettenfleisch, und seine Konsistenz ist wäßrig, abwehrlos. «Heißt sie auch Mormaid? Wohnt sie mit dir zusammen? Hier, in dieser Wohnung?» Er nickt ein paarmal, sein Kopf tropft. «Zeig mir das Schlafzimmer», sage ich, sein Nicken geht mir auf die Nerven. Eifrig drückt er die Tür auf, geht voraus, Dankbarkeit in seinem Gang. Jemand mit einer großen, schwarzen Brille kommt aus der Tür, hinter der ich das Bad vermute, er nestelt die Eier in seiner Hose zurecht. Als Caleb ihn streift, sagen beide *Ho!* oder *Ha!*, schlachtrufartig, dann öffnet Caleb eine weitere Tür. Tüllgardinen, bodenlang, in der Mitte gerafft mit einer weißbestickten Kordel. Katalogware, ein elfenbeinfarbener Doppelschrank und das Bett. Kein Rattanbett. Auf der Ablage über dem kleinen Waschbecken, das mich an Ezra Nottens Waschbecken erinnert, Calebs Rasierwasser mit dem segelnden Schiff. Der Zaun, der Flieder, alles will bezahlt sein. Ich zahle mit dem Anblick seines Gesichts, das mich dabei betrachtet, wie ich sein Dasein mit den Augen schlucke. Kein Rattanbett. Meine Vergangenheit fällt von einem Dach und zerspringt auf dem Boden.

Gott weiß, was Caleb Leghorn uns allen vorlog. Ich war bereit, zu glauben, daß es ein Akt der Freundschaft war. Was er getan hatte, hätte mein Vorstellungsvermögen Jahre zuvor tatsächlich überstiegen. Er war nur ein Betrüger gewesen, nun war er auch noch ein Bigamist, aber ich haßte nicht ihn, ich haßte sie dafür, sie, die von Calebs Tochter alarmiert plötzlich gestikulierend im Zimmer stand, eine mollige Engländerin mit weichen, schlanken Händen. «Janet», sagte mein Vater. Nein, sie war nicht der Typ, der mit einem Kleinkind allein in einer Stadt sitzt und abwartet, ob das Leben weitergeht, sie hatte ihn dazu gezwungen, zu heiraten. Unter ihrer ziegigen englischen Nase sagte sie «Ach Gott!» in einem wissenden Ton und blickte kopfschüttelnd von mir zu ihrer Tochter. Ich wußte, daß sie es sofort sah. Aber das tröstete mich nicht, und als ich wortlos sein Haus verließ, versuchte keiner mich zurückzuhalten.

Meine neue Halbschwester Carla war magersüchtig und aß seit Jahren tagsüber einen einzigen Apfel, den sie in unzählige Scheibchen schnitt. Abends zum Fernsehen gab es zwei Tomaten sowie einen Haferkeks. Bei der Aussprache, zu der mich Janet eingeladen hatte, teilte sie mir im Detail Carlas Speiseplan mit, der wichtig für die weiteren Entscheidungen zu sein schien. «Man kann die Rippen zählen», sagte Janet mit drohendem Unterton, «stellen Sie sich vor, man sieht sogar, wie das Herz darunter schlägt.» Bei einem beinahe schwarzen, sehr süßen Dessertwein heuchelte ich Anteilnahme. Immer wieder sagte sie «Caleb!», und es klang wie etwas, was man in Indien an hungernde Kinder verteilt. «Caleb hat mir natürlich die ganze traurige Geschichte sofort erzählt. Nun», sagte sie und spießte ihren Gurkentoast auf, legte ihn wieder ab, stieß erneut zu, «wie ich hörte, haben Sie und Ihre Halbschwester es nicht leicht gehabt mit Ihrer Mutter. Caleb hat sehr unter Rose Marie gelitten. Man mußte ja fürchten, diese Frau würde uns alle umbringen, falls sie es erfahren hätte.» Mit Blicken hielt ich mich an den betenden Händen fest, die über einem Heer winziger Kristallfigürchen hingen. Pinguine, Eisbären, Rehe auf dem Büffet und an der Wand gegenüber ein Foto, auf dem Caleb, Janet und Carla auf einem Segelboot in einer Böe standen und in die Kamera winkten. Janet, die meinen Blick sah, legte die rundlichen Handrücken geziert unters Kinn und sagte verzückt: «Korsika! Damals in Korsika wußte man ja leider noch nicht von Ihnen und ... äh, Thymia, sonst wären Sie natürlich mitgefahren. Man hätte Sie Carla als, sagen wir, Bekannte oder Freundinnen vorstellen können.» Als sie mir von einem Plättchen Toast mit Ei anbot, stellte ich fest, daß ich seit einer halben Stunde auf meinen Händen saß. «Na», sagte sie, «aber vielleicht hätten Sie und Carla sich auch gar nicht leiden können. Sie scheinen mir doch recht unterschiedliche Typen zu sein.» Im stucküberhäuften Wohnzimmer überschwemmte sie mich mit Fotos und unappetitlichen Details aus ihrem Eheleben. Das fehlende Stück meiner Vergangenheit schien banal begonnen zu haben. Auf einem Lehrerseminar hatten sie sich kennengelernt. Danach wohnten sie zusammen in einem Zimmer über einem Kung-Fu-Studio, wo sie manchmal mittags vom Bett aus die Kampfschreie hörten. Janet kaufte ihm die Rasierseife mit dem grünen und roten Papier, das Schiff, das über den Rand segelte, den Bosch-Kühlschrank. Caleb war ein grandioser Liebhaber, der ihr die Fußgelenke an die Bettpfosten gefesselt hatte, und er heiratete sie, als sie drohte, ihn zu verlassen. Nachts biß er sie in die Knie, und manchmal schlug er sie auch, und in dem Augenblick dieses kleinen, scheußlichen Schmerzes, den er ihr von hinten zufügte, dachte sie, daß endlich alles gut wäre. «Das war dann wohl ein Irrtum», sagte sie entschlossen in mein blasses, vor Zurückhaltung gedunsenes Gesicht, nahm das Gurkenscheibchen, das von einem dreieckigen Stück Toast gefallen war, legte es zurück und korrigierte mehrmals den richtigen Sitz. «Aber er war», sagte sie, «der einzige Mann, den ich jemals gewollt habe.» Da hatten wir etwas gemeinsam.

Carla kam heim, Carla, die wie Timpie aussah, wie Timpie minus unserer Mutter, und Janet zwinkerte mir zu. «Ein hübsches Mädchen», sagte sie, «mit Calebs Temperament.» Wir waren übereingekommen, daß Carla nichts über mich erfuhr, auch wenn ich fand, daß jemand, der Stöckelschuhe und glitzernde Bustiers trug, reif genug für die Wahrheit war. Im Badezimmer übergab ich mich, halbe Gurkenscheibchen, weißlich gequollenes Brot, und säuberte mich mit den Handtüchern, die nicht nur zueinander paßten, sondern auch zum fliederfarbenen Vorleger am Fuße der Kloschüssel. Als Caleb eintraf, lief Carla zu ihm, und sie rumorten im Flur, bis sie erneut in dem breiten Gürtel, der ein Kleid sein sollte, hereinstiefelte, sich wortlos an den Granittisch setzte und die Gurken anstarrte.

«Nun, wie geht's?» fragte mich mein Vater aufgeräumt und kniff ein Auge zu, ich verstand, dies war ein Scherz. Die Cognacs, die Reden, all die unterhaltsamen Episoden aus seinem Sonderschulunterricht. Carla hob angewidert ein Stück Petersilie an und überprüfte, ob keine Butter daran klebte. «Wie geht es denn!» wiederholte er. «Danke der Nachfrage», sagte ich, wie ich es schon als Fünfjährige von ihm gelernt hatte, als er wieder für ein paar Wochen zu Hause war und meine Umgangsformen monierte. «Dann nimm du sie doch», hatte Rose

Marie geschrien, «dann bring du ihr bei, wie man ein Mensch wird.»

Als Janet mich hinausbegleitete, stand Caleb hinten im dunklen Flur neben Carla und strich ihr über den Kopf. Das Bild drang in mich ein wie ein Mann, den man nicht in sich haben möchte, und einen Moment versuchte ich beide zu töten, indem ich die Augen schloß. Aber da waren sie, inmitten meiner Organe. Er streichelte Carla in meiner Lunge, zwischen Magen und Niere, und das Bild drückte sich in mein Blut. Er hatte nicht mal den Anstand, seine Hand von ihrem Kopf zu nehmen, als er mir mit der anderen winkte. «Bitte», sagte Janet, «kommen Sie jederzeit, ich freue mich über ein bißchen intelligente Unterhaltung.» Am Abend stand ich im Badezimmer und las meinen letzten Schwangerschaftstest ab. Ja, dachte ich, natürlich. Dann ging ich zu Elijah ins Bett und teilte ihm mit, daß wir nun doch ein Kind haben würden.

Die Menschen in meinem Leben wechselten sich ab wie die Besucher an einem Krankenbett, sie tauchten auf und verschwanden wieder, und ich begriff nicht, in welchem Rhythmus das geschah und wer den Rhythmus machte. Am nächsten Tag saßen Timpie Leghorn und ich auf meinem Balkon, sie nähte an einer Hose, Kattun, ein bombastisches Rot und Gelb, sie mochte die aufgewühlten Farben. «Wie hast du es verkraftet?» fragte sie plötzlich. *Pitsch* machte einer der Eiswürfel, die ich in den Tee geworfen hatte, und sprang. Ich hielt die Luft an und begann zu zittern, aber sie fischte nur nach ihrem Eis, sog es zwischen die Lippen, es knackte zwischen ihren Zähnen. «Was?» sagte ich tonlos.

«Joa! Manchmal bist du wirklich naiv. Die halbe Nacht lang habe ich mir Sorgen wegen gestern gemacht. Ob ich zu weit gegangen bin. Wenn jemand nicht soweit ist, seine Verdrängung aufzugeben, ist das nicht gut, vielleicht hätte ich es einfach nicht ansprechen sollen.» Ich atmete aus, angelte mir noch einen Eiswürfel aus der Kanne und begann mir damit den Nacken einzureiben. «Ach das», sagte ich erleichtert, «mach dir keine Sorgen!»

«Nein, Joa, hör mal zu, du versuchst schon wieder, das Ganze zu vergessen. Aber das geht so nicht. Sieh dich an, du bist ja leichenblaß. Wenn die

Batterien leer sind, sind sie leer, dann muß man nach jemandem suchen, der das Ladegerät hat. Selbst du mußt das!»

«Ich bin ganz gesund», sagte ich kurz.

«Sprichst du wenigstens mit Elijah darüber?» fragte sie. «Er kann dir doch erklären, wie Verdrängung funktioniert. Und er könnte dir auch sagen, wie man wieder aufsteht, Joa, du mußt bloß raus aus deiner Höhle. Wahrscheinlich glaubst du sogar, daß du frei bist, aber im Grunde bist zu getrieben! Von dieser verdammten Unglückssippe am Otsch.»

Als ich nichts sagte, versuchte sie tatsächlich, meine Hand zu nehmen. Alle schienen es neuerdings auf meine Hände abgesehen zu haben. Ich riß die Finger weg. «Ich kenne das», sagte sie traurig, «du mußt erst wieder lernen, daß das Elend nicht die Wirklichkeit ist und der Jammer nicht das Herzstück der Welt. Begreifst du das? Es ist wie mit dem Buch, das ich gerade zu schreiben versuche. Ich hab das Thema gestern Zack erklären wollen, und er hat gesagt: Es gibt also ein Problem. Gibt es auch eine Geschichte?»

Ich war mir nicht sicher, ob ich ihr folgen konnte, mochte sein, sie war doch hochbegabt. Sie schrieb also wieder ein Buch, etwas stieß mir auf, Luft, die ich beim Essen geschluckt hatte. «Wovon handelt es?» fragte ich mit trockenem Mund.

«Ach», sagte sie, «das Buch? Von diesem und jenem. Von Liebe und von Schuld.»

«Alle Bücher«, sagte ich, «handeln von Liebe und Schuld.» Sie lächelte, die grüne Flachheit ihrer

Augen. «Eben!» sagte Timpie Leghorn. «Weißt du, wie ich dich früher immer genannt habe, Joa?» Ich schüttelte den Kopf. «Die Schneekönigin. Du warst erwachsen und hast auf dem Spiegel des Verstandes gesessen, und ich war der kleine Karl, der mit den Eisschollen versucht hat, das Wort Ewigkeit zu buchstabieren.» Ich faltete meine Finger. «Andersen», sagte sie erklärend.

«Ich bin gar nicht kalt, weißt du», sagte ich. Die Balkonbrüstung war heiß und brannte mir einen Streifen in die nackten Unterarme. «Ach, Joa», sagte Timpie Leghorn hinter mir, und ich spürte, daß sie bereit war, in Häuser einzubrechen, Regale umzuwerfen, mordend und brandschatzend durch das Land zu ziehen. «Ich würde dich gerne mal fest drücken», und schon schlangen sich ihre Arme um meinen Rücken, erstaunlich weich für so ein dünnes Ding.

«Entschuldigung», sagte ich, bevor ich sie wegstieß. Ich konnte das nicht ertragen, und Timpie sah abgewiesen aus wie früher, als sie eine Haarsträhne um ihren Zeigefinger ringelte.

Auf der Straße spielten ein paar Mädchen, johlten. Gummitwist, Sonne auf dem Pflaster, aufgeschlagene Knie, der Geruch von Weißdorn, betäubend. Die langen Gummibänder überkreuzt, ein Blick darauf, während man springt. Ich hatte nicht gewußt, daß dies nicht mit mir ausgestorben war. «Dabei habe ich ja die Spiegelscherben im Auge», sagte Timpie, «die Pica ist zwar weg, ich schnippele auch nicht mehr an mir herum, aber die Scherben sind da, dieser schwarze, ungnädige Blick auf die Welt.»

Ich wollte ihr sagen, daß mir ihre Gedichte gefielen, aber ich brachte es nicht fertig. Niemand konnte das von mir verlangen.

«Meine Therapeutin ist eine nette Frau», sagte Timpie, «wirklich intelligent, gebildet, einfühlsam, der komplette Katalog, aber ich glaube nicht, daß sie versteht, wozu die schwarzen Splitter im Auge nützlich sind. Daß man sie gar nicht herausholen muß, verstehst du. Das ist das Ende der Geschichte, das bleibt davon übrig: Immer sieht man zuerst das Schlechte. Dabei bin ich gar nicht ohne Hoffnung. Ich hoffe eigentlich, es hat seinen Sinn. Nur weiß man nicht genau, welchen.»

Als ich merkte, wie mich wieder das Gefühl überkam, ihr ausgeliefert zu sein, schob ich schnell die Gläser zusammen. «Mir ist klar», sagte sie, «daß es auch diese andere Welt gibt. Zuversicht. Wie Öl auf Wasser. Das Gute schwimmt auf dem Bösen, und das spürst du, dennoch kommst du aus deiner Welt nicht heraus.» Mein Kopf, dachte ich, ist wie der Schweineeimer in Krankenhausküchen, jeder schüttet seine Abfälle hinein. «Meine Therapeutin findet mich hysterisch», sagte Timpie, «ich selbst würde mich aber lieber tragisch nennen.»

«Tragisch», wiederholte ich, um wenigstens etwas zu sagen. «Klar», sagte sie, «heftig, verblüffend, intensiv, ich bin Dichterin, ich will den Mangel zur Schönheit verklären, darum eigne ich mich auch nur zur Künstlerin. Ich und unsere weitverzweigte Sippe von Jammerlappen. Manchmal möchte ich gerne wissen, wie mein richtiger Vater gewesen ist. Ob er ein Dummbeutel war, so ein ehebrechendes Tier. Ich glaube, das würde meinem Bild von mir guttun.»

«Er wird schon in Ordnung gewesen sein», erwiderte ich lahm.

«Jedenfalls», sagte sie, «habe ich meiner Therapeutin erklärt, daß der Negativismus weniger ein psychologisches als ein philosophisches Problem ist. Die Welt braucht uns Miesmacher doch, wir haben einfach den Blow Job, wir schleppen, was sie ablehnen. Irgendeiner muß das ja für sie erledigen. Wir sind die Esel, Joa, mit unserem Pessimismus. Wir pressen ihnen das Olivenöl. Wir laufen für sie im Kreis.»

«Aber wer verlangt das denn?» sagte ich. «Das verlangt doch keiner.»

«Doch», sagte sie, «deine Herkunft verlangt das, dein Daimon, die Eichel, in der das Bild vom Eichenbaum sitzt. Nenn es meinetwegen Aufgabe. Nenn es Gott, einer wird's jedenfalls verlangen, sonst würden Leute wie wir es doch nicht tun, was?» Plötzlich konnte ich mich kaum noch zügeln, ich wollte mit ihr über Calebs Bigamie sprechen. Aber es kam mir unanständig vor, sie war ja nicht mal seine Tochter. Carla ging sie nichts an, Carla war meine Schwester, nicht ihre. Timpie, die Dichterin, dachte ich, war roh, dünnwandig, nur von einer zarten Schale geschützt. Auch Elijah hatte ich nichts gesagt, weil es mir vorkam, als würde Calebs Doppelleben mich wertloser machen, anstecken, infizieren mit etwas, was nicht mehr rückholbar war. Timpie hielt sich die Hose an. «Toll», sagte ich deshalb nur, «rot und gelb, die Sonne und der Wein und alles an den Beinen!»

Ich nehme an, daß ich bis dahin eine gute Ärztin war. Zwar hätte ich genausogut Lehrerin oder Flugbegleiterin sein können, aber ich hatte diesen einen Beruf, und ich übte ihn präzise und achtungsvoll aus. Ich nehme an, daß ich meinen Beruf einfach nicht genug liebte. «Ich glaube nicht, daß du irgendwas liebst», hatte mir mein Chef, Dr. Walter Larch, einmal bei viel Erdbeerbowle erklärt, «weder liebst du etwas, noch hast du jemals etwas geliebt, noch besteht eine einigermaßen günstige Prognose, daß sich das ändert. Ich glaube, wenn man überhaupt von Liebe sprechen will, dann liebst du gerade mal die Tatsachen.» Als Arzt war Walter ein Glücksfall, vorwiegend am Menschen interessiert, ich dagegen hatte kein Mitleid, das war es, und davor hatte Walter Larch einen sonderbaren Respekt. In den schweren Fällen zog er mich gern zu Rate und piepte mich an, wenn auf der Notfallstation Scherben aus Pupillen entfernt werden mußten, wenn kleine Jungs blutend und halb ohnmächtig auf den Liegen saßen, daneben ihre Mütter mit einem abgeklemmten, in Klopapier eingewikkelten, schneeweißen Finger.

Einmal, auf einer Party, hörte ich zufällig, wie eine Kollegin, die ich sehr mochte, mich *die Metz-*

gerin nannte. Sie war eine sachliche, breitschultrige Frau, mit der ich mich ein paarmal zum Kaffee verabreden wollte. Aber unsere Termine hatten sich nie überschnitten. *Die Metzgerin*, alle lachten, keiner fragte, wen sie meinte, also war davon auszugehen, daß es sich um einen festen Begriff handelte. Da stand ich in meinem aufregenden Goldlamékleid mit dem Rücken zu ihr und hörte ihr zu, wie sie mich als Phänomen beschrieb, und so wie sie es sagte, klang es, als beschriebe sie eine Mörderin.

Dabei ging es nur darum, daß ich meinen Job gut machte. Angesichts von Schmerzen fühlte ich einfach nichts, das hatte ich früh festgestellt, darum mußte ich nicht emotional werden. Ich sah auf Risse hinunter, in deren Tiefe weiß der Knochen schimmerte, und schätzte nur die Nahtlänge ab. Statt mit der Idee arbeitete ich mit der Wirklichkeit, und Blut, Urin oder Gehirnmasse hatten für mich nie die Wertigkeit gehabt, die andere ihnen zumaßen. Es war Glück, keine Errungenschaft. Immer operierte ich leicht und schnell, ich mochte die Helligkeit der Lampen in den Behandlungsräumen, die nachvollziehbare, einklagbare Sauberkeit innen und außen. Wenn etwas eitert, gib ein Antibiotikum, das war schön und einfach, wenn etwas schwillt, schneide es. Ich haßte es, wenn sie starben, aber es bereitete mir Genugtuung, daß es folgerichtig war. Wenn ich, einen Strauß Fresien auf dem Schreibtisch, den Bericht über eine Patientin las, die nach mehrfacher Chemotherapie an metastasierendem Brustkrebs gestorben war, war ich erleichtert. Für alles gab es Anzeichen, ich mochte die absehbaren Geschichten. Geschichten, die sich nachvollziehen ließen.

«Oho», rief Rebekka am Telefon, als ich ihr sagte, daß ich schwanger war. «Joa Leghorn, schmeiß dein blödes Doktorköfferchen weg und pack ein paar Schecks ein, Schätzchen, du wirst bald deinen Kittel ausziehen und Babysachen einkaufen!» Sie war ganz aufgedreht und glücklich, und auch Elijah lief bereits mit geröteten Wangen im Schlafzimmer herum und schwieg auf eine melancholische, süße Weise. Mein Inneres aber, das zarte, spröde Fleisch, das jahrelang nach diesem Kind verlangt hatte, war eingeschlafen, befremdlicherweise freute ich mich nicht.

Nach dem ersten Ultraschall konnte ich sicher sein, daß in dem winzigen, schlaffen Säckchen in meinem Bauch etwas pulsierte. «Das ist das Herz Ihres Kindes, Kollegin», sagte die Gynäkologin. Es war dieselbe, die mich Metzgerin genannt hatte, und ich sah ihr einen Moment lang in die Augen, die blaß waren und schlecht gelaunt. Ich verspürte Triumph. Vielleicht hatte sie das Sticheln aufgegeben, oder sie stichelte aus Prinzip nicht in Gegenwart derjenigen, die es betraf. Jedenfalls blickte sie wieder auf den Schirm und fuhr noch mal mit Hilfe des Gleitmittels meinen Bauch ab, Schneckenschleim, dachte ich, widerlich, und meine Empfindlichkeit befremdete mich. Da wußte ich plötzlich, daß ich wirklich schwanger war. Elijah griff nach meiner Hand. «Siehst du das, Joa», sagte er, auf den Monitor starrend, «das ist es.» Ja, ein schwarzweißes Gerinnsel, anderthalb Gramm schwer, drei Zentimeter groß, ein Fliegenschiß, aber er drückte meine Hand in seiner. Die Ärztin hatte Mitleid mit ihm und ließ den Schirm noch einen Moment angeschaltet. Ich wollte sagen: «Halt doch den Mund, du Idiot», oder «Elijah, benimm dich nicht wie einer von diesen Vätern, laß meine Hand los», aber ich konnte nicht. Der Embryo, die Zellkugel in meiner Mitte, hatte einen Vater, dessen warme, geschmolzene Augen ich unerträglich fand. *Was bedeutet Embryo, Joa?* fragte Dr. Lennart. Als ich nicht antwortete, lachte er höhnisch, *Embryo, griechisch, schwellen, im Innern keimen*, mir wurde schlecht, ich dachte, ich müßte mich sofort übergeben. Ende des zweiten Monats verfestigen sich die Knorpel zu Knochen, dachte ich, jetzt wird aus dir ein Fötus, *wie wäre es mit Fötus, Joa?* Lateinisch, dachte ich, Fötus, der Nachkomme, das Junge, alle Tiere bekommen Junge, ich aber würde ein Mädchen bekommen, das wußte ich genau. Mit der Hand wischte ich mir das Gel ab, sprang vom Tisch, die Gynäkologin und Elijah erhoben sich. «Ich muß arbeiten», sagte ich, ich wollte den Ultraschall ausmachen, den Stecker herausreißen, was ist das, dachte ich, was ist das nur. Ich war nicht mehr allein.

Wie zu erwarten, war es eine Bilderbuchschwangerschaft, *die Leghorns*, sagte Großmutter, *werfen Kinder, wie Hühner Eier legen, ein bißchen Krach, aber schnell und sauber.* Während Elijah bereits Collagen aus Baumrinde, Sand und mondsichelförmigen Aufklebern fertigte, tat ich so, als hätte sich nichts geändert, und arbeitete. «Nun, Liebes», sagte Rebekka, «es gibt Frauen, bei denen setzt die Mütterlichkeit genetisch später ein.» Aber sie wollte mich nur schonen; hinter meinem Rükken diskutierten sie alle, ob Joa Leghorn normal war.

Nach einer Weile zeigte endlich auch Elijah das, was er Anpassungsschwierigkeiten nannte, und stritt sich nächtelang mit meinem Schwiegervater herum. Im dritten oder vierten Monat rief Lilly mich einmal sogar nachts an. «Hier ist die Hölle los, Joa», flüsterte sie so dumpf, als hielte sie die Hand über die Sprechmuschel, «ich stehe barfuß im Flur. Könntest du nicht auf Elijah einwirken, damit er Edgar wenigstens nachts mit seiner Vergangenheitsbewältigung verschont?» Sie schniefte, und es klang, als würde sie weinen. «Jeden Abend kreuzt er hier auf und erklärt seinem Vater, was er ihm früher angetan hat. Er hat ihn nie auf den Mund geküßt, ihn frustriert, als Elijah ein Lego-Haus gebaut hat, und vor irgendeinem Fußballspiel hat er den Ball im Kofferraum vergessen. Stell dir das bloß vor, ein Fußball, nach dreißig Jahren. Sag ihm, er soll das lassen.» Sie hielt den Atem an und lauschte. «Mir schwirrt schon der Kopf», sagte sie, «dabei seh ich ihn immer vor mir, er war doch so ein glücklicher kleiner Junge!»

Als Elijah später die Treppe hochkam, sagte ich: «Warum tust du ihnen das eigentlich an?»

«Joa», sagte er, «dies ist eine Sache zwischen mir und meinen Eltern, und ich finde, du hältst dich besser heraus.» Es war so abschließend, daß ich kein Wort mehr darüber verlor, auch dann nicht, als Lilly mich bei einem sonntäglichen Treffen mit Frankfurter Kranz und Rumwaffeln zu ihrer Verbündeten machen wollte. Während sie sich für die Erziehung ihres einzigen Sohnes zu rechtfertigen versuchte, stopfte ich mich gelangweilt mit Kuchen voll. Mich langweilte alles, außer den Vorgängen in meinem Körper.

Wenig später hatte Elijah seine Probleme abgeschlossen. «Man sollte seine Vergangenheit bereinigt haben», sagte er über dem Glas Wein, das er sich genehmigte und mir verbot, «sonst brechen die Defizite über das Kind herein, sobald es auf der Welt ist.» Sein Glas klirrte auf der Nachttischplatte. «Hm», sagte ich und betrachtete einen Galloway-Bullen mit lockigem, schwarzem Haar in meinem Buch «Rinderrassen, Aufzucht und Pflege», das ich liebte, weil mir unerwartet nach abseitigen Themen zumute war. «Weißt du, Joa», sagte Elijah vertraulich und starrte durch das Buch hindurch, «jahrelang hatte ich Schuldgefühle, weil ich mich so unzulänglich fühlte. Als ob ich es gewesen wäre, der sie dazu gebracht hat, so egoistisch und unsensibel zu sein. Wenn ich nur richtig gewesen wäre, habe ich gedacht, dann hätten sie mich auch richtig gewollt.» Die Galloways verbissen Binsen, Disteln,

Heide und Birken und hatten deshalb eine besondere Bedeutung als Landschaftspfleger, darüber mußte ich verhalten kichern, und Elijah sah mich verletzt an. «Es ist Zeit für mich, Lilly und Edgar die Schuld zurückzugeben», sagte er und berührte, ohne zu fragen, meinen strammer werdenden Bauch, «die Schuld gehört an die Stelle, an der sie entstanden ist, sonst werde ich die Kleine hier damit belästigen, sobald sie sprechen kann. Es war nicht meine Schuld, daß Edgar lieber seine Erstausgaben gewienert hat als mich. Nein, nein.» Einige Male tätschelte er meine Bauchdecke, die Stelle, wo er das Kind vermutete, wo aber mein Magen saß.

Kurz darauf spürte ich, wie Ruthie sich zum ersten Mal bewegte, und geriet in Panik, weil ich nun ertragen mußte, daß etwas außer mir in mir existierte. «Sie ist ein Moloch», sagte ich zu Timpie Leghorn, «sie frißt mich von innen auf, ein weißes, glubschäugiges Ding, das zugewachsene Augen hat. Vielleicht ist es Rose Marie, die wiederkommt, wirklich, sie fühlt sich wie Rose Marie an, hältst du das für möglich?» Timpie überlegte, beobachtete durchdringend meinen Bauch und schüttelte den Kopf. «Nein», sagte sie fröhlich, «die hier wird anders!» In der Küche, die ich mit ihrer Hilfe am Wochenende gelb gestrichen hatte, stand eine angebrochene Keksschachtel auf dem Tisch. Ich legte die Hände über den Bauch, den sie immer noch interessiert musterte. «Sie wird was ganz Eigenes», sagte Timpie. Sie soll gehen, sofort, dachte ich, und mein Stimmungsumschwung verärgerte mich. «Ich bin das nicht, Timpie», sagte ich, «tut mir leid, es ist da, in mir drin. Sie ist das, sie läßt mich tanzen.»

«Vielleicht wird's dir ja guttun», sagte meine Schwester.

Timpie Leghorn kam mit einer Tüte voller Pflaumen von ihrem Lektor. Ab und zu griff sie hinein, kaute, lutschte und spuckte dann die Kerne in den Rinnstein. Ich beobachtete sie von der anderen Straßenseite aus. Als sie mich entdeckte, winkte sie herüber und lachte. «Schau, Joa», sagte sie, «ich spucke Pflaumenkerne! Man schadet keinem damit, und wenn Rose Marie uns gesagt hat, daß das Spucken von Pflaumenkernen eine Todsünde ist, hat sie sich eben geirrt.» Wir waren fürs Museum verabredet, weil sie fand, ich sollte mein Kind für Kunst interessieren. «Warum soll sie sich denn für etwas interessieren, was mich nicht interessiert?» fragte ich. «Mann, Joa», sagte Timpie, «du hast doch jetzt evolutionär die Verantwortung!»

Nach den Bildern kamen abstoßende Skulpturen, und Timpie erzählte, daß sie in ihrer Pubertät einmal mit Zack im Museum gewesen war. «Sind die nicht normal?» hatte sie laut gesagt und auf die verkümmerten Penisse der Statuen gezeigt, die unter den gewaltigen Massen von Muskeln klein waren wie Stichlinge. «Entweder sind die nicht normal, oder du bist es nicht, Zack!» Sofort fragte ich mich, wann sie Zacks Geschlechtsteil gesehen haben konnte, doch wohl nur damals, als sie vier war und er mit seiner Erektion auf seinem Bett saß, aber es schien sich ihr eingeprägt zu haben. «Mein Lektor ist übrigens begeistert von mir», sagte sie, als wir nach dem Museum das Eiscafé ansteuerten, «weil ich so vital bin. Er findet, daß ich das Leben in seiner Schamlosigkeit intuitiv erfasse. Schamlosigkeit, wenn der wüßte, ich bin einfach darauf gedrillt!» Den Lektor stellte ich mir alt und ausgehungert vor, und Timpie, die meine Gedanken erriet, sagte: «Leider verträgt der intellektuelle Mann nicht beides, Intellekt und Brüste, prall wie Boxhandschuhe. Entweder wollen sie dich dünn und geistig gefährlich, oder man muß feist und doof sein, aber wehe, du bist alles, dann denken sie, daß sie eines sonnigen Morgens ohne Penis aufwachen.»

«Vermutlich fühlen sie sich wie all die Zeusgötter im Museum mit ihren kleinen Schwänzchen», sagte ich, «und deshalb dozieren sie dann blind vor Minderwertigkeit über das Knabenideal in seinem Umfeld. Aber heimlich halten sie sich die Hoden fest.»

«Das Geschlechtsteil», sagte Timpie, «darf eben nicht in seiner Wirklichkeit abgebildet werden. Das ist ein kulturelles Tabu, Joa. Sonst könnte man ja auf die Idee kommen, der Trieb wäre wichtiger als der Verstand. Darum haben sie auch die abstrakte Kunst erfunden. Verfremde den Penis, dann sieht keiner, daß er größer ist als deiner!» Sie spuckte einen weiteren Kern aus, und wir überquerten die Straße. «Das Kind kommt im Januar», sagte ich, «um Zacks Geburtstag herum.»

«Warum hast du es mir eigentlich nicht gesagt?»

fragte sie plötzlich, und mir wurde heiß. «Caleb war nämlich da, mit deiner Schwester Carla.»

«Ach, Timpie», sagte ich nur.

«Ich meine», sagte sie, «es wäre mir lieber gewesen, es nicht von Großmutter zu erfahren, ich hab es ja erst am Abend vorher gehört, verstehst du, zwischen Spülen und Abtrocknen, *Caleb hat ein neues Kind*. Sicher, wenn er nicht mein Vater ist, was habe ich damit schon zu tun? Aber sie ist doch deine Halbschwester.»

«Wie hat sie ausgesehen?» fragte ich.

«Carla? Ach, sie hatte eine Gesichtsfarbe wie das Auto da – ungesund!» Carla hatte Großmutter eine schlaffe Hand entgegengehalten, während Janet ohne Unterlaß redete und sich mit einem Mal auf ihre Schwiegermutter warf und sie küßte. Großmutter stieß sie von sich, sie hielt nichts von Intimitäten. «Caleb wollte mich auch küssen», sagte Timpie, «bis ihm eingefallen ist, daß sich die Sachlage geändert hat. Es war recht heikel, einen Augenblick wußte er wohl nicht mehr, in welchem Verhältnis ich eigentlich zu ihm stehe. Aber dann trug Großmutter die Sekttorte auf, ein günstiger Moment, und Janet hat ganz schnell zu Carla gesagt: Das ist Vatis Nichte Timpie, aber Carla stierte nur die Sekttorte an, und dabei hat sie ausgesehen wie jemand mit Pica.»

«Sie ist magersüchtig», sagte ich. «Kein Wunder», sagte Timpie, «bei der Familie. Großmutter kam dann gleich mit Anekdoten. *Er erklärt mir: Mutter, ich habe ein Kind. Ha, denke ich, in seinem*

Alter, ich überlege, ob ich die Strampelanzüge für Joas Mädchen erst mal ihm gebe, und dann stellt sich heraus, das Kind soll schon volljährig sein.» Unsere Schritte wurden kürzer, und das Kind in meinem Bauch drehte sich. «Dann hat Großmutter mich noch gefragt», sagte Timpie, «ob wir nun eigentlich nicht mehr verwandt miteinander sind. Caleb ist bleich geworden. Ich sage: *Genau!*, und da sagt sie: *Wußte ich es doch, das kommt von Rose Maries Seite, bei uns in der Familie hat noch nie jemand Dreck gegessen.»*

Im Eiscafé streifte Timpie die Schuhe ab, während ich zweimal Waffeln mit heißen Himbeeren bestellte. «Mir macht es nicht das geringste aus, daß er nicht mein Vater ist», sagte Timpie, «eigentlich war er das ja nie, bloß der Eismann, der einmal in der Woche kam und Riesenportionen in mich hineingestopft hat. Darum hasse ich Eis, es hat mir nie richtig geschmeckt, immer dieses künstliche, flüchtige Aroma.»

Mein Bauch wurde dick, zartviolett und gestreift wie damals Rose Maries Leib. Zum ersten Mal träumte ich wieder von meiner Mutter. Die Tage fielen durch mich hindurch, und wenn Ruthie in mir döste, döste ich mit. Mein Hirn war ein Ungeheuer, das Fakten aß, verdaute und selbständig in einem dunklen Geschoß ablegte. Ich hatte keinen Zutritt mehr. Einmal wöchentlich genehmigte ich mir in dem alten Café zum Ausgleich einen Schokoladenbecher. Je nach Wetter saß ich mit meinem

Eis drinnen oder draußen. Mein Umfang näherte sich der Einmetermarke, kleine Jungen begannen auf der Straße auf mich zu zeigen, und ich hatte mir einen gefütterten Trenchcoat zugelegt, der locker fiel und den ich auch im Krankenhaus tragen konnte. Ich war sicher, daß man mir meinen Zustand darin nicht ansah. Zum ersten Mal wollte ich wie eine Frau behandelt werden. Mit entschlossenem Grinsen und verführerischen Bewegungen näherte ich mich bei der Visite Prof. Walter Larch. Aber mein Chef erstarrte, wenn das Schiff in seiner Nähe anlegte, und über den Trenchcoat sagte er kein Wort. Dies war der Verrücktenbonus. Er floh, wenn ich ihn zufällig anstieß, meine Körperlichkeit machte ihm schwer zu schaffen.

An einem Nachmittag Anfang Dezember hatte es gefroren, und ich bewegte mich sehr vorsichtig, weil ich den Rauhreif für Glatteis hielt. Zu Großmutters Entsetzen hatte ich nicht ein einziges flauschiges Deckchen, kein Tragetuch und nicht mal Stillhütchen erstanden. Jeden Abend rief sie mich an und flüsterte Geheimwissen ins Telefon.

Reib dir deine du weißt schon was einfach mit Zitrone ein, Joa, und dann frottierst du sie kräftig mit einem rauhen Handtuch.

Meine was, Großmutter?

Deine Brustwarzen. Du mußt sie abhärten. Wegen der Zähnchen!

Auf meinem Weg ins Eiscafé bog ich zu Marx & Berner ab und durchstreifte beiläufig die Kinderabteilung. Die kleine, rote Babymütze aus Samt, die ich kaufte, war das Hübscheste, was ich jemals in der Hand gehabt hatte. Als ich merkte, daß meine Brustwarzen feucht wurden, genierte ich mich und rieb unauffällig unter dem Mantel an mir herum. Die alberne Mütze steckte ich schnell in meine Trenchcoattasche und schleppte mich die Rolltreppe hinunter. Draußen fiel ein Nieselregen, in ein paar Stunden würde es schneien.

Als ich die Tür zum Eiscafé aufmachte, war es schon dunkel, das Radio in der Durchreiche spielte *Arrivederci Roma*. In der betäubenden Heizungsluft nestelte ich an meinem Mantel und schob die Tüten vor meinem Bauch hin und her. Erst kurz vor meinem Stammplatz am Fenster bemerkte ich, daß er von einem heftig küssenden Pärchen besetzt war. Ich lächelte und wollte mich schon wegdrehen, als mir etwas am Rücken des Mannes bekannt vorkam, kein besonderes Merkmal, aber ich erstarrte. Er ließ die Frau los, und sie öffnete die Augen, Timpie Leghorns Augen. In der Spiegelwand über den Tischen sah ich uns dabei zu, wie wir synchron erschraken. Meine Schwester brauchte eine Sekunde, um Zack fortzustoßen, er lehnte sich zurück, hinter ihm immer noch ich, die Hände in den Taschen geballt.

Dann zog ich meine Faust hervor, und Timpie duckte sich instinktiv, aber es war nur eine harmlose Hand, in der sich eine kleine, zerknitterte Plastiktüte befand. «Ich habe für mein Baby eine Mütze gekauft», sagte die dicke Frau im Spiegel tonlos, als Timpie aufsprang.

Ich fühlte, wie mir der Schweiß auf die Stirn trat und mein Blutdruck abfiel, das geht nicht, dachte ich, das Kind. *Bella ciao, bella ciao, bella ciao, ciao, ciao* sang jemand plärrend, es war niemand von uns, soweit ich erkannte. Wir waren Fremde in dieser zweiten Welt des Spiegels, Timpie war grau, ein grauer Schimmer von Wissen unter der Haut, und Zack sah an sich hinunter, an seinen Händen, als wäre ein Unfall passiert. «Mach jetzt keinen Unsinn, Joa», sagte er aufgeregt.

«Nein», sagte ich, «nein, nein, bestimmt nicht», während Timpie meinen Rücken berührte, als befände sich dort der Notfallschalter. «Ich werde mich jetzt nur eine Minute setzen», kündigte ich an, dann ließ ich mich auf den Stuhl fallen. Ruthie trat und tobte wie verrückt, mein Kleid war zu dünn, und man sah darunter die runden Pole ihrer Knie auftauchen und wieder versinken. «Unwahrscheinlich», sagte ich, «daß das ein echter Mensch sein soll, was?» Ernsthaft betrachteten Zack und Timpie die Landschaft dieses Bauches. «Nun setz dich erst mal, Joa», sagte Zack fürsorglich.

«Ich sitze», antwortete ich, und in diesem Moment kam endlich mit voller Wucht die Erinnerung.

Meine Mutter, ganz schlank, elektrisierte Locken, neben ihr auf dem Sofa Zack, es knisterte, wenn ihre Seidenstrümpfe sich an seiner Hose rieben. Sie achteten nicht auf mich, ich war zehn, und ich malte auf dem Boden, bis mein Malbecher umfiel.

Die Uhr in der Diele schlug, die mit dem Pendel. Leider war der Becher halb voll gewesen, gong-gong-gong, die schwärzliche Flüssigkeit ergoß sich über den Teppich. «Was tust du da, Joa?» Schweigen. Leere. «Was bildest du dir ein, mir den Teppich zu versauen? Was denkst du fette, langweilige Schlampe eigentlich, wer den Dreck hier wieder wegmacht?»

«Ich», sagte ich, «ich Mama, bestimmt, Mama.» In meiner Not nahm ich meinen Rock, zog ihn durch das viele Wasser, und sie kreischte in meinem Rücken auf, ihre Beine rochen salzig, so nah an meinem Gesicht. Plopp, sagte ihr Schuh an meiner Nase, plopp. Wirst du den Rock, sagte sie, plopp, machte meine Haut, das Blut unter meiner Nase salzig wie Meerwasser. Wirst du den nassen Rock ausziehen, Joa, plopp, die Gardinenstange zischte an meinem Kopf, sie traf mein Ohr, Blut, Blut, Schmerzen.

Rose Marie, sagte Zack, sonst nichts.

Das faule, fette Stück, sagte sie schluchzend, macht mir den neuen Teppich dreckig. Dann drehte sie sich noch mal nach mir um. Was bist du? Ein faules, fettes, sagte ich. Joa, sagte Zack und zog mich hoch: Komm, Joa, geh dich waschen.

Timpie kam mit einer kleinen Espressotasse auf mich zu, Zack sah aus, als hätte ich ihm eine Frage gestellt. Möglicherweise sprachen sie eine andere Sprache, Chinesisch zum Beispiel. Wen würde das wundern? Die Hochbegabte sah zickig aus, als ob sie eigentlich etwas hatte sagen wollen. Was hat sie sich gedacht in ihrem Schottenrock? Ich packte meine Mütze aus der knisternden Tüte. «Das ist für Ruth, Sonderpreis, herabgesetzt, einhundert Prozent Baumwolle.» Am liebsten hätte ich gehabt, wenn sie sie angefaßt hätten, aber vielleicht genügte es auch, sie nur anzusehen. «Trink das doch mal, Joa», sagte Timpie mit ihrer hohlen Kindervogelstimme, «wir hatten gerade über dich gesprochen.» Das paßte gut zusammen.

«Ihr habt euch geküßt», sagte ich, auch ich hatte eine Kinderstimme.

Die Wochen bis zur Geburt waren ein langes, sanftes Ausatmen, wie der Herbst. Am vierten Januar kam Ruth, sie sprang geradezu zwischen meinen Beinen hervor, und ich begann sofort, Mutterzeug zu stammeln. Mein Bauch sackte enttäuscht in sich zusammen. Sie hatte Augen wie Kieselsteine, aus denen mich meine eigenen ansahen. «Dieses Mädchen ist dick», sagte die Schwester, und ich sagte: «Halten Sie Ihren Mund, und zwar auf der Stelle.» Kurz darauf hing Ruth an meiner Brust, und ich tauschte mich mit einer Zimmernachbarin über Stillhütchen aus. Elijah streichelte scheu mit dem Zeigefinger Ruths Handteller, Caleb tauchte mit Punschtorte auf, es war ein Storch darauf, außerdem hatte er winzige Matrosenhüte mitgebracht. Alles war in Milch getaucht, in Zeitlupe watete ich durch ein Dampfbad von salbungsvoller Stille, während Caleb seinen großen Kopf zu Ruthie neigte, mit der Zunge schnalzte und behauptete, sie sähe wie Timpie aus. «Nein», sagte ich. Die Matratze senkte sich bis fast auf den Boden, als Timpie und Zack sich darauf niederließen, beide küßten mich, das fabelhafte Kuß-Sandwich, einer rechts, einer links, und ich ekelte mich. Von Walter Larch kam ein Blumenbukett in Form eines Herzens, weil er froh war, meinen Trenchcoat nicht mehr sehen zu müssen. Danae, Ivo und Malvina standen mit langen Gesichtern vor der Station, sie konnten keimbehaftet sein, erklärte die Oberschwester. Trotzdem wackelte Rebekka für Ruthie mit den Ohren, bis sie von Lilly und Edgar mit zwei dicken Puppen und einem Teddy in der Hand abgelöst wurde.

Nach ein paar hektischen Nächten mit purpurroten, geschwollenen Brüsten legte sich meine Euphorie, denn Ruthie schrie wochenlang, und ich wog sie ständig, damit sie nicht verhungerte. Timpie, die sich auf Lesereise befand, schickte alle paar Tage Ansichtskarten mit kleinen Katzen in Honigtöpfen, die ich Ruthie bis auf das letzte Komma vorlas. Elijah fachsimpelte mit Lilly über Wegwerfwindeln, und ich lernte die Mütterrotte von den Spielplätzen kennen, ein Rudel ausgehungerter Wildhunde. «Sie *braucht* warmes Essen, Joa!» sagte Lilly, als Ruth größer wurde, und schlug vor, täglich einen Henkelmann mit Möhren und Kartoffeln vorbeizubringen. Timpie riß sich geradezu um Ruthie, und Ruthie, die walnußbraune, glatte Muschelschale, torkelte um sie herum wie ein Satellit. In der Sonne sangen sie alberne kleine Lieder, Ruths Beine im Planschbecken, während Timpie ihr einen alten Regenschirm über den Kopf mit der dreieckigen, pochenden Fontanelle hielt. Ich ärgerte mich, wenn sie Zack mitbrachte, sie riechen nach Sex, sagte ich zu Elijah, nun, sagte er, kein Grund, sie zu hassen. Es ist aber aufdringlich, sagte ich, es überfordert Ruth. Aha, sagte er seufzend. *Ach, meine kleine Seejungfrau*, zitierte Timpie, wenn sie Ruthie abtrocknete, *seit eben weiß ich ganz genau, daß im Wasser Kinderhasser mit Anemonen Bötchen fahren und Seejungfraun zu Seelachs garen*.

«Verdammt», sagte ich wütend, «kennst du keine netten Gedichte?»

«Du», rief Ruth begeistert, «du, du!» Sie stürzte sich auf meine Schwester, und als ich wieder zu arbeiten begann, nahm Timpie sie mir tageweise ab. Zack wirkte betreten, wenn wir uns trafen, und manchmal, wenn ich Ruth aus Timpies neuer Zweizimmerwohnung abholte, gingen wir aneinander vorbei und achteten darauf, uns nicht zu berühren. Er mit dem rotweiß gepunkteten Steingutgeschirr in der Hand, ich mit Ruthie auf dem Arm, umgeben von dem Milchatem, in den sie mich hüllte.

Wenn Elijah neben mir schläft, sehe ich es wieder: Ruthie, die sich auf der Treppe überschlägt. Ihre Halswirbel knacken. Ich sterbe dabei, bis mir einfällt, nein, es ist nur eines der Bilder. Zwangsvorstellungen, sagt Elijah. Die Szenen legen sich über ihn, der den Mund geöffnet hat, mehr und mehr sieht er aus wie ein alter Mann. Die Augen zittern ihm unter den Lidern, daß man denkt, die Lider zerrissen, wenn er weiterträumte. Ein paarmal habe ich ihn deshalb aufgeweckt, und er sah mich nur verwundert an. Was hat er vergessen, das ich behalten habe? Timpie erzählte Ruth von Gott, bevor sie drei war, Elijah unterstützte es, ich habe ihnen das nicht verboten. Müde bin ich geh zur Ruh, sage ich leise, und meine Worte reißen das Zimmer auf. Ich will nicht mehr mit ihm über die Schuld reden, wirklich nicht, vorbei sind die Zeiten, in denen ich an seiner Schulter klebte und auf ihn einredete. Manchmal wird es ganz still, und ich kann meinen Gedanken zuhören, wie sie zwischen seinem und meinem Kopf rauschen, das Testbild, die weiße Gewalt. Wenn sie dann kommen, bin ich für sie bereit, Timpie setzt sich an meine rechte Schulter, dahin, wo die Engel sitzen, und Ruthie sitzt zu meinen Füßen. «Es sind *Erscheinungen*!» sagt Elijah. «Eben», sage ich. Er aber sieht sie nie.

Timpie glaubte, daß Schuld nicht interpretierbar sei. Die Schuld, sagt sie, hat eine einzige Geschichte, nur fehlen uns leider die Worte, damit wir sie erzählen könnten. Oder die Menschen, denen wir uns mitteilen wollen, hören uns einfach nicht. Timpie, sage ich einmal, hörst du mich, sie lächelt, sie verschwindet, sie löst sich auf. Ich habe mich nie auf sie verlassen können. Die geschmiedeten Stäbe vor dem Fenster laufen erst bläulich an, dann silbern, als der Morgen mit seinen Federn kommt, und über Elijahs Bett geht die Sonne auf. So nah neben meinem, ich war nicht dabei, als irgendwer die Nachtkonsole zwischen unsere Betten gestellt hat, so nah, so weit weg. Wo Ruthie nur ist? Ich kann sie nicht finden.

Elsie Marner kam uns auf dem Weg zu Bakkers Gaststätte entgegen, wo wir drei Dunkelbier für Großmutter holen wollten. «Jesus», sagte sie, «ist die niedlich.» Sie beugte sich hinab, und ihre untertassengroßen Augen hafteten an Ruthie; ich wollte, daß sie sie zufriedenließ, es würde etwas von Elsie an ihr klebenbleiben, wenn sie weiter so starrte. «Sie hat das nicht gern», sagte ich und zog Ruthie weg.

«Ach je», sagte Elsie, «warum denn nicht, magst du die Tante nicht?» Mit einem dürren Finger angelte sie unter ihrem Pullover nach dem Träger ihres BHs, Ruthie schob die Unterlippe vor, schnüffelte und sagte nichts. «Ist sie immer so?» fragte Elsie mürrisch. «Sie sagt ja gar nichts.» Und du alte

Vettel, dachte ich, halt dein Maul, denn ich vertrug die Nähe zu Menschen nicht, die Ruth beanstandeten, mein Liebchen, meine Sonne. «Wir müssen jetzt», sagte ich, und Ruth, die jedes Wort verstand, kratzte unruhig mit einem Schuh an der Sohle des anderen. Sie sprach, seit sie ein Jahr alt war, und Rebekka erstickte mich mit Literatur über frühe Talente. «Wenn das in der Familie liegt, sollte man wenigstens an Hochbegabung denken. Das ist ja kein Schimpfwort, Joa. Du mußt sie fördern!» Weil ich das ablehnte, schenkte sie ihr die lehrreichen Puzzles oder zweisprachige Kinderbücher, spielte mit den Kindern Schule, wann immer wir zusammenkamen. Sie hatte Ruth intellektuell adoptiert. Ruth, Ivo, Danae und Malvina saßen mit ihren schmalen Schultern ergeben als Schulklasse vor ihr, wenn sie mit trillernder Stimme im Garten unter den Kirschen über die Entstehung der Kohle plauderte.

«Du solltest dir eine Arbeit suchen, Rebekka», sagte ich anzüglich.

«Du weißt doch», sagte sie, «daß ich es nicht *ertragen* könnte, die Kinder auch nur ein paar Stunden lang nicht zu sehen.» Sie pflückte Farne und entrollte die zarten Wedel. «Rippenfarn», hörte ich sie rufen oder: «Oh, ein Adlerfarn, die Dinger hier heißen Fiederchen, und zu der Form sagt man, Ivo?»

«Eliptisch», sagte er, und sie schlug ihn mit zwei Fingern gegen die Wange. «Genau, merkt euch das mal, Mädchen!»

An diesem Morgen ging ich mit Ruth an Dr.

Lennarts Haus vorbei, es war im April oder Mai, und die Birkenkätzchen vor seiner Tür hingen schlaff an den Zweigen, die Sonne war noch vom Winter geschwächt. Die Blüten der Silberweide hatten sich schon morgens gelb aufgeplustert, wie Flügelchen von Osterküken. «Salix alba», sagte ich wie Rebekka zu Ruthie, «Silberweide, merk dir das mal.»

«Das ist doch alles nicht so leicht», sagte sie vor sich hin, «für so eine kleine Ruthie.» Elijah und ich fragten uns ständig, woher sie solche Sätze hatte, du bist klug, sagte ich, *klug, klug, klug*, und sie lächelte mit ihren engstehenden, weißen Zähnen. Vor Dr. Lennarts Haus fiel ich auf die Knie und gab ihr einen Kuß auf den Mund, er schmeckte naß und frisch und sauber, wie nur Kinder schmecken, ich küßte ihre Mundwinkel, preßte meine Nase an ihre Kopfhaut, bis sie mich abschüttelte wie einen lästigen Welpen. Da, wo sie gewachsen war, spürte ich ständig einen Schmerz. Heinerich, der Wagen bricht, nein, Herr, es sind die Ketten um mein Herz. Nachts liefen mir die Tränen über die Wangenknochen ins Ohr, wenn ich sie ansah. Ich hab dich so lieb, Ruthie, ich hab dich auch so lieb, Mama, so lieb wie ein Auto, guten Abend, die Spieluhr, gute Nacht, an den Fenstern ausgeschnittene Sonnen und Giebelhäuser und Monde. Ihre Pyjamahose aus Flanell war heruntergerutscht, an ihrer Hüfte hatte sie dasselbe nagelförmige Mal wie Zack. Manchmal dachte ich, ich hätte Zack eingeatmet, ihn in meinem Bauch zu einem neuen Wesen gemacht. Ruthie, die schlief. Es war eine lange, sehnsüchtige Liebe, die ich für mein Kind hatte, diese Liebe, von der ich nichts verstand.

Ein paar Stunden später kroch sie vor mir auf dem Fußboden.

«Mach deiner Mama auf», hatte ich gebrüllt, als sie mich ausgesperrt hatte, «sofort wirst du deiner Mutter aufmachen, Ruth!» Aber sie legte sich nur mit ihrem ganzen Gewicht vor die Tür. Eine Sekunde lang bewunderte ich den Mut meiner Tochter, aber dann stellte ich mir ihre trotzigen, waghalsigen Augen vor, und ich begann wie wahnsinnig auf den Rahmen einzuschlagen. Schließlich öffnete sie, preßte die Stirn verängstigt an meinen Oberschenkel. Ihr verschwitztes Haar. Ohne nachzudenken, langte ich nach ihr und knallte ihr meine Hand auf den Kopf. Und dann knallte ich ihren Kopf noch mit der Hand gegen die Wand. Sofort wurde ich wach. «Baby, Baby», sagte ich verdattert, «Mama wollte das doch nicht.» Ich hatte ihren Trost nötig, ihre Verzeihung, aber sie war wie ein Knochen, sie lehnte sich mit diesem entsetzten Blick zurück, nicht einen Zentimeter geschrumpft. Immer noch sprach sie nicht. «Ruthie will dich nich», sagte sie schließlich. Rose Marie, dachte ich, Rose Marie, Timpie, Joa, Ruth.

«Was?» fragte ich. «Was willst du denn nicht mehr, Süße?»

«Dich, nich!»

«Verdammt», sagte ich, «verdammt, verdammt,

man wird doch wohl mal einen Fehler machen dürfen.» Elijah kam herein, sah uns voreinander kauern, umarmte sie, ihre braunen Locken vermischt mit seinem rostfarbenen Haar, sie lehnte den Kopf an ihn und sah mich unter dem Haarvorhang an. In Sicherheit. «Was habt ihr denn wieder», sagte er sanft, «was denn, was denn, mein Hase?»

Sie hatte sich allein die Zähne geputzt und versagt, ein Handtuch hing schwer und durchnäßt über dem Waschbecken, die Tropfen rannen auf den Boden; sie war noch nicht dreieinhalb, und sie schluchzte. Von der Badezimmertür aus blickte ich auf ihren Rücken. «Du mußt doch sehen, was du gemacht hast», sagte ich in die bange Eilfertigkeit hinein, mit der sie ein paar frische Handtücher durch die Pfützen auf den Fliesen zerrte. Meine Stimme war Stahl, heiß, ich kontrollierte mich, o ja, ich wußte, wie das ging. In dem Versuch, sich und den Teppich zu retten, machte sie alles nur noch schlimmer, die Vorleger waren durchweicht, die rotweißen Streifen grau geworden. «Hörst du mich, du bist böse gewesen, ein böses, böses Mädchen!»

«Mammamamma», sagte meine Tochter, und die Furcht in ihrer Stimme berauschte mich. «Ich mach dir den Teppich trocken», sagte sie flehend, «und morgen, wenn» – ein Schluchzer –, «wenn Marx und Berner wieder aufmacht, dann gehn Ruthie und Mamma und kaufen schnell einen neuen Teppich.»

«Wie ist das passiert, Ruth!»

«Ich weiß das nicht», sagte sie und starrte mir wie hypnotisiert in die Augen, «flüster, flüster, das ist ein Geheimnis.» Mit dem Handtuch schlug ich zu, noch mal, und als das Handtuch mir entglitt, nahm ich einfach die flache Hand. «Ich hab dich lieb», schrie ich, «sieh, was du mit mir machst, du machst mich verrückt.» Da sah ich mich vor ihr aufragen, Schulden, die man zu bezahlen hat, ihre Nase blutete, und ich schrie auf, Ruthie, ein rotes Rinnsal auf dem feuchten Boden, es verlor sich in dem Wasser, das sie vergossen hatte. Nie hatte ich etwas Schrecklicheres gesehen, die Geräusche, die sie dazu machte, sie tat es für mich, damit ich mich erinnerte. Dann stand plötzlich Timpie in der Tür und brüllte mich an, Joa, mach das nicht, du schlägst sie ja tot. Ruthie, schrie ich, komm bitte her, geh nicht weg, geh nicht mit Timpie. Sie drehte sich gequält um zu mir, Timpie machte Mundbewegungen, hör endlich auf, Joa. Mama liebt dich, schrie ich. Ruth konnte nicht vor und zurück. Sei. Mir. Bitte. Nicht. Böse. Verzeih mir, sagte ich. Sie schrie in ihre Hände. Sie erstickte sich mit ihren Händen. Bis Timpie sie hinter sich hinauszog. Weg von ihrer Mamma, von mir.

Ständig spazierte Ruth mit ihrem Bastkorb Zack hinterher. Entzückt saß sie in ihrem kleinen Holzfällerhemd auf dem Hocker, den er für sie gemacht hatte, und Großmutter rieb ihr abends mit den Händen die Waden warm. Immer, wenn wir im Otschtal waren, wohnten wir in Rose Maries altem

Zimmer, das ich vergeblich nach Erinnerungsstükken abgesucht hatte. Abends erzählte mir Ruth Geschichten, in denen große, weiße Eisbären und Känguruhs vorkamen, und ich schwankte auf den Wellen ihrer Kinderstimme, hoch, tief, dann schlief ich ein. Morgens war sie das erste, was ich sah, ihr breites, bäuerliches Gesicht, es ist ein schöner, sonniger Tag, Mama, los, du Faulpilz, steh auf, du Faulpilz. Elijah schrieb mir lange Episteln. *Mir scheint, Joa, du spielst mit Ruth dein eigenes Leben nach, bist du dir bewußt, daß ihr mich ausklammert. Aber ich bin nicht Caleb, und ich will für Ruthie auch nicht der Mangel sein. Caleb, alles, was weg ist. Lilly und Edgar vermissen ihre Enkelin sehr, dich übrigens auch. Ich esse jeden Abend Spiegeleier, das hebt meine Laune nicht.* Das *nicht* hatte er unterstrichen. Das war sonst nicht seine Art, komm doch, schrieb ich also zurück, aber er kam nicht.

Timpie dagegen besuchte uns oft. Das Gespräch, das sie darüber führen wollte, warum ich Ruthie schlug, war unangenehm und versickerte, als wir nebeneinander am Otsch entlanggingen, auf dem alten Treidelpfad, an dem Ezra Notten und ich uns manchmal getroffen hatten. Wir standen in einer Glasglocke, die beim ersten lauten Satz zerbrach, und ich schämte mich so, daß ich kaum sprach. «Du kannst immer nur das tun, Joa, was du gelernt hast, sicher. Aber du bist jetzt erwachsen. Du kannst dich gegen Rose Marie wehren.»

«Rose Marie hat damit nichts zu tun.»

«Ich weiß», sagte Timpie sehr ruhig, «du mißhandelst Ruthie nicht, und Rose Marie hat dich nicht mißhandelt. Ich hatte vergessen, daß du das vergessen hast.» Sie war müde, rot und fleckig, aufgebraucht. Nein, ich mißhandelte Ruthie nicht. Ich hatte nur Ausfälle, Ausfälle, so heftig wie die Bilder in meinem Kopf, ein grausamer, endloser Film: Jedesmal, wenn ich Ruth trug, hörte ich ihren Schädel gegen den Türrahmen knallen. Wenn ich sie beim Schwimmen im Otsch beobachtete, die orangefarbenen Flügelchen um ihre Oberarme, wußte ich, daß ich sie zum letztenmal sah. Ein Fisch vom Grund würde aufsteigen und sie hinabziehen. Der, der mit der Laterne in den Nächten leuchtete. Oder ich sah mich selbst dabei, wie ich ihr die häßlichen Dinge aus Büchern antat. Ich sah mich Abflußreiniger in ihr Trinkglas füllen, Messer in ihren weichen Bauch schlagen, sie köpfen. Immer war Ruthie nachher fort. Ich wußte, daß ich daran sterben würde.

Am Telefon sprach ich mit Elijah über die Zwangsgedanken, und er beruhigte mich. *Joa, das ist nur die Angst, sie zu verlieren. Du bist eben eine gute Mutter, du spürst die Macht, die du über sie hast. Das setzt dein Gehirn nur in Bilder um.* Ich verheimlichte ihm nicht, daß ich Ruthie manchmal prügelte; ich vergaß es nur, weil nicht ich es war, die schlug, sondern das Böse, etwas Fremdes und Wildes, das in mich eindrang, das schlimme Tier. Aber es war immer das letzte Mal. Einmal, wir hatten uns wieder gestritten, kam Großmutter mit dem Trockentuch in mein Zimmer, während Timpie unten Ruth aufzuheitern versuchte: «Warum tust du Ruthie das an», sagte Großmutter leise, «mach doch nicht denselben Fehler wie Rose Marie. Du solltest dich zusammenreißen.»

«Das kommt aber ziemlich spät», sagte ich, warf die Steppdecke zurück und legte mich starr wie ein Stock aufs Bett. Die Finken schlugen vorm Fenster. Ich schluchzte vor Wut, als sie die Tür leise zuzog und hinunterging. Ruthie jubelte unten auf. Mein Bett roch nach Alter, verwest, ich fühlte mich unsauber, eifersüchtig auf meine Tochter. Darauf, daß Großmutter sie in Schutz nahm. Manchmal nannte ich Ruth gedankenlos Timpie. Ich hatte eine panische Angst davor, daß sie mich auszahlen würde, mit Pica, Mutismus, Stottern; aber niemals war das Bett morgens naß, ihre Sätze überrollten uns wie hübsche, runde Glassteine. Ruth verzieh, natürlich, denn ich war die schimmernde, riesige Gestalt. Mamma, der man nicht vorwerfen konnte, sie hätte ihr Mädchen nicht liebgehabt.

Über dem Otsch ging ein Gewitter nieder, und wir standen eine Weile am Ufer und sahen den Blitzen zu. Dann rannten Ruth und ich heim. Das Haus war leer. Großmutter feierte mit Annie Marner Geburtstag. «Komm schon, Ruth», sagte ich vor der Türe und säuberte ihr schnell die Finger, «schau mal, da oben.» Der Himmel war pechschwarz, aber sie sang begeistert *es regnet, Gott segnet, die Erde wird naß*. Sie trieb mich in den Wahnsinn. Meine

Hüfte tat mir weh, weil ich sie hinter mir herschleifen mußte. Die Espen an der Brücke flirrten und bogen sich in diesem bläulichen Schimmer, ein Himmel, bleich, düster wie eine Mauer. Dann prasselten die ersten Tropfen.

Wir kamen durch die Garage herein, wo an den Wänden Sensen und Harken lehnten; am Boden lagen halbmondförmige Sicheln in einem Korb. Die Wände der Garage waren noch warm von der Sonne. Ruth hatte neue Sandalen an und verhedderte sich mit der losen Schnalle in ein paar Geräten. Dann stolperte sie, und dann fiel sie in eine der Sicheln. Ich drehte mich nicht um, ich dachte mir nichts bei dem Lärm. «Los», sagte ich, «komm schon, Ruthie, wir machen uns einen Kakao.» Als ich sah, daß sie sich benommen an die Stirn griff, kniff ich die Augen ganz schnell wieder zu, weil ich dachte, ich würde ohnmächtig werden. Es war eine tiefe Wunde, die Sichel war glatt bis auf den Knochen durchgegangen, erst klaffte der Schnitt nur, dann zeigte sich kurz vor dem Haaransatz das erste, schwarze Blut. Hilfe, Hilfe, sagte ich einmal und ein zweites und ein drittes Mal ganz leise. Ich konnte nicht schreien, sondern raste auf Ruth zu, sah sie aufstehen, in Zeitlupe taumeln. Das war es also, dachte ich, ich wußte, was es bedeutet, wenn man die Dinge in Zeitlupe sieht, es bedeutet, daß einem nicht mehr viel Zeit bleibt. Ruth schrie nicht, aber sie blutete sehr. All die Autopsien, dachte ich, und jetzt das. Mit dem Kind im Arm, das endlich wimmerte, rannte ich die Treppe hoch, Hilfe, irgendwo mußte Timpie sein, ich öffnete alle Türen. Wir hinterließen eine Spur, sie fing an zu kreischen. Mamma, ein viereckiger Mund, Panik. Jemand mußte sie festhalten, während ich sie tamponierte, nähte, ich riß die Tür zu Timpies Zimmer auf, und da lagen sie in ihrem Bett, umeinandergeschlungen wie zwei an den Stämmen verwachsene Pflanzen. Es war halbdunkel, und sie bewegten sich einfach weiter, obwohl ich mit Ruth in der Tür stand, die Spannung in der Luft ließ meine Körperhaare aufrecht stehen. Zacks langer, nackter Körper lag halb über ihr. Mit der Hand barg ich Ruths Kopf, unter mir klebte die Wunde, aber ich sah nur gestreckte Muskeln, Sehnen und Schweiß. Es roch süßlich, und Timpies Hals war nach hinten überdehnt. Ruthie hing auf mir, ich murmelte: «Jaja, Liebchen, ist ja gut, ja, ja.» Ich hoffte, sie würde die Augen geschlossen halten. «Scheiße», sagte ich laut und: *So ist das also.* Zack machte eine Bewegung wie beim Liegestütz, dann stand er neben uns, bleich und tropfend, und blickte verständnislos auf Ruth herunter. «Bitte», sagte ich und drückte sie ihm in den Arm, sein Penis zeigte auf mich, als ich ein Zimmer weiter rannte, um meine Tasche zu holen. Während sie auf seinen Knien weinte, übergoß ich sie mit Alkohol, unprofessionell, aber ich hatte die Situation im Griff. Mehr als Timpie und Zack. Die Wut kam erst, als Ruth versorgt auf ihrem karierten Deckbett lag, neben ihrem zerlutschten Teddy, der Fiona hieß, sie hatte seinen Fuß im Mund, als ich aus dem Zimmer ging. Timpie und er saßen angezogen unter dem Fenster, und erst da hörte ich, wie hohl der Donner war, der Regen klatschte gegen die Westwand. Keiner von beiden sagte etwas, Rauch hing über ihnen, sie hatten ein schlechtes Gewissen, das konnten sie meinetwegen haben. In die Tür gelehnt sah ich mir die Bescherung an.

«Ich finde euch zum Kotzen», sagte ich, «euch und all dieses Blut, mit dem ich es zu tun habe. Blut reicht mir schon, weshalb muß es auch noch Sex sein? Wer seid ihr denn, daß ihr hier ungehemmt vögelt, während ein Kind im Haus ist?»

«Es war kein Kind im Haus», sagte Zack und betrachtete mich plötzlich wieder mit den Zack-Augen, *Joa-Boa, geh und mach woanders die Granaten scharf.* «Du erinnerst dich, Joa», sagte er, «du kamst mit dem Kind ins Haus, in dem wir uns bereits befanden. Davon abgesehen finde ich nichts Verwerfliches an zwei nackten Körpern.» Timpie schluckte, sie sah mich bang an.

«Aber nicht vor meinem Kind», sagte ich sauer und zog die Tür zu. Dahinter hörte ich, wie Zack etwas sagte und lachte. Timpie fuhr ihm über den Mund, aber ich wußte, was es war. Er hatte sich über mich lustig gemacht und etwas über meinen Blick angesichts seines Schwanzes gesagt. Meine Verwünschungen bestanden aus glänzendem Haß, und dahinter tröpfelte Traurigkeit.

Am Tag danach, als die Luft saubergefegt und die Temperatur um ein paar Grad gefallen war, traf ich in dem neuen Laden neben der Kirche Ezra Notten. Ruth begutachtete bei Großmutter zu Hause im Spiegel stolz ihren Kopfverband, den Zack mit ein paar Taubenfedern ausgestattet hatte, und ich ging beruhigt ins Dorf. Vor den altmodischen, bauchigen Limonadenflaschen und einem Faß mit selbstgemachtem Sauerkraut stieß ich auf Ezra.

Er war imposant geworden, ganz anders als der lange, dünne Pfarrer, den ich gekannt hatte, seine Jungenhaftigkeit gänzlich ausgeschwemmt, etwas hatte ihn entkorkt, er war tatsächlich jemand anderer. Als ich in einem der unteren Regale nach einem Fläschchen Maggi angelte, schaute er an mir vorbei und prüfte die Stengel des Bohnenkrauts, drehte einzelne Blätter um, legte schließlich den Bund in seinen Korb. Dann lächelte er mit geraden, weißen Zähnen, wunderschöne Zähne, an die ich mich nicht erinnern konnte. Vielleicht waren sie überkront, aber sie gehörten zu einem angenehmen Gesicht unter grauen Stoppeln. In Jeans und Polohemd wirkte Ezra alterslos, und als er mir in die Augen schaute, war das, als hätte er auf einen schlafenden Nerv getreten. Eine Schweißperle rann mir unter dem Arm hinweg, denn seine Ausstrahlung war abwägend und gefiel mir. «Joa?» sagte er plötzlich erstaunt. «Ach du lieber Himmel», sagte ich, «Ezra Notten! Das ist *wirklich* eine Überraschung.»

Nach ein paar Sätzen lud er mich in sein Haus auf der anderen Seite des Flusses ein. Aber abends fieberte Ruth leicht, und ich überlegte, ob ich gehen sollte. Weil Großmutter mich hinausdrängte, saß ich dann doch mit Ezra auf seiner Terrasse, die von Mauer-Zimbelkraut überwuchert war. Zunächst sprachen wir noch über die winzigen, violetten Blüten, Spaltenkriecher aus dem Mittelmeerraum, die er sich von einem Campingplatz aus Spanien mitgebracht hatte. «Das paßt zu dir, wie du früher warst», sagte ich, «zu diesem, sagen wir, experimentierfreudigen Kleriker, der Mottenkugeln benutzte.»

«Oh», sagte er überrascht, «und du warst eine unreife, hübsche Göre, die zu laut geredet hat.»

«Aber du wolltest mit mir ins Bett.»

«Genau», sagte er belegt, «das wollte ich, und daran hat sich nichts geändert.» Das ist ja nicht zu fassen, dachte ich, und Elijah fiel mir ein, der sich über mir dehnte, seine weiße, englische Haut. Ich zuckte zurück, mein Glas klirrte auf der Terrassenplatte. Ezra benahm sich ungefähr so, wie ich operierte, hemmungslos, und darum griff ich verlegen nach dem Feldstecher, der auf der Brüstung lag. Ich wollte unser Haus suchen, aber ich sah nur Bäume. Von hinten berührte Ezra meine Schultern und dann meine Arme und meine Brust. Dort blieben seine Hände liegen, schwer und bedeutungsvoll. «Ja», sagte ich, «das will ich dann wohl auch, Ezra.» So wurde Ezra Notten mein dritter Mann, nach Elijah und sich selbst.

Sein Schlafzimmer war ein orientalisches Gemach. Kissen, Zipfel, Überwürfe, ein geschnitzter, indischer Altar über dem Bett, auf dem die Statue des Elefantengottes stand. Mit Spiegelchen bestickte, bunte Decken. Wenn sein Geschmack schon nicht männlich war, dann wenigstens interessant. Weichling, hörte ich Rebekka sagen. Im Wohnzimmer hatte ich Bücherregale entdeckt, sehr viele Regale. Im ganzen Haus hing dieser schwere Geruch, wie Weihrauch, vielleicht veranstaltete Ezra kuriose kirchliche oder sexuelle Rituale. Plötzlich wünschte ich mir, ich könnte sein Leben aufklappen wie eine Kiste. Wie konnte sich jemand nur so verändert haben. Feierlich ließen wir uns zu beiden Seiten des Bettes nieder, und als wir nackt waren, streckten wir uns Bauch an Bauch nebeneinander aus. Ob er nach mir griff oder ich nach ihm, war egal, ich benutzte meine Finger, wie man mit einer Machete in den Urwald geht, selbstverständlich. Ich wollte Ezra Notten so stark, daß es mich ganz krank machte, selten war ich derart nackt gewesen, aber das kümmerte mich nicht, denn niemand beobachtete mich, weder beschämten mich meine runden Hüften, noch die Brüste, denen man Ruth ansah. Ezras Körper war trainiert und schön neben meinem, es war offensichtlich, daß er mit Gewichten arbeitete. *Ein Pastor?* hörte ich Zack sagen. *Wofür braucht ein Pastor Muskeln, etwa um das Kreuz zu tragen?*, aber ich stellte seine Stimme ab wie einen Radiosender.

Etwas von Ezras Ebenmäßigkeit ging auf mich über, und ich fühlte mich hinreißend, als ich stöhnend an ihm auf und ab glitt, erregt wie niemals vorher. Sein Gesicht dagegen blieb beherrscht und kühl wie eine Marmorstatue. Es war so lange aufregend, bis mir auffiel, daß ich seinen Schwanz nicht finden konnte, und als ich ausführlicher nach seinem Geschlecht tastete, griff ich plötzlich in diese Masse weichen Gewebes, *ein weißer, schlaffer Frosch*, sagte jemand in meinem Kopf. Es war unsäglich. Ezra, dachte ich, komm schon, aber Ezra konnte nicht, offensichtlich war er impotent, wunderbares Erlebnis, bis auf die Tatsache, daß Joa Leghorn, die Ehebrecherin, mit ihrer Lust allein war. Achtundneunzig, siebenundneunzig, sechsundneunzig, eine der entwürdigendsten Erfahrungen meines Lebens. Ich war für ihn unattraktiv, kein Wunder. Mit meinem Bauch, der weich an ihm klebte, meinen Brüsten mit flachen, eingesunkenen Warzen, berührte ich nichts ihn ihm, die Kontakte waren verrostet. Obwohl ich auf der Stelle nach Hause wollte, stöhnte ich nur noch lauter, weil ich dachte, vielleicht würde uns das helfen. Ezra seufzte verzückt und öffnete die Augen, sagte etwas wie *Du bist eine schöne Frau, Joa*. Die Situation war dermaßen verfahren, daß ich mich noch eine halbe Stunde lang aufführte, als bestünde Hoffnung, und auch er bewegte seine Hände weiter, sie flitzten geschickt über meinen Körper. Meine Demütigung darüber, daß ich ihn trotz allem begehrte, war so groß, daß ich mich irgendwann mit einem letzten Blick auf seinen Penis entzog. Daß er so war, hatte ich vergessen, schrumpelig, zurückgezogen, ein lichtscheues Tier. «Joa», sagte Ezra an meinem Ohr, nachdem ich den Orgasmus simuliert hatte, «ich wünsche mir einmal ganz viel Zeit mit dir. Ich will dich langsam und ausführlich haben.» Das kann ich mir vorstellen, dachte ich, du willst mich langsam haben, weil es schnell nicht geht.

Hinter den Fenstern schimmerten die Lichter am Hügel gegenüber. Der Drache, der über Großmutter, Ruth, Zack und Timpie schlief, streckte seine Schnauze in den blanken Himmel. Im Licht der Nachttischlampe sah ich die feuchten Flecken, die ich gemacht hatte, und schämte mich zu Tode. Ezra hingegen, mit solchen Situationen offenbar vertraut, zündete sich eine Zigarette an und benahm sich überhaupt, als hätten wir uns königlich amüsiert, ein Dichter nach der Lesung, in Erwartung der Fragen des Publikums. Gekrümmt neben ihm bedeckte ich meine Brüste mit den Händen. «Wie gefällt es dir bei uns?» sagte er, um sich warm zu laufen, aber er beachtete meine geflüsterten Antworten kaum, sondern redete über uns und die Gemeinde, über Kinder, über Ruth, von ihr sprang er zu Timpie und von Timpie zu Zack. Er zündete über den Städten die Lichter an, machte es hell, damit die Bomben treffen konnten. «Ich freue mich jedesmal *so*», sagte er, «wenn ich Zack und Timpie in der Kirche sehe.»

«Was», sagte ich überrascht, «Zack und Timpie gehen in die Kirche?»

«Sicher, seit einem Jahr schon, ein Glücksfall, daß die beiden sich so gut verstehen! In Anbetracht ihrer Lage.» Lage, dachte ich konsterniert, welche Lage denn? Niemand außer mir hatte die geringste Ahnung, in welcher innigen Lage sich die beiden seit kurzem befanden. Wenn sie abends ausgingen, fuhren sie in die Stadt und besuchten Lokale, die vermutlich düster waren, rotes Licht, Laternen, Nischen. Selbst Großmutter saß ihrer Unschuld auf, als wäre sie blind und taub, denn Timpie und Zack hatten es geschafft, die Hunde an die Kette zu legen, und waren frei, soweit man im Otschtal frei sein konnte. «In Anbetracht ihres Verhältnisses!» wiederholte Ezra ungeduldig.

«Hat Timpie dir das etwa erzählt?» fragte ich.

«Timpie», sagte er mit ironischem Unterton, «was glaubst du denn, nein! Rose Marie natürlich! Damals schon.» Ihr Name sank in mich ein wie ein Stein. Da war sie und machte sich über mein Leben her. «Was denkst du, zwischen eurer Mutter und mir gab es doch keine Geheimnisse! In der Beratung sind Geheimnisse tabu!» Er redete wirres Zeug. Vielleicht, dachte ich, ist er ja verrückt geworden.

«Ich zieh mich jetzt an», sagte ich.

«Nun warte», sagte Ezra ungerührt, «laß uns doch etwas plaudern! Erinnerst du dich denn nicht? Ich kannte Rose Marie und Timpie schon lange, bevor ich dich getroffen habe!»

«Nein», sagte ich.

«Doch, ich bin ganz sicher, daß ich es dir damals erzählt habe. Bevor ich hierher kam», sagte Ezra in einem leiernden, geduldigen Tonfall, «war ich drüben in der Stadt! Und da habe ich sie damals getroffen.» Er hatte es mir vermutlich erzählt, dachte ich, ich hatte nur nicht zugehört. «Das war», sagte er mit seinen weißen Zähnen, «als Timpie ungefähr zwei war.» Rede, dachte ich, rede. «Ich habe psychosoziale Betreuung gemacht, kirchliche Beratung, Alkohol, ein paar Drogen, ziemlich kaputte Gestalten, und es war geradezu ein Lichtblick, wenn jemand wie deine Mutter kam!»

«Wohin?» sagte ich aufgebracht.

«Na, in die Beratung doch!» sagte Ezra milde. «Deine Mutter hatte Timpie immer auf der Hüfte, tolles Kind, quakte wie ein Frosch, wenn man sie ließ, ununterbrochen. Solange Rose Marie und ich Stunde hatten, hat Timpie mit meiner Kollegin Mikado gespielt, so was Geschicktes, die kleine Person! Und lustig! Deshalb verstand ich auch zuerst Rose Maries Problem überhaupt nicht!»

Dies ist das Meer, dachte ich, und das Meer tut, was es tun muß, es steigt, ein Faktum, weder arglistig noch bösartig, ich kann schwimmen, ich kenne die Bewegungen, ich schwimme einfach los, bis ich am Ufer bin. Niemand wird hier ertrinken.

«Welches Problem denn?» sagte ich.

«Bitte», sagte er, «Joa, wir beide müssen uns nun wirklich nichts vormachen.» Immer noch lag sein Penis armselig zwischen seinen Beinen. Damals war er mir riesig vorgekommen.

«Welches Problem denn», wiederholte ich sachlich.

«Daß sie euch schlug!» sagte Ezra. «Das glaubte man ja gar nicht, wenn man dieses clevere Persönchen sah, Timpie. Aber Rose Marie war völlig am Ende, sie hatte sich einfach nicht mehr in der Gewalt. Erst schlägt sie dich jahrelang, nun gut, das verbucht man unter Jugendsünde, aber dann geht es nach Jahren beim nächsten Kind wieder los! Wie eine Marionette! An Fäden! Das Übliche!»

«Das Übliche?» sagte ich leblos.

«Na, nichts für ungut, Joa», sagte Ezra Notten, «du als Ärztin, mußt das doch wissen! Wenn sie geschlagen werden, schlagen sie auch, Hackordnung, Hühnerhof, Alpha- und Omegahuhn, Topdog, Underdog und so weiter!»

«Genau», sagte ich, «genau.» Meine Wangen fühlten sich an wie mit heißem Wasser überbrüht. Nackt lief Ezra nach unten, um eine neue Flasche Wein zu holen, Schritte, dumpf auf der Treppe, seine Beine danach kalt neben meinen im Bett.

«Rose Maries Mutter», sagte er, «hat natürlich auch geprügelt, der Wagen rollt, so ist das nun mal.» Als er den Korken aus der Flasche zog, ächzte er. «Um's kurz zu machen: Verängstigt wie sie war, hat sie gedacht, sie versaut euch fürs Leben, aber sie bekam es allein nicht hin. Ja, sie hätte Zeit gebraucht, Zeit! Das war's, was ihr gefehlt hat!»

Ein Jahr lang war Rose Marie wöchentlich zur Beratung gegangen, aber als Ezra kündigte, um die Pfarrstelle im Otschtal zu übernehmen, hatte sie alles hingeworfen und weigerte sich, auch nur noch ein einziges Mal mit ihm zu reden. Am Telefon ließ sie sich verleugnen, verzweifelt, beleidigt wie ein Kind. «Du hättest sie weiter betreuen müssen!» sagte ich heiser.

«Quatsch», sagte er und drückte seine Zigarette

aus, «überleg doch mal, ich war der *Pastor*, der *Nachbar*, und niemand will, daß sein Nachbar solche Dinge von einem weiß. Sie ist mir zu Recht aus dem Weg gegangen.» Er steckte sich eine neue Zigarette an. «Vermutlich wollte sie mich auch bestrafen. Neurotiker sind so, beziehen alles auf sich.» Was er sagte, flog leicht und verloren an mir vorbei. «Als ich hier anfing, war sie schon tot. Weißt du, Joa, ich habe nie an dieses dumme Gerede von Timpies Mordversuchen geglaubt. Rose Marie hat es hingeworfen, so sehe ich die Sache. Sie konnte einfach nicht mehr, hatte sich entschieden, daß sie mit ihrer Schuld nicht leben wollte. Und dann ist sie eben ins Wasser gegangen.» Er bewegte die Zehen und legte eine Hand auf meinen Bauch. «Sie war ja meine erste Tote hier», sagte er, «und glaub mir, ich war verdammt froh, daß ausgerechnet sie es war! Ich war froh, daß ich sie gekannt habe.»

«Warum soll sie das denn getan haben?» sagte ich, denn das Meer war in meinem Kopf angekommen und klatschte zwischen meinen Schläfen auf und nieder.

«Was getan?» fragte Ezra.

«Selbstmord», sagte ich.

«Zack!» sagte er.

«Was», sagte ich, «was.»

«Timpie und Zack», sagte er, «genaugenommen. Das hat ihr den Hals gebrochen.»

«Ich verstehe nicht», sagte ich, und in meinem Kopf rastete ein großes Zahnrad aus. Timpie und Zack gab es nicht zu Rose Maries Zeiten.

«Sie hat immer gesagt», sagte Ezra, «daß sie zu weit gegangen ist. Sie sagte: Caleb hatte recht, mich zu verlassen. Ich habe sie alle belogen. Caleb, Zack, und jetzt sitz ich drin, mitten im Schlamassel.»

Ich saß aufgerichtet, mit dem Rücken zur Wand.

«Ezra!» sagte ich.

«Deine Mutter war eine mutige Frau», sagte er, «es gehört schon etwas dazu, sich in diesen Zeiten selbst zu bezichtigen, Hilfe zu suchen. Aber Caleb und Zack reinen Wein einzuschenken, dazu reichte es dann doch nicht. Daß sie beide belogen hat, das ertrug sie am Ende nicht. Ich sagte immer: Rose Marie, aber das war doch nur Notwehr.»

«Was denn», sagte ich, «bitte!»

«Lieber Himmel», sagte er, «Joa, was ist daran so schwer zu begreifen? Daß sie es nicht fertigbrachte, Caleb zu sagen, daß Timpie Zacks Kind ist? Das ist doch menschlich! Wer schafft das denn, dem eigenen Mann zu beichten, daß man mit seinem Bruder eine Tochter hat.» Das Meer stieg in meine Nase und meine Lungen, ich wehrte mich erst noch, aber dann machte ich die Augen zu, und es war wie Schlafen. «Sie hat immer gedacht», hörte ich Ezras neutrale, energische Stimme, «daß Caleb es spürte, daß er deshalb fort ist. Timpie war doch ihr lebendiges, schlechtes Gewissen.»

Mein Gott, dachte ich, lieber Gott. «Dabei kannte sie jemanden, der hätte das Problem erledigt. Die Stricknadelversion. War ja noch früh genug. Aber das konnte sie nicht, nie im Leben, sagte sie, hätte ich das Kind in meinem Bauch umgebracht.» Mein Glas kippte auf den Boden, als ich danach tastete. «Hat Zack das gewußt?» Ezra warf mir einen unsicheren Blick zu. «Das mit Timpie? Um Himmels willen! Zack! Sie wollte, daß Zack sie in Ruhe ließ! Hat ihm eine wilde Geschichte aufgetischt, von irgendeinem Kerl, dem sie die Vaterschaft angedichtet hat. Zack war doch immer nur ein kleines Trostpflaster. Der einzige, den Rose Marie geliebt hat, war schließlich dein Vater.»

«Wußte Zack wirklich nicht, daß Timpie seine Tochter ist?» wiederholte ich gepreßt. «Nein!» sagte Ezra verwirrt. «Was denkst du! Er hätte es sofort Caleb gesagt. Er liebte sie doch, und Rose Marie war der Typ Frau, der abgewiesen sein will. Zack muß es irgendwann selbst herausgefunden haben, und Timpie scheint es auch zu gefallen. Jedenfalls war mir klar, daß sie Bescheid wissen, als ich die beiden in der Kirche sah. So was sieht man doch. Glücklich, familiär. Vater und Tochter! Ende gut», sagte Ezra, «und so weiter!»

Irgendwann, dachte ich, würde jemand mich finden, hier oben, auf dem Berg, schneeüberstäubt, die Wangen zerfressen, die Haut straff gespannt wie ein Seil. Sie konnten Segel aus mir machen, Taue. «Na», sagte Ezra gähnend, «Gott löst noch jeden Knoten!» Meine Wirbelsäule war aus mir herausgeflossen, und ich lag ganz still, die Tränen liefen lautlos über mich hinweg. Ezra hingegen konnte sich kaum fassen. «Vater und Tochter, diese Ähnlichkeit! Der Gang, der Gesichtsschnitt, der

Muskeltonus. Jetzt hat die liebe Seele endlich Ruh, da unten, unter ihrem Grabstein.»

Plötzlich lag sein Kopf an meiner Brust, in all der Nässe. Ezra hatte recht, man sah es sofort, wenn man es wußte. Vater und Tochter, Zack und Timpie. Ein Vater, der jeden Tag mit seiner Tochter ins Bett geht, eine Tochter, die verrückt nach ihrem Vater ist. Ezra faßte sich an die Wange, fühlte meine Tränen und setzte sich erschrocken auf. «Joa», sagte er, «ja sag mal! Warum weinst du denn?»

«Ich weiß es nicht», sagte ich.

Damit war alles getan. Der Moment war da, der letzte Punkt, den man setzt, das, was danach passiert, geschieht leise und zweifelsfrei, man atmet aus, eben noch ist der Ton im Raum gewesen, und dann ist der Raum plötzlich leer. Die Zeit steht. Keiner will das ändern. Ich hätte sagen können: «Ezra, Rose Marie hat ihm nichts gesagt. Niemand hat Zack etwas gesagt. Das bedeutet, sie wissen es nicht. Sie vögeln sich da drüben die Seele aus dem Leib. Warum hast du das nicht kommen sehen?»

Ich hätte mir die Haare raufen können, mit ihm beratschlagen, was man tut. Aber das Seltsame war, daß es mir vorkam, als hätte ich es immer gewußt. Das zeichnet die Wahrheit aus: nie ist sie wirklich überraschend. Wie Timpies Gedichte, die sie nicht selbst gemacht, sondern nur auf die Erde geholt hat, aus einem Raum, in dem sie vor ihr existierten.

Das alles geschah, bevor ich nach Hause kam und in der Küche Timpie traf, die am Tisch saß und sich ein Brot schmierte. Ich kannte jedes Wort, das gesprochen werden würde. Die Sonne geht auf, steht sehr hoch, geht unter. Das ist das Leben, dachte ich, *so* ist es also. «Soll ich dir was sagen, Joa», sagte sie vergnügt.

«Es ist vier Uhr nachts!»

«Ja, aber soll ich dir was sagen?»

«Timpie Leghorn», sagte ich, «iß dein Brot und leg dich hin.» Hinter ihr tauchte Rose Marie auf, jung, und hinter Rose Marie stand Timpie selbst, klatschnaß, wie ich sie mit Mutter zusammen aus dem Otsch zog. «Joa», sagte sie, «ich weiß gar nicht, wie ich es sagen soll. Aber ich möchte so gerne, daß du es als erste weißt.» Das Brot lag auf dem Schneidebrett, schwarz wie ein Stein, und Timpie knackte die Kruste mit den Zähnen.

«Also», sagte sie feierlich, «es ist nämlich so, daß ich ein Kind bekomme.» Es ist nämlich so, dachte ich, daß sie ein Kind bekommt. «Von wem ist es», sagte ich. «Von wem denn wohl, Joa?» sagte sie erstaunt. «Von Zack natürlich.» Ich bin Abfall, denke ich, ich bin aus einer Ritze im Fußboden gekrochen, damit ich in diesem Augenblick vor ihr stehe, ich habe nicht gewußt, daß dies alles für die paar Sekunden gemacht war, in denen Timpies Gesicht sich verändert, in denen es unter ihrer Haut arbeitet und tost, weil sie so sehr darauf wartet, daß ich etwas sage. Etwas Nettes, etwas, was Freude ähnelt. Ich sehe, wie sich ihr Gesicht bewegt, langsam formiert sich um Mund und Augen ein Ausdruck, Enttäuschung liegt ihr platt wie eine Schlafmaske über der Nasenwurzel. Timpie sieht unbewohnt aus; der Kühlschrank brummt wie eine Schmeißfliege, noch in der Jacke gehe ich hin und trete mit der Seite des Fußes dagegen. Er hört sofort auf. Timpie sieht mich unentwegt an, die Hand mit dem Brot hängt in der Luft, als ob die Hand gebrochen wäre, und sie legt das Brot auf den Teller und die Hände in den Schoß. «Ach», sagt sie verwundert, «daß das funktioniert, hätte ich gar nicht gedacht.»

«Doch», sage ich, «das mache ich immer so.» Ich hangele an einem Seil, meine Hände sind stark, sie halten. «Hör mal», sage ich und nehme eine Flasche Mineralwasser vom Kühlschrank. «Das ist ja toll.» Erleichtert sinkt Timpie zurück, blickt den Teller, die Butter und das Glas an, das ich auf den Tisch stelle. In seiner Seite spiegelt sich Ezra. «Ja, nicht wahr», sagt sie, absolut ungeschützt in ihrem vernünftigen Nachthemd. Timpies Augen sind zwei Taschenlampen, und sie leuchten nach innen, so sollte sie immer aussehen, als ob ihr jemand eine Glühbirne in den Mund gesteckt und angeknipst hätte. Sie glimmt rosa, ehrfürchtig vor dem, was Zack und sie da fertiggebracht haben. «Ein Baby», sagt sie, «stell dir mal vor, für Ruthie wird das wie eine Puppe sein.»

«Wann kommt es denn?» frage ich.

«So um Silvester herum», sagt sie und kichert, sie sieht aus wie Timpie, die Dreck aß. Das Kind, das in ihr herumpaddelt, hat Rose Maries und Zacks Gene, Zacks Gene doppelt, und ist jetzt noch am ganzen Körper behaart, ein wolliger Flaum.

Ein kleiner, gekrümmter Affe, der sich schon strecken kann und Atmen übt. Theoretisch kann es mit beiden Händen sein ganzes Körpergewicht halten, dieses Baby, das in ihr liegt und aussieht wie Zack. «Es wird ein Mädchen», sagt sie, «und ich denke, daß wir es Emma nennen.» Emma, denke ich, aha.

«Joa», sagt Timpie, «was hast du denn?»

«Wie wollt ihr das denn machen?» erkundige ich mich. «Ich meine, es ist alles so ein Durcheinander. Die Leute im Dorf denken doch, daß Zack dein Onkel ist, das wird ganz böse, selbst wenn du sagst, du bist nicht Calebs Tochter. Die schreien doch bei so was gleich Inzest.»

«Sollen sie denken, was sie wollen», sagt Timpie. «Hauptsache, wir wissen die Wahrheit.» Dann sagt sie, daß sie im Otschtal bleiben wollen, sie, Zack und das Kind, das sie schon jetzt dauernd Emma nennt. Wenn sie damit aufhören würde. In einem Winkel meines Gehirns entwickelt sich plötzlich ein Bild, und während Timpie noch über die Wahrheit redet, an der ihr sehr liegt, sehe ich Zack vor mir, in den Tagen, als Mutter gestorben ist, aus demselben Blickwinkel wie damals. Ich sehe ihn auf dem Bett sitzen, Timpie, das Kind, zu seinen Füßen, den Mund mit Holzspänen voll. *Sie war keine Heilige*, sagt Caleb noch einmal, und Zack starrt, die Hose ausgebeult von einer Erektion, das Mädchen an, Rose Maries Mädchen. Verdammt, denke ich, ich hätte etwas tun müssen, ich war die einzige, die es geahnt hat. Timpie holt Sekt, endlich fliegt der Korken, er fliegt in Großmutters Uhr, aber die Scheibe bleibt ganz. Der Sekt sieht im Glas aus, als ob er atmet.

«Auf die Wahrheit», sagt Timpie, «darauf, daß wir beide es anders machen als Rose Marie!» Und ich trinke mit meiner Schwester, und dann gehen wir zu Bett. Timpie sinkt in ihre Puddingträume, unantastbar, die große, weiße Mutter, ich aber erwache immer wieder, sehe Zack vor mir, den Zack, der Rose Marie so geliebt hat, daß er ihre Tochter zu lieben begann. Zack, der seine Tochter so deutlich erkannte, daß er sie liebte und nicht wußte, daß dies die falsche Art Liebe war. Diesen Zack sehe ich, aber auch meinen Zack, das Produkt einer explodierenden Phantasie. Auch er ist eine Wahrheit, denke ich, auch ihn muß ich würdigen.

Am anderen Tag regnet es, es regnet und hört nicht auf, bis sich um die Bäume Seen bilden; Blasen schwimmen darauf wie in Spülwasser. Die Wurzeln kommen mit dem Trinken nicht mehr nach. Unten schreit Ruthie am Fenster. Was hat der Regen, daß Kinder an ihm so glücklich werden. Sie ist früh aufgewacht und hat mir beim Küssen ihren Schlafatem in den Mund geblasen. Aber meine Knochen fühlen sich an wie Schiffsplanken, die zerschunden sind, sie treiben an irgendein Ufer, und ich muß sie erst finden, um sie aufsammeln zu können. «Ich erzähle dir eine Geschichte, Mamma», sagt Ruthie und kämmt die Teppichfransen, «also, das war so, da gab es einmal eine Arm-Meise und ein dickes

Hündchen, und sie sind von ihren Mammas weggelaufen.»

Ich höre sie sprechen und schlafe ein dabei, ich glaube, ich vertrage weder Sekt noch die Wirklichkeit, die darin ertränkt werden soll. Ruth geht zu Großmutter, ich aber stehe am Fenster, meine Brust ein Ameisenhügel, in dem es kriecht und werkelt. Die Tropfen sind weiß und knallen, wenn sie auf der steinernen Zufahrt aufkommen, die bunten Bruchsteine am Weg sind plötzlich gleichfarbig schattiert. Wie der Himmel manchmal, wenn er blau ist und anders blau.

Die Geräusche des Regens zerdrücken meine Gedanken, hör, sagen sie, was, was, was. Unten im Tal kreischen ein paar Jungen, wahrscheinlich opfern sie dem Gott, der ihnen erlaubt, ihre dünnen Sommerhosen naß zu machen und sie wie tote Vögel in die Bäume zu hängen. Mit klammen Beinen rennen sie durch die Pfützen, hin und her, immer wieder. Ich frage mich, was ich tun soll, und ich frage es mich bis zum Abend, an dem wir zusammen am Tisch sitzen. Ruthie tafelt, die Gabel und den Löffel wie Beile in den Fäusten, und Großmutter läuft um den Tisch mit frischen Zwiebeln, die einem zu Kopf steigen, wenn man in ihrer Nähe sitzt. «Na los, los», treibt sie uns an, «eßt was, ihr seid alle zu dünn.» Ich habe keine Großmutter gehabt, denke ich, ich hatte eine Putzfrau und einen Koch. Ruth bekommt Kohlrabischeibchen aufs Brot, dann Äpfel, die ich in eine Schüssel mit Wasser werfe, und sie fischt sie mit den Fingern heraus. Timpie und Zack wechseln ausgedehnte, heftige Blicke. Zacks Haar wird grau. Das Baby ist greifbar zwischen ihnen. Zacks Geste, mit der er eine Brotscheibe teilt für Timpie. Der Mann und die Frau. Ich schaue hin, wieder weg, ich bin feige. Um sie herum ist die Atmosphäre dicht, über ihren Köpfen sehe ich die Luft wabern, der gleißende Schatten der Liebe. Genausogut, denke ich, können sie sich gleich ausziehen. Es ist abstoßend, aber dann denke ich, daß ich wie alle Menschen mit dem Offensichtlichen schlecht umgehen kann. Großmutter, die ihr Haar jetzt in der seltsam gebauschten Frisur trägt, die ihr Elsie Marner empfohlen hat, nötigt mich ununterbrochen zum Reden. Joa hü, Joa hott, ich wehre ab, bis Timpie mich ansieht, gerührt, mit schmelzendem Blick. Die Erinnerung daran, wie sie mich als Kind verfolgte, bläst sich auf, schwebt zur Decke. Vor meinen Augen verflüssigt sich Timpie. Sie übt das Gebären. Sie muß hineingehen in uns und uns verlassen, sie ist da, wo die schwangeren Frauen sind. Wir essen, geometrische Bewegungen, aber vielleicht kommt es mir nur so vor, wir essen, es ist fast heilig. Wahrheit, denke ich, das ist es doch, was Timpie immer wollte. Wenn nicht ich es ihr sage, dann wird es Ezra tun. Spätestens, wenn sie zu ihm kommen, um in der Kirche zu heiraten. Er wird seine weißen Zähne blecken. *Was, was wollt ihr? Heiraten?* Er wird das Entsetzen sein, und sie werden vor ihm stehen, entlarvt, aufgedeckt, schmutzig, Vater und Tochter, von einer Minute zur anderen.

Ruthie juchzt plötzlich, sie trägt ein blauweißes

Matrosenkleid, das Großmutter mit der Hand genäht hat, und ich blicke vom Teller hoch, den ich angestarrt habe. Zack ist aufgestanden. *Ich laß dich verhungern* sagt er, während er Ruthie über sich schwingt, und mit einem glücklichen Schrei fliegt meine Tochter in Timpies Arme, als wäre Timpie ihre Mutter. Timpie reibt ihre Nase in Ruths Haar. Sie sind vollkommen, grenzenlos. Großmutter spült und sagt *Kinder, ach, Kinder.* Sie sind dort. Ich bin nicht bei ihnen. Ezra wird es ihnen sagen, und ihr Leben wird zerstört sein.

Dann stellen sie für Ruthie den Fernseher an und sitzen zusammen auf der Couch mit den roten Troddeln, auf der Rose Marie manchmal saß, ich bin sicher, sie ist jetzt hier. Manchmal rieche ich ihr Parfum, die Psychose, so fängt es an, wen wundert es, daß die Hypophyse plötzlich verrückt spielt, zuviel, was hineingepreßt worden ist, es muß auch viel wieder heraus. Es gibt eine winzige Chance, daß Ezra Notten begreift. Er könnte die beiden ansehen, wenn sie kommen, ihre ineinander verschlungenen Hände, und schweigen. Gott zuliebe, der sich verschätzt hat. Aber ich kenne Ezra. Das Grauen wird sich in seinem Gesicht festfressen, bevor er sich zurückhalten kann. Ruth atmet gleichmäßig, die tiefen Atemzüge von Kindern. Ihre Wange liegt an Zacks langes Bein gepreßt, während sie auf den Bildschirm starrt, den Mund geöffnet, und Timpie hält sie von hinten mit dem Arm umschlungen. Die drei sehen wie eine Familie aus. Ich hasse es, daß sie so aussehen.

Ich bin so müde. Ich bin ihre Schwester. Es wäre meine Aufgabe, ehrlich zu sein. Als ich Ruth aus Timpies Arm nehme und ins Bett bringe, bete ich mit ihr. Jemand muß es Timpie sagen. Sie ist der aufrichtigste Mensch, den ich kenne, für sie ist Ehrlichkeit der große Dschinn, der den Zauber kennt, Löcher zu stopfen und Leben zu heilen. Zum letzten Mal sehe ich Timpie, Zack und meine Tochter wie eine glückliche Familie vor dem Fernseher sitzen. Dann sehe ich Großvater, der gestorben ist, ein zerdrücktes Kohlkopfgesicht, und Calebs Hand auf Timpies weißem Haar. Sie war ein Monster, sagt jemand, schon an dem Tag, als sie geboren wurde. Und da weiß ich, daß Timpie Leghorn Ehrlichkeit verdient hat.

«Willst du mal fühlen, Joa?» sagte Timpie. «Es bewegt sich. Glaube ich.» Wir waren auf der Brücke, es war windig, und sie blieb kurz stehen, um ein paarmal fest aufzustampfen, wie sie es als Kind immer getan hat, ich spürte die Vibrationen unter den Sohlen. Der Otsch lag in Schilf und Ufergras, ein paar Bleßhühner tauchten, der Fluß verschwand weiter hinten in der Umarmung der Hügel. Der Himmel franste aus, aber es roch immer noch nach Regen, kein richtiger Sommer, nicht wie früher.

Und dann sage ich es ihr. Ihr Gesicht ist ausgelöscht, wenn ich es suche. Ich sehe etwas Weißes, das bricht. Ich sehe mich allein auf der Brücke stehen, die Bleßhühner paddeln, und ein paar Stockenten gründeln, die Männchen rufen «Rähb», klagend, ein Weibchen antwortet «Waak-waak». Weit hinten am Weg, fast schon im Dorf, geht Timpie Leghorn kerzengerade.

Habe ich eine Entscheidung getroffen? Habe ich gesagt: Der Vater deines Babys ist auch dein Vater. Hat sie gelacht. Habe ich gesagt: Hör zu. Hat sie zugehört. Habe ich sie zerschnitten. Hat sie nein gesagt. Hat sie Zack gesagt. Rose Marie. Zack. Hat sie gesagt: Er weiß es nicht, er weiß das nicht, glaub mir das, Joa, er hat keine Ahnung. Habe ich sie davor bewahrt, sich vor Ezra Notten lächerlich zu machen. Hat sie immerzu dasselbe gesagt. Habe ich uns erlöst?

Der Kaffee, den ich mir zu Hause machte, war so heiß, daß ich mir die Zunge verbrannte. Ruthie spielte im Garten mit der kleinen Holzsäge, und ich setzte mich mit dem Kaffee neben sie und sah ihr zu. Sie fragte mich, warum denn Hühner nicht fliegen könnten, wo sie doch Vögel wären, und ob man es ihnen nicht beibringen müsse. Unter den Tannen liefen sie und scharrten, Ruth hatte eine konzentrierte Miene aufgesetzt, und ich fand ein Pfefferminz in meiner Tasche. Sie wickelte es aus und steckte es in den Mund, und ich ermahnte sie, es nicht zu zerbeißen. Ruth wollte wissen, wo Timpie war. Ich sah auf die Uhr. Unten auf dem Weg tat sich nichts. Zack war in die Stadt gefahren, und Großmutter säuberte die oberen Zimmer. In Ruths Haaren hing Timpies Parfum, ich küßte sie auf den Kopf, und sie nörgelte, als ich hineinging, sie wollte spielen. Ich sagte, daß ich keine Zeit hätte. «Was mußt du machen, Mamma?» sagte sie.

«Nachdenken.»

«Was denn?»

«Dies und das, Baby Ruth.»

«Mamma!» sagte sie erbost.

«Gib Ruhe», sagte ich. Ich sah auf die Uhr, wieder zum Weg. Nichts. Timpie Leghorn würde sich beruhigen, dachte ich, ich würde mich beruhigen, wir alle würden das tun. Als ich hochging, hörte ich Ruth draußen lauthals und falsch singen. Zwei Stunden später war die Sonne eine platte weiße Scheibe ohne Leuchtkraft. Großmutter putzte das kleine Flurfenster und sang *Befiehl du deine Wege und was dein Herze kränkt.* «Wo ist Ruth», fragte ich. «Im Garten», sagte sie. Unten hörte ich ein Geräusch, einen Motor in der Garage. Es mußte Timpie sein, die zurückgekommen war und noch mal wegfahren wollte, vielleicht in die Stadt, zu Zack. Ich flüchtete auf mein Zimmer. Sie würde wiederkommen und mit Ruth spielen. Mein Bett gab unter mir nach, und die Decke kam auf mich zu, ich hatte die Nacht kaum geschlafen. Und dann schlief ich doch. Als ich aufwachte, war es dunkel, und ich hörte unten immer noch das Geräusch. Dann, als ich döste, spielte in meinem Kopf ein Saxophon *I Got The Blues In Santa Cruz*, verraucht, schal, und dahinter das Geräusch, das nicht aufhörte. Es überdauerte meinen Schlaf. Es war da, als ich aufwachte. Als Großmutter den Kopf schüttelte und horchte. Als wir das Garagentor öffneten.

Es war der Motor von Timpies Wagen. Vor diesem laufenden Wagen hatten wir uns verabredet, vor Jahren, vor Jahrzehnten schon, Großmutter, Zack, Ruth und ich. Und meine Schwester. Timpie, die auf dem Vordersitz saß, neben sich eine braune Einkaufstüte mit Zeitungen und zwei losen Kaugummis. Außerdem befand sich ein Gliederarmband darin, das sie sich gekauft hatte, als sie mit fünfzehn ins erste Semester kam, zwei Kinoeintrittskarten, ein Plastikkugelschreiber mit leer geschriebener Miene, ein dünner Umschlag, an Zack adressiert. Das war alles, was sich mit Timpie im Wagen befand. Bis auf Ruthie, die auf den hinteren Sitzen lag, halb unter einer Decke versteckt, verrutscht. Bis auf den Schlauch, den Timpie ins vordere Seitenfenster geklemmt hatte, die Seiten mit breitem, bräunlichem Paketklebeband abgedichtet. Ruthies Mund stand offen wie am Abend zuvor beim Fernsehen, und sie hatte das Papier von meinem Pfefferminz noch in der Hand. Ihre Wangen hatten eine unwirkliche Farbe.

Seitdem ist alles leer und hell. Elijah war an meinem Bett im Krankenhaus, auch Dr. Walter Larch war da und mit ihm der medizinische Geruch der Unfehlbarkeit. Das Unglück ist durchsichtig, von breiiger Konsistenz, eine Legierung aus nichts. Mörtel, der auch die letzte Fuge ausklebt. Es ist der Sinn des Unglücks, festzuhalten, was sonst einstürzt. Timpie und Ruth, ihre gefärbten Gesichter, die ich als erstes vor mir sah, als sie die Infusionen abstellten und mich aufwachen ließen. Ich sah mich, wie ich schrie und auf die tote Timpie einschlug, weil ich dachte, sie hätte Ruth mit in den Wagen genommen. Timpie gab nach wie eine der Gummipuppen, an denen ich gelernt habe zu akupunktieren. Ich sah, wie Zack mich festhielt und mir ins Gesicht schlug, um mich zur Besinnung zu bringen. Dabei liefen ihm die Tränen über das Gesicht. Aber ich hatte nicht aufgehört und weitergemacht, bis kein Ton mehr kam, und ich schrie auch dann noch auf das Wagendach ein, als ich nicht mehr bei Bewußtsein war. Ich hatte Ruthie geschüttelt und das Erbrochene weggewischt und ihren Kopf umklammert, der lose auf dem Hals hing. Ich hatte dabei diese Töne gemacht, die immer noch in meinem Kopf waren und klangen wie Sirenen. Mehr war es nicht. So schnell geht das.

Die Decke über dem Bett, manchmal Elijahs Gesicht, obwohl ich nicht damit drohte, mich umzubringen. Es war nicht nötig, ich war so weit gegangen, daß ich weiter nicht kommen konnte. Ich zählte und zählte und stellte fest, daß ich nicht genug Zahlen kannte. Manchmal hatte Elijah den Kopf neben meinen gelegt, und ich dachte, er zählte auch. Aber er schlief. Das Fenster hatte Stäbe, ein Vogelbauer, sie wollten nicht, daß ich ihnen wegflöge. Sie wußten nicht, daß ich nicht fliegen konnte, und falls doch, daß ich nicht mutig genug war. Ich war nicht Timpie Leghorn.

Elijah redete. Timpie hatte keine Schuld, Ruth wollte im Auto auf sie warten, sie liebte das Auto, sie war eingeschlafen. Er sagte das so, als hätte es etwas geändert. Vielleicht änderte es etwas für ihn. Irgendwann, nach Tagen, sagte er: *Warum hat das keiner gehört. Warum habt ihr sie nicht vermißt. Warum hat ihr niemand verboten, allein ins Auto zu gehen*. Aber vielleicht war ich es auch, die das gesagt hat, denn er ist nicht der Mensch, der andere beschuldigt. Besser wäre gewesen, er hätte es getan. Dafür sind wir anderen da, wir mit dem Zeichen, die Ruth hätten vermissen müssen, als sie mit ihrem Pfefferminz auf den Rücksitz kroch und auf Timpie wartete. *Wie das duftet*, sagt sie schnüffelnd, *nach Timpie, nach Mamma*. Wir hätten wissen müssen, was es bedeutet, wenn ein Motor läuft und läuft, Timpie hätte wissen können, daß Ruthie unter der Decke lag und schlief. Wir hätten, Elijah, ja.

Zu Ruths Beerdigung, einen Tag nach Timpies Begräbnis, ließen sie mich hinaus. Lina Calvi soll vor Timpies Gruft ein Gedicht gelesen haben, und Großmutter fiel einfach um, obwohl sie überhaupt nicht wußte, daß Timpie nun doch ihre Enkelin war. Aber am nächsten Tag schon stand sie neben mir, ihre Miene zugewuchert mit Entenmuscheln, Austern und Seepocken. Es wehte ein kraftvoller Westwind, und ich trug für Ruthie mein weißes Kleid. Es schien mir schön und richtig. Alle waren da, Caleb und Janet, sogar Carla, die immer noch wie ein Messer aussah. Lina Calvi hatte den Kopf gesenkt, mein Chef, Dr. Walter Larch, umarmte seine Freundin, ihr kobaltblaues, glühendes Kleid.

Sie standen, als wir in die Kirche kamen, Elijah und ich, die Orgel brauste, ich ging im Takt wie bei einer Hochzeit. Wir waren spät, sie sangen etwas, *Alle Menschen müssen sterben, alles Fleisch vergeht wie Heu*. Vorne stand ein Kindersarg, passend zu meinem weißen Kleid, und ich krümmte mich im Mittelgang und brüllte *ihr Schweine*, bis sie mich hinausschleppten. Was sie dachten, war flach, gut versteckt, ihr Ekel vor mir, Entsetzen. Als sie sahen, daß man sich um mich kümmerte, drehten sie die Köpfe weg. Draußen hielt mich Dr. Lennart fest, und Walter Larch verpaßte mir eine Spritze, L. Calvi stützte meinen Kopf, so hatten sie alle zu tun, und ich konnte aufrecht am Grab stehen. *In meines Vaters Hause sind viele Wohnungen*, betete Ezra Notten. *Du bleibest, wie du bist, und deine Jahre nehmen kein Ende. Tröste und stärke uns. Laß es uns fest glauben, daß wir dein sind, tot und lebendig*. Ich behielt jedes einzelne Wort, und keins gelangte zu mir. Wie soll einen etwas erreichen, was nicht vorhanden ist, leer und hell. Nelken. Malve. Erde. Das Krankenhaus, ein Bett. Als Elijah das nächste Mal kam, fragte ich ihn, ob sie ihr Fiona mit ins Grab gegeben hätten. «Wen?» fragte er.

«Fiona», sagte ich. «Scheiße. Fiona. Scheiße.»

«Wer denn, wer?»

«Der Teddy, Ruthies Bär, Fi-o-na!» brüllte ich. Sie hatten sie vergessen. Ich verlangte furchtbare Sachen. Sie sollten sie ausgraben und Fiona dazulegen. Sie sollten mich umbringen. Elijah machte sein weißes Gesicht. Aber in dieser Nacht kamen sie zum ersten Mal. Ich schwöre, daß sie sich an den Händen hielten, sie schwammen, und Timpie Leghorn trug einen Forsythienzweig, golden, hell und schwer. «Liebchen», sagte ich, «mein Baby.» Brav und still setzten sie sich an meine Füße, zwei kleine Mädchen, die auf etwas warten. «Warte», sagte ich zu Ruthie, «ich hole Fiona für dich!» Ich griff mir an den Bauch, zerkratzte ihn, ich hatte vergessen, daß Fiona nicht hier war, sondern auf Ruths leerem Bett. Zu Hause. In jenem leblosen Teil der Welt. Am Otsch.

Ich kann Elijah nicht sagen, daß sie wirklich sind, keiner ist gestorben, Elijah. Timpie nicht und nicht meine Ruth. Sie sind zwei Spuren in meinem Garten. In jener Januarnacht hat es begonnen, damit, daß mein Onkel zur Welt kam und Zack wurde, der meine Mutter liebte, und sie war Rose Marie, die ihn kurzhielt wie ein unruhiges, schnappendes Tier. Wenn ich wüßte, wo er sich aufhält mit seinen behutsamen Händen. Im Holzschuppen? Im Wald? Anderswo, entfernt von mir? Ich wollte ihm von Timpie erzählen und von Ruth. Sie gehen auf meiner Haut, wie jemand, der langsam Klavier spielt. Wenn es hell wird vor den Fenstern, stehe ich da und suche den Otsch, aber man kann ihn von hier aus nicht sehen. Elijah erwacht, erschöpft von meinem Gerede über Schuld. Ich rede auf ihn ein, auch wenn er schläft, und er dreht sich im Traum zur Seite. Es ist wichtig, daß ich mich erinnere, wie ich war, als ich eine Mörderin wurde. «Ich glaube», sage ich, «daß die Muskeln der Leghorns von jeher stärker waren.» Vielleicht stimmt es, Elijah, was Timpie über die Menschen sagt, die das Böse für andere tragen. Wie Taschen, die man aus Freundlichkeit Treppen hinaufschleppt. Vielleicht war es nur eine simple Pfadfindergeschichte. Dies ist die Geschichte von Timpie und Zack. Einmal sage ich es noch und dann nie wieder.

Nie sind es die Geschichten, die schuldig sind. Ruthie ist bei mir, immer noch ruft sie *Du Faulpilz, Faulpilz, steh auf, es ist ein schöner, sonniger Tag.* Sie ruft es in meinem Kopf, aber wenn sie bei mir ist, ist sie leise. Spiel ruhig, Ruthie, sage ich, sei ruhig laut, hier weckst du keinen auf. Aber sie sitzt einfach da, und manchmal frage ich mich, ob sie mich überhaupt erkennt. Alles ist schon zu lange her, in meinem Skelett die Zeit vom Devon bis zum Trias. Ich reibe mir die Haut mit Muschelkalk und Buntsandstein. Sie haben die Infusionen abgehängt, mein Gesicht inspiziert, weil Menschen wie Dr. Walter Larch meinen, daß sie den Wahnsinn sehen können. Ich frage mich, wie sie so etwas nennen, ich nenne es verrückt. Er hat mich gefragt, ob Ruth und Timpie noch kommen. Ich habe es verneint, und es war das Mögliche, kein Verrat. Dann habe ich gepackt, und es war seltsam, an den Otsch zu kommen. Ich bin ruhig dabei gewesen, der Fluß bewegte sich in meinen Augen wie eine Schlange. Ich zog durch das Haus, eine Spinnwebe, die der Luftzug um die Ecken weht. Großmutter arbeitete in der Küche, die Uhr tickte, ich ging in den Keller, an den Regalen entlang. Ich berührte jedes Einmachglas mit den Fingern, weil ich wollte, daß meine Hände wie Pistolen aussehen. Ich habe an Rebekka gedacht, die einen Salat geschickt hat, an Ivo, Danae, an ihre sanfte, satte, kleine Malvina, wie sie die Rezepte fließend von den Soßenpackungen abliest. Ich habe mich gefragt, ob ich etwas falsch gemacht habe, weil ich Ruthie das Lesen nicht beibringen wollte. «Du mußt sie fördern», sagte Rebekka. Ich dachte daran, wie Lilly mich im Krankenhaus anrief. *Momma liebt dich, wir verlassen dich nicht.*

Nachts habe ich mit Zack geredet, als er in mein altes Zimmer kam, ohne zu klopfen. Er hat mir von Timpie erzählt, und ich habe das Döschen in meiner Handtasche geschüttelt und ihm ein Valium gegeben. «Weißt du noch», sagte er, «einmal ist ein Schinken aus dem Schrank gesprungen.» Dann habe ich ihn umarmt, weil ich die einzige bin, die ihm von uns geblieben ist. Rose Marie, Timpie und nun Joa. Ich habe das Mal an seiner Hüfte nicht angesehen. Ich habe die Augen geschlossen, ich kam nicht bei ihm, obwohl ich mir solche Mühe gab, es ist natürlich, wenn man zu lange wartet. Es war wie alles andere auch. Hell und leer. «Wir haben uns immer alle», sagt Zack, «zu sehr geliebt.» Das Haus knackt und ruft. «Du bist pathetisch», sage ich in sein Nicken. Als er aufspringt, sehe ich seine Handflächen, und ich möchte die Stellen zwischen seinen Fingern berühren, da, wo einmal Schwimmhäute waren. Er springt auf, es müßte etwas umfallen dabei, aber alles bleibt heil. Ich beobachte ihn, wie er etwas unter seinem Kleiderstapel sucht, Timpies Buch. *Das Pathos*, liest er, *ist die notwendige Folge der Armseligkeit.*

«Na und», sage ich, «na und, sie ist eben trivial gewesen.» Als er einschläft, gehe ich an seine Jacke und lese Timpies Abschiedsbrief.

«Weißt Du noch, Zack? Wie ich immer wieder in Dein Bett einstieg? Jedesmal warfst Du mich hinaus, und ich habe aus Berechnung geschluchzt, weil ich wußte, Du würdest es nicht ertragen. Wie Du beim letzten Mal sagtest: Dann leg dich in Gottes Namen hin. Da lag ich, hinter Dir, Du drehtest Dich weg, den Kopf auf dem Arm, abweisend. Aber ich, ich habe getan, was ich konnte. Danach habe ich gedacht, daß die Unendlichkeit existiert, langmütig und ehrlos, eine stille, helle, schöne Wüste, über der ein Wind pfeift, sie holt einen ein und begreift einen, damit man sich selbst nicht begreifen muß. So war das mit Dir. Ich will Dir nicht auf Wiedersehen sagen, das ertrage ich nicht, aber ich ertrage auch mich nicht mehr. Ich habe gedacht, daß ich mich ändern könnte, das Gute sehen, wenn ich schon das Schlechte nicht verhindern kann. Aber ich bin, wie ich war, eine, der das Leben im Halse steckenbleibt, eine, die zu euch gepaßt hat, süchtig nach Zerstörung. Diese Familie hat mich gemacht, auch wenn Caleb nicht mein Vater war, ein dreckiger, alter, lecker Kahn, uns quillt die Schuld aus allen Poren, bis wir voll sind und untergehen. Der Grund ist nicht ein falscher Tag gewesen oder die falsche Stunde, es war ein ganzes, falsches Leben. Alles stand irgendwie an den Rändern über. Warum unser Leben so geschehen ist? Einfach so. Menschen tun Dinge. Wie Rose Marie, gedankenlos, wie man Knoten macht, man knüpft sie, man löst sie, ohne Grund. Alle sagen: Das ist vorbei, aber das will ich nicht hören, ich muß hören, daß es wahr ist, was ich erlebt habe, Rose Marie, immer und immer wieder. Sie und ich, von ihr durchwachsen. Ich bin niemand geworden, nur die Chronistin meiner eigenen Vergangenheit. Das ist kein Grund, ein Kind zu haben. Leben setzen sich fort. Ich habe Angst, Rose Marie zu werden. Du aber warst meine Pause, Zack, die Stelle im Lied, an der man atmen kann. Das wollte ich Dir noch sagen. So hört sich die Ewigkeit an, wenn es sie gibt. Der absolute Ton, Du und ich, hier. Wie wir uns ansehen. Ich wollte nichts zerbrechen. Und nun tue ich es doch.»

Der Brief, der nicht mir gehört, liegt unter meiner Wange, die Schrift steil und scharf an meiner Haut. Zack bewegt sich im Bett, sein Ohr auf dem Abdruck meines Kopfes, auf meinem Kissen, und ich reibe den Bogen an den Lippen, bis mir die Lippen aufreißen. Fern von ihm. Ich höre Stimmen in der Luft, die kein anderer hören kann. Sie höre ich, wie sie redet. Kinderauschwitz, sagt sie. Kinderauschwitz, Joa. Die Luft flackert und züngelt und brennt, und in dem roten Licht erkenne ich ihr Gesicht. Ich sehe sie, denn ich habe sie gekannt, ich weiß, daß es sie gegeben hat, Timpie Leghorn, die ein Geheimnis gehabt hat mit mir. Sie hat ihn verschont. Sie hat es Zack nicht gesagt. In all der roten Luft bedeckt sie mein Gesicht mit ihrem Brief. Stück für Stück reißt sie heraus, und ich zerkaue und verschlucke es, das Papier, die Holunderbeeren, den Duft und die Kirchenlieder, die Worte, die in mich zurückkehren, von Timpie auf meine Zunge gelegt. Ich höre Stimmen in der Luft, die keiner sonst hören kann. Mein Baby, sagt Mutter, das ist Carla, sagt Caleb. Zack lächelt und schaut mir mit geschlossenen Lidern zu. Wie ich mich kratze und zerbeiße, kaue und esse, ihren Brief, das Geschenk meiner Schwester. Im Spiegel sind meine Augen grün geworden. Streichhölzer, sage ich. Zunderschwämmchen. Ich rufe, ich erinnere mich. Sie höre ich, wie sie redet. Ich habe mich müde geschrien, sagt Ezra Notten, mein Hals ist heiser, das Gesicht vergehet mir. Daß ich so lange muß harren auf meinen Gott.

Danach gehe ich nach draußen, um Ruth zu suchen. Ich habe Elijah versprochen, abends mit ihr zu beten. Es riecht nach Wolle, Fingernägeln, verbranntem Haar. Hinter mir ist das Haus wunderschön, es pulsiert, rot, lebendig, zum Bersten voll von den Sätzen, die jemals darin gesagt wurden. Bald werden die Worte es sprengen, und es wird wie ein eigenartiger, dunkler Nachtvogel am Himmel fliegen. Müde bin ich, geh zur Ruh, sage ich, als ich an unserem Zaun stehe, schließe beide Äuglein zu. Das sage ich laut, damit sie es hören, und ich denke an das dünne Kind, das Timpie Leghorn gewesen ist. Dann gehe ich die Windung der Straße entlang, auf der krustigen Oberfläche der Erde, einer Oberfläche, die nicht dicker ist als mein Daumen. Darunter kommen Aluminium und Eisen, und noch weiter im Kern wartet etwas Schweres, Drängendes, das keinen Namen hat. Ich laufe auf der Haut der Erde, sie ist verletzlich, nur ein Hundertstel des Erdhalbdurchmessers, und ich sehe die Brücke, die unser Großvater gebaut hat, er hat sie für später gebaut, seine Widmung, für die Kinder.

Die Brücke ist wie neu, darunter glitzert der Otsch, unter dem Mond, unter dem Himmel, der nur hier so sein konnte, hier, wo ich war. Die Schuld, sagt Timpie, ist eine Höhle, in der man sich verkriechen kann. Wenn man einmal drin ist, will man nirgendwo sonst mehr leben. Der Fluß räuspert sich, und unten am Grund leuchtet immer noch jemand mit einer Laterne. Da stehen sie, die die Wahrheit sagen wollten, und jene, die sie nicht gesagt haben. Da stehen sie, ihre Haare wehen in der Strömung, und alle sind sie gleich. Vater, laß die Augen dein über Ruthies Bettchen sein, sage ich. Ich sehe ihr Gesicht, sie steht nah bei den anderen, da stehe ich und warte, daß sie winken.